KB243112

사마쌍협

邪魔雙俠

사마쌍협 13
월인 新무협 판타지 소설

초판 1쇄 찍은 날 § 2003년 5월 20일
초판 1쇄 펴낸 날 § 2003년 5월 30일

지은이 § 월인
펴낸이 § 서경석

편집장 § 문혜영
편집책임 § 장상수
편집 § 유경화 · 신혜미
마케팅 § 정필 · 강양원 · 이선구 · 김규진 · 홍현경

펴낸곳 § 도서출판 청어람
등록번호 § 제1081-1-89호
등록일자 § 1999. 5. 31
어람번호 § 제2-0379호

주소 § 경기도 부천시 원미구 심곡1동 350-1 남성B/D 3F (우) 420-011
전화 § 032-656-4452 팩스 § 032-656-4453
http://www.chungeoram.com
E-mail § eoram99@chol.com

ⓒ 월인, 2002

값 8,000원

ISBN 89-5831-119-3 04810
ISBN 89-5505-507-2 (SET)

※ 파본은 본사나 구입하신 서점에서 교환하여 드립니다.
※ 저자와 협의하여 인지를 붙이지 않습니다.

원인 新무협 판타지

13

완결

초인유기(超人遊記)

사마쌍협

邪魔雙俠

도서출판 책이람

목
차

13 초인유기(超人遊記)

◆ 제106장

신단(神丹)

신단(神丹)

　“한설(寒雪)이라고……?”

　부평초는 차가운 밤바람에도 아랑곳 않고 유성검문 주변을 순회하며 나직하게 중얼거렸다.

　이제는 의형제의 연을 맺은 단철패… 아니, 단목진천이라 했던가? 머지않아 문주라 불러야 할 그 사람이 지어준 이름은 명한설(明寒雪)이었지만 여전히 부평초란 이름이 더 익숙했다.

　이십 년이 넘는 세월 동안 그 이름을 버리고 제대로 된 이름을 찾을 날만 기다렸지만 갑작스레 버리려고 하니 왠지 모를 아쉬움이 남았다. 하지만 이제 부평초 신세는 면했으니 그 이름은 버려야 함이 마땅했다. 그리고 하루빨리 차가운 눈이라는 이름에 적응해야 했다.

　다시 한 번 자신의 새 이름을 중얼거린 부평초는 유성검문의 편액을 쳐다보았다.

싸움의 흔적이 말끔히 씻겨 나간 유성검문은 이제 서서히 예전의 위용을 되찾아가고 있었다. 물론 사십여 년 전의 위용이 어떠했는지 직접 본 적이 없으니 그 비교는 오로지 조부의 설명에 의존해야 했지만, 사중협의 후인이란 단어 하나만으로도 결코 예전의 명성에 비해 떨어지지 않을 것 같았다.

나이도 자신보다 많아 보이지 않았고, 이따금씩 훌쩍 나갔다가 여러 날 만에 돌아와서는 무슨 생각을 하는지 하루 종일 방 안에 틀어박혀 있었지만 사중협의 후인, 그리고 흑랑이라는 별호는 온 호남의 이목을 집중시켰다.

그 이름의 위력은 인재를 다시 모은다는 말에 지난번의 혈겁에도 아랑곳 않고 순식간에 구름처럼 몰려든 젊은이들을 추려내느라 곤욕을 치르면서 충분히 실감했다.

"그러고 보면 이름이나 별호라는 게 꽤나 중요한데……. 촌스럽기는. 쯧!"

단철패의 작명 실력이 도저히 마음에 안 든다는 표정을 한 부평초는 심호흡을 했다.

자신의 이름은 마음에 안 들었지만 다시 온 중원에 울려 퍼지고 있는 유성검문이란 이름은 피를 들끓게 했다.

이제 자신은 뿌리 없는 풀 조각이 아니라 당당한 일문의 이인자인 것이다.

당당한 일문이라는 것이 수식어로서만 그치게 하지 않기 위해서는 지금부터 뼈를 깎는 노력이 있어야 할 것이다.

짧은 시간 겪어보았지만 자신의 판단에 흑랑이란 저 청년은 결코 이곳에 오래 머물며 존장 노릇을 할 사람이 아니었다.

지금은 마지못해 머물고 있지만, 유성검문의 일에 일체 관여 않고 단철패와 자신에게 모든 것을 맡기는 모습은 언젠가는 바람처럼 훌쩍 떠날 사람이란 걸 느끼게 해주었다. 그건 의형 단철패도, 조부도 느끼고 있는 것 같았다. 그래서 훨씬 바쁘게 움직이고 있었다.

'그건 오히려 더 바람직한 일이다!'

부평초는 내심 그렇게 중얼거리며 주먹을 불끈 쥐었다. 그리고 자운엽의 처소 쪽으로 시선을 던졌다.

온실에서 나고 자란 화초는 자생력이 떨어질 수밖에 없다. 온갖 악천후 속에서 짓밟히며 자란 풀이 질긴 법이다.

사중협의 후인이란 저 사내가 이곳에 계속 머문다면 이곳은 어쩔 수 없이 온실이 될 것이다. 그러면 유성검문은 허약한 문파가 될 수밖에 없다. 저 사내는 유성검문이 뿌리를 내릴 때까지만 있어주면 된다.

저 사내 역시 그걸 충분히 아는 것 같았다. 그러므로 이젠 밤낮을 가리지 않는 노력이 필요하다. 그렇기에 오늘 밤도 하얗게 밝힐 생각이었다.

유성검문 주변을 완전히 한 바퀴 돌 생각으로 일정하게 발걸음을 옮기던 부평초는 신형을 멈추었다.

자신과 비슷한 모습으로 주변을 순찰하는 인간들을 발견했기 때문이다.

이렇게 어두운 밤에는 구별되지 않았지만 낮에는 이목구비가 자신들과 구별되는 이족의 청년 남녀였다.

한시도 떨어지지 않고 붙어 다니는 저 둘은 잠도 없는지 낮이고 밤이고 유성검문 존장의 거처 주변을 순찰했다.

'할당 구역이 줄어들었나?'

내심 그렇게 중얼거리며 등을 돌리려던 부평초는 온몸의 신경 세포가 꼿꼿하게 일어서는 느낌을 받으며 땅을 박찼다.

의욕만 강했지, 그 의욕만큼 무공이 받쳐 주지 않는 이족 청년들 옆으로 바람 한줄기가 지나갔다. 이족 청년들에게는 단순한 밤바람이었겠지만 부평초에겐 온몸에 얼음물을 뒤집어쓴 것 같은 느낌을 안겨주는 절정고수의 움직임이었다.

그 고수가 일으킨 바람은 순식간에 유성검문 존장의 거처로 사라지고 있었다.

너무도 엄청난 움직임에 부평초는 고함을 질러 주위를 환기시킬 생각도 못한 채 반사적으로 바람을 쫓았다.

두 줄기의 바람이 급격하게 휘몰아쳤지만 파이추와 오카민은 그걸 느끼지도 못하고 똑같은 속도로 걸음을 옮기고 있었다.

파르르—

묵빛 날개들이 사방으로 비산했다.

깃털보다 더 부드럽고 섬세해 보이지만 마주치는 것은 무엇이든 그대로 뚫고 나갈 만한 힘을 내포한 날개들은 사방의 벽에 부딪치기 직전, 씻은 듯이 사라지며 미세한 대기의 파동마저 지워 버렸다.

수많은 날개를 뿜어내던 묵검은 어느 순간 느릿하게 움직이며 부드러운 호선을 그렸다.

호선이 지나가는 궤적 안을 메우고 있던 대기가 갈기갈기 찢어지며 뜨거운 열기를 토해냈다.

“후우—”

자운엽은 긴 한숨을 토해냈다.

땀이 비 오듯 온 얼굴을 타고 흘러내렸지만 그것을 의식하지 못한 자운엽의 눈동자에는 한 가닥 고민이 짙게 어려 있었다.

다시 한 번 나직하게 한숨을 내쉰 자운엽은 조금 전까지 뿌렸던 검초를 훨씬 더 느리게 반복했다.

혈접난무, 혈접쇄풍, 혈접낙화, 혈접장신!

네 개의 초식이 정지된 듯한 느린 움직임 속에서 다시 펼쳐졌다.

그런 연후에 혈접무한의 느린 초식은 오히려 훨씬 빠르게 호선을 그리며 지나갔다.

그러나 자운엽의 얼굴에 떠오른 고민 한 가지는 여전히 짙은 음영을 드리우고 있었다.

'다시 한 번!'

자운엽은 혈접쇄풍의 초식을 강하게 촛불을 향해 쏘아냈다.

날카로운 경력 한줄기가 실내를 밝히는 촛불을 향해 쇄도해 들었다.

순간, 자운엽의 손이 미미하게 움직였고, 촛불 한 치 앞에서 혈접쇄풍의 기운이 소멸되었다.

소멸되었다 싶은 기운 한줄기를 멈추었던 그 지점에서 다시 천천히 앞으로 밀고 나갔다.

촛불이 일렁거리며 뒤로 밀려나기 시작했다.

비스듬히 넘어가며 점점 뒤로 밀리던 촛불은 급기야는 수평으로 드러누우며 그 생명이 소멸됐다.

제일 앞의 촛불을 끈 기운은 다시 옆에 있는 촛불로 밀고 나갔다.

또 한 개의 촛불이 똑같은 모양으로 꺼지며 가는 연기를 피워 올렸다.

"역시 아니야!"

실망 가득한 탄식을 토한 자운엽은 고개를 설레설레 흔들며 의자에 주저앉았다. 그리고 뚫어질 듯한 눈으로 남은 여덟 개의 촛불을 응시했다.

한줄기 미세한 바람과 함께 여덟 개의 촛불이 순간적으로 출렁 춤을 추었다.

자운엽은 눈을 크게 떴다. 그리고 실내 한곳으로 시선을 고정시켰다.

'처녀 귀신에 홀리기라도 한 것인가……?'

자운엽은 물끄러미 설수범의 얼굴을 쳐다보았다.

연기가 무색하다 싶을 정도로 자신의 처소에 스며든 후, 털썩하고 의자에 주저앉아 맥을 놓고 있는 설수범의 모습은 처녀 귀신에 홀려 한껏 정혈(精血)을 빨리다 겨우 도망친 총각의 모습이었다.

아무리 처녀 귀신이라도 굶어 두 번 죽기 직전까지는 접근하고 싶지 않을 사람이겠지만, 산발한 머리카락과 흐트러진 옷매무새는 도저히 다른 추측을 불허하게 하는 모습이었다.

어이가 없는 표정이 된 자운엽은 잠시 동안 아무 말 않고 설수범을 쳐다만 보았다.

"누가 오지 않았습니까, 사……."

의형 단철패가 자네도 사숙이라 부르라고 한 당부가 있었지만 차마 그 소리가 안 나오는지 반만 부르고 가쁜 숨을 헐떡이는 부평초의 목소리가 들리자 자운엽은 비로소 고개를 돌렸다.

"별일 아니오."

자운엽은 서둘러 답하고는 다시 한마디 덧붙였다.

"그러니 경거망동하지 말고 가서 쉬시오."

자운엽의 목소리를 들은 부평초가 잠시 머뭇거리는 듯하더니 잘 알겠다는 말과 함께 소리없이 멀어져 갔다.

자신의 말뜻을 얼른 알아듣고 조용히 멀어지는 부평초의 발걸음 소리를 들은 자운엽은 잠시 그 소리에 귀를 기울였다.

꽤나 영리하고 깃털처럼 가벼운 발걸음 소리만큼 실력 또한 갖춘 사람이었다.

단순 과격한 단철패에게는 꼭 필요한 사람이라는 생각에 자운엽은 희미하게 미소를 머금었다. 그러나 그 미소는 설수범의 표정을 보며 씻은 듯이 지워졌다.

"수연이는 잘 있느냐?"

좀 더 그렇게 맥을 놓고 앉아 있던 설수범이 불쑥 한마디 던졌다.

자운엽은 순간적으로 흠칫하고 표정을 굳혔지만, 설수범의 말이 설수연에 대한 무슨 위험을 말함이 아니라 단순한 안부를 묻는 것이라는 판단에 짧은 한숨과 함께 가슴을 쓸었다.

"물론 잘 있습니다. 그런데……."

"술 한잔할 수 있겠느냐?"

자운엽의 말꼬리를 자른 설수범이 여전히 흐트러진 모습으로 술을 청했다.

'정말 처녀 귀신에 홀렸나?'

아닌 밤중에 홍두깨라는 말이 생각나게 하는 설수범의 행동에 자운엽은 다시 한 번 설수범을 쳐다보고는 아무도 모르게 술병 몇 개를 가지고 왔다.

술병을 받아 든 설수범은 숨도 쉬지 않고 한 병을 그대로 들이켰다. 그리고 다시 한 병을 연속으로 들이켰다.

“이건 제 몫입니다.”

설수범이 또 한 개의 술병을 잡으려는 순간 자운엽이 먼저 손을 움직였다.

설수범이 잡으려던 술병을 잡아챈 자운엽은 자신도 몇 모금 마셨다. 그러나 눈은 한시도 떨어지지 않고 설수범의 얼굴에 고정되어 있었다.

“그렇게 이상한 눈으로 쳐다볼 것 없다. 오늘은 네 녀석과 술 한잔 하고 싶어 왔으니까.”

설수범은 자운엽을 향해 그렇게 말한 후 자운엽이 들고 있던 병을 기어코 빼앗아 단숨에 들이켰다.

“천하제일성인 천마성의 제자라는 사람이 어디서 술 한 잔 사 마실 돈도 없으십니까?”

자운엽은 다시 술 몇 명을 더 가져오며 슬쩍 농을 던졌다.

이 사람 역시 자신과 마찬가지로 술 같은 건 되도록 멀리하는 사람이었고 또 술을 마신다고 해서 취할 사람도 아니었다. 언제나 칼날 같은 이성을 유지하며 팽팽한 긴장 속에 살아가는 것이 천성으로 굳어진 사람이었다. 그런 사람이 이런 모습을 보인다는 것은 필시 무슨 사연이 있으리라 생각한 자운엽은 빠르게 염두를 굴렸다.

“수연이가 보고 싶구나.”

자운엽의 그런 내심을 눈치라도 챘는지 설수범은 다시 한마디 불쑥 던지며 자운엽의 상념을 깨뜨렸다.

“저 역시 마찬가지지만 지금은 불가능합니다.”

자운엽도 한 모금의 술을 더 마신 후 설수범의 표정을 읽어갔다.

어쩐 일인지 온 얼굴 가득하던 복수심은 오히려 옅어진 것 같았다. 대신 그 자리에 진한 그리움이 자리 잡고 있었다.

"복수 전선에 이상이라도 생겼습니까?"

모를 일이라는 생각과 함께 자운엽은 질문을 던졌다.

"너 녀석 복수나 신경 써라!"

설수범은 짤막하게 답하고는 시선을 돌렸다. 그리고 처음으로 안주 한 점을 집어 입에 넣었다. 오히려 술이 뱃속으로 들어가며 안정을 찾는 모양이었다.

"복수심 빼면 시체인 사람인 걸로 아는데 무슨 일이 있는 모양이지요?"

자운엽은 슬쩍 설수범의 눈치를 살피며 질문했다.

"네 녀석의 최종 목적은 서천맹을 무너뜨리는 것이겠지?"

자운엽의 질문을 무시한 설수범은 오히려 자운엽에게 질문했다.

흐트러져 보였던 눈빛이 예전의 색채를 되찾아가고 있었다.

"전 한 놈만 죽이면 되지만, 결국은 그게 그거지요."

야율사한의 모습을 떠올린 자운엽이 설수범과 비슷한 안광을 내뿜으며 답했다.

그런 자운엽의 모습에 설수범은 조금 오른 취기가 달아나는 느낌을 받았다.

"다섯 판이라고 했느냐?"

설수범이 불쑥 알아들을 수 없는 질문을 던졌다.

"……?"

자운엽은 잠시 설수범을 쳐다보다가 고개를 끄덕거렸다.

금원전장 혈전 후, 수라환경의 마지막 한 수를 보여주면 사부끼리 바둑 다섯 판을 주선하겠다고 한 자신의 제의를 말하고 있는 것이다.

"한 번만 보여주겠다."

설수범이 우장을 천천히 들어 올렸다.

*　　　　*　　　　*

무림맹 총단에는 요즘 그 어느 때보다 바쁘게 전서구들이 날아들고 있었다.

이럴 때를 대비해서 무림맹의 모든 활동이 중지되고 있던 시기에도 전서구들의 관리만큼은 철저히 해왔기에 무영신개의 손은 지금 최고로 바삐 움직이고 있었다.

"대체 놈의 의도가 무엇인가?"

무영신개는 탁자 한곳에 수북하게 쌓인 밀지들을 빠르게 읽고 분류하며 눈살을 찌푸렸다.

무림맹 코앞에서 코털을 잡아당기고 있는 호성채라는 곳이 통행세를 열 배에서 스무 배로 올린 것이다. 그리고 앞으로도 그 요율이 변하지 않는다는 보장은 없었다.

열 배 정도는 눈 질끈 감고 감수할 수 있었다. 그러나 스무 배라면 제법 충격이 온다. 돈도 돈이지만 무림맹 때문에 자신들까지 장강을 통해 장사하기 어렵다는 일반 상선들의 불평은 점점 높아갔고, 그건 호남, 호북의 물주들이 등을 돌리는 결과를 초래할지도 모른다.

민심의 이반은 온갖 권력과 관리들로 짜여진 왕조까지도 무너뜨리는 법이다. 그런 조직에 비하면 허술하기 짝이 없는 무림맹이 민심을 잃는다면 치명적이다.

지금 흑랑이란 놈이 하는 짓은 무영신개 자신이 가장 우려하는 그 짓이었다.

장강 물줄기를 틀어막은 후 차츰차츰 통행세를 올리고, 교묘하게 소문을 퍼뜨려 그 모든 불평들을 무림맹으로 돌리고 있었다. 그런 일이 지속되다 보니 무림맹의 권위가 조금씩 추락하고, 요즘은 지역 토호들에게 군자금을 부탁하는 것도 예전보다 몇 배나 눈치가 보였다.

마음 같아서야 당장 호성채인지 뭔지 하는 곳의 수적놈들을 요절내고 싶었다. 그런 도적놈들쯤이야 고수 열 명만 차출해 보낸다면 반나절 안에 모두 무릎을 꿇릴 수도 있는 일이다. 하지만 혹시라도 그런 의견이 나오면 누구보다 강력히 말려야 할 입장에 있는 무영신개는 속이 뒤집힐 지경이었다.

놈은 현재 무림맹의 그 어떤 고수나 조직보다 서천맹을 막는 데 큰 공을 세웠다.

청룡당주를 죽였고, 무림 침공의 수뇌들인 서천맹의 호교팔령주 중 사령주와 오령주를 죽이고, 위태롭던 호남에서 서천맹을 몰아냈다. 그건 무림맹으로서는 한바탕 연회를 벌일 만한 일이었다.

그리고 이제는 유성검문이란 곳을 재건하여 사중협의 후인이란 수식어와 함께 호남에서 무림맹 총단의 방패 역할을 하며 급격히 세를 불려 나가고 있었다. 그런 놈이 차지한 호성채이니 무림맹 총단 코앞에서 줄기차게 코털을 잡아당기고 있었지만 싫다는 표정조차 지을 수 없는 지경이었다.

초근에는 호성채의 수적들과는 절대로 충돌하지 말라는 엄명까지 내려놓은 상태였다.

'설마 놈이 무림맹과 서천맹의 싸움을 뜯어말리라는 사중협의 지시라도 받은 것인가?'

그런 생각까지 해보던 무영신개는 고개를 저었다.

절대로 그럴 놈이 아니었다.

설사 사부의 엄명을 받았다 할지라도 말을 들을 놈이 아니었다.

그러나 지금 놈이 하는 행동은 꼭 그 모양이 아닌가?

서천맹을 두들겨 부수며 무림맹의 움직임 역시 틀어막고 있다.

한마디로 양쪽의 싸움을 뜯어말리고 있는 것이다.

무영신개는 지끈거리는 머리를 흔들며 다시 한 번 인상을 찌푸렸다. 중년인으로 분장한 얼굴이었지만 전혀 역용으로 느껴지지 않았다.

"신개 어른! 분석이 끝났다는 전갈입니다."

"알았다. 즉시 가겠다!"

밖에서 들려오는 어린 계집애의 목소리에 무영신개는 즉시 몸을 일으켰다.

시비가 전한 전갈을 받고 빠르게 걸음을 옮긴 무영신개는 지하 밀실의 문을 열었다.

문이 열리자마자 훅하고 약향이 흘러나왔다. 여러 가지 종류의 약재들이 뿜어내는 약향은 냄새를 맡는 것만으로도 진기가 보충되는 느낌이었다.

"어서 오시오, 무영신개."

수십 개의 유등불과 촛불로 대낮처럼 밝은 실내에는 여러 사람들이 모여 있었다.

무영신개는 가볍게 고개를 끄덕여 몇몇 노인들에게 눈인사를 한 후 밀실 중앙으로 시선을 돌렸다.

중앙의 정방형 탁자 위에는 여러 가지 모양의 용기와 작은 숟가락들이 놓여져 있었다. 그 주위로 의생 차림의 젊은이들이 의생 복장을 한 노인의 지시에 따라 바쁘게 움직이고 있었다.

“잠시 물러나 있거라!”

의생 복장의 노인이 지시를 내리자 젊은이들이 손을 멈추고 뒤로 물러났다.

“분석이 끝나셨다구요?”

무영신개가 무림맹의 약전을 맡고 있는 귀수영의(鬼手靈醫) 방연중(方聯中)을 보고 기대감 가득한 얼굴로 질문했다.

“그렇소이다. 근 열흘에 걸친 작업 끝에 겨우…….”

방연중이 말끝을 흐리며 답했다.

얼굴 가득 피로감이 흘러넘치는 방연중을 보며 무영신개는 이 노인이 지난 열흘 동안 제대로 잠도 자지 않고 매달렸을 것이라 짐작할 수 있었다. 그건 어느 분야에서나 타의 추종을 불허하는 명성을 얻은 사람들이 지니는 공통적인 특징이었다.

번뜩이는 영감과 식음을 전폐하다시피 하고 매달리는 집중력!

그러나 무영신개는 방연중의 얼굴에서 피로한 기색 외 좀 색다른 기운 한 가지도 더 읽을 수 있었다.

“결과는 어떤지요?”

무영신개는 자신의 짐작을 확인하려는 듯 재차 질문을 던졌다.

“나 역시 실패요.”

귀수영의 방연중은 머리를 흔들며 답했다.

“영의마저…….”

무영신개는 신음처럼 중얼거렸다. 귀수영의 방연중마저 실패했다면 더 이상 방법이 없는 것이다.

맥이 풀린 무영신개는 탁자 주변에 둘러서 있는 무림맹 수뇌부들을 쳐다보았다. 그들도 모두 자신과 비슷한 표정이었다.

점차 장기전으로 접어들려는 서천맹과의 전쟁에 있어 단번에 승기를 잡을 수 있는 희망이 사라져 버렸으니 그 심정이야 자신과 별반 다를 게 없을 것이다.

"정말 이 환단의 비밀을 풀 수 없단 말이오?"

태운 진인이 귀수영의를 쳐다보며 무거운 목소리로 질문했다.

"본인의 실력으로는 도저히 불가능하오. 열흘 동안 매달렸지만 이 환단에서 어떤 특별한 성분도 찾아내지 못했소. 지극히 평범한 성분들뿐이었소."

방연중이 허탈한 목소리로 답하고는 옆에 있는 의자에 털썩 주저앉았다.

죽어라 매달릴 때는 느끼지 못했던 피로가 한꺼번에 몰려오며 의자에 앉자마자 방연중의 의식은 반은 꿈나라로 향하고 있었다.

"그런데 이게 어떻게 그런 효능을 발휘한단 말이오?"

종남의 고진산(高眞算)도 이해가 안 간다는 표정으로 물었다.

"그러니까 그걸 모르겠다는 말이 아니오. 하나하나 성분을 분해해 보면 평범하기 짝이 없는 것들이오. 그런데 그것으로 만들어진 이 환단은 여러분도 아시는 바와 같은 효능을 발휘했소."

방연중은 반쯤 잠에 빠져드는 목소리로 말했다.

"그럼 그 성분들을 다시 그대로 배합하면 똑같이 만들 수가 있는 것 아니오?"

고진산이 다시 질문했다.

고진산의 질문에 방연중이 무거운 눈꺼풀을 억지로 들어 올리며 옆쪽 탁자 위에 있는 분재의 이파리 하나를 뜯어 공력을 주입했다.

녹색의 사철나무 이파리가 연기를 내며 재가 되었다. 의술뿐만 아니라 무공 또한 고강함을 나타내 주는 한 수였다.

"자! 여기 나뭇잎을 이루고 있던 성분이 분해되어 있소. 이걸 다시 섞어 배합하여 아까 그 나뭇잎으로 되돌릴 수 있다면 이 환단도 똑같이 만들 수가 있소."

방연중의 간단한 대답에 모두들 더 이상 질문할 의도를 접었다. 대신 다른 질문 한 가지를 무영신개가 신속히 던졌다.

"그럼 이게 결국 약왕의 신단이라고 봐야 하겠는지요?"

"약왕의 작품인지… 아닌지는… 갔다 와서… 생각……."

"영의!"

"영의……!"

무영신개와 태운 진인이 방연중을 불렀지만 그의 의식은 갔다 오겠다는 곳으로 가버렸다. 그리고 빠른 시간 내에 되돌아올 것 같지도 않았다.

"편히 모셔라!"

혀를 찬 태운 진인이 지시를 내리자 청년들 몇 명이 방연중을 업고 침실로 들어갔다.

"영의마저 실패했다면 이제 이 환단의 비밀을 풀 사람은 없다 봐야겠지요?"

고진산이 태운 진인을 향해 물었다.

"그렇지요. 영의가 마지막 희망이었는데……."

태운 진인이 아쉬움 가득한 음성으로 답하고는 무영신개에게 시선을 돌렸다.

"신개! 신개의 생각은 어떻소? 어느 것 하나 확실히 밝혀지지 않았지만 이 정도면 무시할 수 없지 않겠소?"

태운 진인의 표정이 무거워졌다.

"솔직히 본모는 아직도 그것이 신투의 소굴에서 나온 약왕의 신단이라고는 믿을 수 없습니다. 이백 년 동안 모습을 드러내지 않은 신투의 물건이 하필 지금 발견됐다는 것은 아무래도 냄새가 나니까 말입니다."

무영신개가 슬쩍 인상을 쓰며 답했다. 방금 그 대답은 자신이 자신을 부인하는 꼴이기 때문이었다.

"광집자 초서풍이 서천맹으로 팔아넘겨 그들 손으로 흘러 들어가는 그 환단을 중간에서 한 알 빼낸 건 신개의 정보 때문에 가능하지 않았소? 그리고 그것이 신투의 보물 중 하나라는 정보를 알아낸 사람도 신개가 아니오?"

무영신개의 생각대로 즉각 반박이 뒤따랐다.

처음에는 화급을 다투는 문제인지라 서둘러 움직였지만 지금은 모든 게 안개 속에 가려 있어 어느 것 하나 실체를 드러내지 않았다. 그게 제일 망설여지는 문제였다.

"추측은 강하게 가지만 아무런 증거가 없으니 믿기도 무엇하고……. 그렇다고……."

"그렇다고……?"

누군가 무영신개의 말꼬리를 붙잡고 다음 말을 재촉했다.

"없던 일로 치부하기엔 반쪽만 남는 저 물건이 너무 거슬리는군요."

무영신개는 기분 나쁜 표정으로 반쪽만 남은 환단을 쳐다보았다. 그리고 다시 설명을 이어갔다.

"귀수영의의 말대로 저건 평범하기 짝이 없는 성분으로 이루어진 환단이니 그 제조법을 알면 대량 제조가 가능하지요. 만약 야율사한이란 놈이 그 제조법을 얻고 대량 제조한 환단들이 저것과 똑같은 효능을 발휘한다면 무서운 일이지요."

"아울러 저것이 약왕의 작품이 확실하다면 신투가 약왕의 신단과 함께 숨겼다는 멸천마통 역시 진품이고, 그 제조법이 세상에 나온다면 그건 더 큰일이겠군요?"

태운 진인이 무영신개의 말을 자르며 반쪽만 남은 알약을 쳐다보았다.

신비스런 영약으로 보였던 환단이 무영신개의 설명과 함께 이젠 마물로 보여졌다.

"어찌 저런 물건이 이런 때에 나타난단 말인가. 아미타불!"

소림의 혜광 대사가 불호를 터뜨리며 염주를 굴렸다.

"신투의 보물이든 아니든 간에 저 물건 자체만으로도 위험한 물건이니 신개께서는 모든 정보망을 가동하시오. 자칫 저 물건과 멸천마통의 제조법이 서천맹으로 흘러 들어간다면 그땐 백도무림은 종말을 맞게 될 테니까 말이오."

태운 진인이 무영신개에게 지시하고 나직하게 도호를 읊조렸다.

◆ 제107장

태극삼성(太極三星)

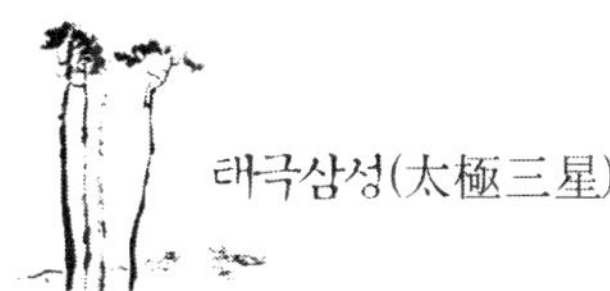 태극삼성(太極三星)

균현으로 향하는 길목 한곳에 진을 친 무림맹의 항마대(降魔隊)는 현무림맹의 핵심 전력이라 할 수 있었다. 총단이 호북의 성도인 무한에 있는 탓이기도 했고, 항마대의 주축이 현 무림맹주 태허 진인의 문파인 무당파의 고수들로 이루어져 있기 때문이기도 했다.

면면히 이어져 온 무당의 전통과 무공은 소림과 함께 백도무림의 양대 산맥으로 칭하여지는 것이 조금도 이상하지 않았다. 또한 최악의 상황이 아니면 혈겁의 현장으로 뛰어들지 않는 소림의 승려들과는 달리, 무당은 무림맹 활동 재개 초창기부터 무림맹의 주력군으로 무한의 총단에서 기꺼이 파수꾼 역할을 담당하기도 했고, 때로는 최전방에서 혈전을 치르기도 했다. 그건 무림맹주를 배출한 문파의 의무인 동시에 자긍심의 발로였다.

어느 문파, 어느 조직보다 자부심이 높은 항마대에 오늘은 그 어느 때보다 긴장감이 감돌고 있었다.

서천맹 호교일령주와 이령주가 이끄는 세력들과 건곤일척의 승부를 앞두고 있었기 때문이다.

무림맹의 항마대가 무림맹의 핵심 전력이라면 서천맹의 호교일령주와 이령주가 이끄는 호교일령대와 호교이령대 역시 서천맹의 핵심 전력이었다.

그런 그들 두 개의 호교령대가 사천의 협곡을 건너 균현으로 향한다는 정보가 날아들었다. 그 정보는 분석할 필요조차 없었다. 그들이 균현으로 향한다는 말만으로도 그들의 목표가 무당임을 짐작할 수 있었다.

그 정보를 입수한 즉시 무림 항마대는 이곳에 포진했다.

"왜 그렇게 넋을 놓고 있는 거야?"

들판을 벗어난 언덕 한곳에서 멍하니 앉아 있는 유건하에게로 서교영이 다가왔다.

날렵한 무복을 입고 검을 허리에 찬 서교영의 모습은 야생 표범을 연상시켰다.

"어서 오십시오, 사저!"

넋을 놓고 생각에 잠겨 있던 유건하는 얼른 일어서며 포권을 쥐었다.

유건하의 깍듯한 행동에 서교영의 이마가 찌푸려졌다.

"우리끼리 있을 때만큼은 제발 그런 예절은 좀 생략해. 누가 소림 땡중 아니랄까 봐……."

서교영의 말에 유건하의 허리가 어정쩡하게 굽혀졌다가 다시 펴졌다. 그리고 얼굴에는 난감한 빛이 흘렀다. 남도 아닌 사저로부터 흘러나온 땡중이란 말이 받아들이기 힘든 모양이었다.

"말이 심했다면 미안해."

서교영이 고소를 삼키며 사과했다.

"아, 아닙니다, 사저."

서교영의 사과에 유건하의 양손이 황급하게 다시 조우할 채비를 했다.

"또!"

서교영이 눈을 흘기자 유건하가 쑥스런 미소를 지으며 포권을 쥐려던 손을 내렸다.

"이번에는 또 무슨 대오각성(大悟覺醒)을 하고 있는 거야?"

서교영은 유건하의 옆 자리에 털썩 주저앉으며 유건하가 따라 앉자마자 질문을 던졌다.

유건하의 이런 모습은 새삼스러울 것도 없었다. 처음 만난 후부터 지금까지 무수히 보아온 모습이었다.

문제는 요즘 들어 그 정도가 훨씬 심해졌다는 것이다. 물론 그 정확한 시점은 무림맹 총단에서 나비 그 인간에게 삼태극합격진이 깨어진 순간인 것 같았다.

"무도의 끝은 어디일까요?"

서교영의 질문에 유건하는 의외로 빨리 입을 열었다.

평소에는 몇 번을 다그쳐야 유건하의 속마음을 겨우 한마디 들을 수 있었던 서교영은 의외라는 표정으로 유건하를 쳐다보았다. 그리고 유건하의 질문을 새겨보았다.

무도의 끝!

되새기자마자 서교영은 뒤통수 어림에서 찌르르 경련이 일어나는 느낌을 받았다. 그러나 사색에 잠긴 사람에게 자신이 먼저 대화를 유도했고, 전에 없이 즉각 대화에 응하는 사제에게 머리에 쥐난다는 말로 대화를 회피할 수는 없었다.

“글쎄… 무도의 끝이라…….”

서교영은 인상을 쓰면서 들판 끝을 쳐다보았다.

무도의 끝이란 것도 저 들판 끝에 같이 있으면 좋겠지만 들판 끝에는 한줄기 황량한 먼지바람만이 일 뿐이었다.

“그건 내가 사제에게 해야 어울리는 질문이지, 사제가 내게 할 질문은 아닌 것 같은데……?”

서교영은 얼른 말머리를 돌리며 목소리를 높였다.

“그리고 그건 세상의 끝이 어딘지 모르듯이 아무도 알 수 없는 게 아닐까?”

아무리 그래도 최소한의 성의는 보여야 할 의무를 느낀 서교영은 겨우 궁색한 답을 하나 구했다.

“그렇겠지요. 어쩌면 그 끝은 없을지도 모르지요. 그걸 아는 사람 역시 없을 것이고…….”

유건하도 쓸쓸한 표정으로 들판 끝을 쳐다보았다.

“전 삼태극합격진을 완성하면 그것이 제가 추구할 수 있는 끝이라 생각했습니다. 그런데…….”

“그런데 나비 그 인간과 싸우고 나니 그 믿음이 왕창 무너졌다는 말이지?”

서교영의 눈빛에 날카로운 가시 하나가 돋아났다.

성격상 셋 중에서 제일 충격을 적게 받은 서교영이었지만, 그때 일만 생각하면 두고두고 가슴이 쓰리고 호흡이 곤란할 정도로 거칠어지는 것을 느꼈다. 그리고 머리끝까지 독기가 치고 오르는 것도 느꼈다. 그러니 감수성 예민한 이 청년과 자존심 강한 멧돼지 사형은 어떠할지 짐작이 갔다.

"두너졌다기보다는…… 이제까지는 어떤 물길로 나아가든지 끝까지 가면 바다에 달하고, 그곳에서 모두 만난다고 생각했는데……."

"그런데?"

서교영이 콧김을 내뿜으며 말끝을 흐리는 유건하를 재촉했다.

"그런데 그 사람의 바다와 제 바다는 같은 곳이 아니라 각각 다른 곳 같았습니다. 무도의 끝 역시 그렇게 개인마다 다르지 않을까… 요즈음 은 그런 생각이 듭니다."

말을 끝맺은 유건하가 길게 한숨을 내쉬었다. 그 한숨 속에서 진한 체념의 냄새를 맡은 서교영이 와락 인상을 썼다.

"므슨 생각을 하고 있는 거야, 사제? 그 말은 한 번 패배로 절망했다 는 뜻이잖아! 사내가 쫀쫀하게 왜 그래? 싸우다 보면 이길 때도 있고 깨질 때도 있지……."

"사, 사저… 고정하십시오!"

유건하가 벌떡 일어서며 발광을 하는 서교영을 달랬다. 그동안 제일 충격이 적은 듯 보였지만 그건 겉보기만 그렇지 속으로는 자신들 못지 않은 모양이었다.

끝나지 않을 것 같던 서교영의 발광은 들판에서 들리는 고함 소리에 겨우 멈추어졌다.

"서 소저, 그리고 유 시주! 대주께서 부르십니다!"

진영 가운데서 달려온 청년 하나가 서교영과 유건하에게 항마대 대 주 옥성 도장(玉星道長)의 호출을 전했다.

"놈들이 벌써 나타나기라도 한 것인가?"

서교영은 벌겋게 달아올랐던 성질을 다 삭이지도 못하고 고개를 갸웃거렸다.

"놈들의 교란 작전일세."

서교영과 유건하가 천막 안으로 들어오자 엄한필과 함께 두 사람을 기다리고 있던 옥성 도장이 서둘러 말을 꺼냈다.

"좀 전에 급보가 도착했네. 무당으로 향하는 놈들의 세력은 속임수이고, 호교일령주와 이령주란 괴물은 소수의 주력을 이끌고 방현(房縣)으로 향하고 있네. 그곳에 계신 맹주님이 목표인 것 같네."

옥성 도장의 목소리가 점점 더 급하게 천막 안을 울렸다.

"맹주님께서는 그곳에 무슨 일이신지요?"

엄한필이 갑작스런 상황 변화에 어리둥절한 표정을 지으며 물었다. 무림맹주이긴 하지만 무림맹 내에서도 거의 모습을 보기 힘든 사람이었다.

"맹주님께선 그곳에서 세가 사람들을 비밀리에 만나 흔들리는 민심을 파악하고 계시네. 그곳은 다른 곳들과는 달리 밀교가 민간을 먼저 파고든 곳이네. 대부분의 현민들에게 밀교가 암암리에 깊이 뿌리를 내린 곳이라 가만히 앉아서 서천맹의 땅이 되어가는 곳이지. 맹주님께선 그곳 세가의 가주들과 의논하여 최대한 민심을 돌리려 하고 있네. 어쩌면 이런 식의 침략이 무력으로 쳐들어오는 것보다 훨씬 무섭다네. 칼 들고 오는 놈들이야 찍어 눌러 쫓아 보내면 되지만, 민중의 마음속으로 스며드는 밀교를 쫓아내기란 쉬운 일이 아닐세. 무림맹이 그런 현상을 미연에 뿌리 뽑지 못하면 앞으로의 사태를 장담할 수 없다네."

옥성 도장은 설명을 마치며 미간을 찌푸렸다. 도교 성지인 무당산 가까운 곳에서 그런 상황이 발생했다는 사실에 심기가 불편한 모양이었다.

"그놈들 참! 별걸 다 하는군요. 싸움에다 법술에… 이번에는 민심까지 현혹시키려 하는군요."

엄한필이 눈을 번뜩이며 도를 집어 들었다.

"호교팔령주 중 수위를 맡고 있는 일, 이령주라면 결코 쉬운 상대가 아닐 걸세. 놈들은 아마 최고 정예를 이끌고 맹주님을 칠 걸세. 맹주님께선 이 기회에 놈들을 잡을 심산으로 모른 척 함정을 파고 계시네."

"너무 위험하지 않습니까?"

신중한 표정으로 옥성 도장의 얘기를 경청하던 유건하가 목소리를 높였다.

호교일령주와 이령주가 이끄는 정예라면 보지 않아도 어떤 자들일지 짐작이 갔다. 그들을 함정으로 끌어들여 몰살시키면 다행이지만 그렇지 못한다면 무림은 큰 타격을 입을 것이다.

두림맹주라는 자리는 상징적인 자리이고, 맹주 한 사람에 전력이 집중된 것도 아니다. 그러나 그 상징이 무너지면 사기가 급격히 떨어진다. 그건 수천, 수만 인원이 쓰러진 것과 같은 여파를 가져온다.

"맹주님께선 마침 자네들이 여기 있는 것을 아시고 그런 결정을 내린 것일세. 그렇지 않았다면 몸을 빼냈을 걸세. 그러니 자네들의 임무가 막중하다네."

옥성 도장이 타오르는 듯한 눈으로 세 사람을 쳐다보았다.

태허 진인은 맹주이자 개인적으로는 자신의 사숙이었다. 무당에 입문하면서부터 언제나 한없는 존경심으로 대해왔던 사숙을 놈들을 함정에 빠뜨릴 미끼로 이용한다고 생각하니 입이 바짝 마르는 심정이었다. 그렇기에 자신 앞에 선 세 명의 젊은이들에게 향하는 눈빛은 뜨거운 열기를 내포하고 있었다.

"자네들이 그 괴물들을 잡아준다면 전세는 우리 쪽으로 훨씬 유리하게 흐를 걸세. 역으로 놈들에겐 청룡당주를 잃은 것만큼 타격을 주겠지. 그러나 많은 인원들이 움직이면 놈들이 눈치 채고 모든 계획이 수포로 돌아갈 테니 항마대 최고고수 열 명만 동행하게. 목숨을 건 위험한 일이 되겠지만 현재로선 자네들이 가장 큰 희망일세."

옥성 도장이 세 사람의 손을 일일이 잡으며 무운을 빌었다. 그리고 같이 임무를 수행할 열 명의 인원을 불러왔다.

"여러분의 어깨에 무림의 안위가 달려 있다오. 부디 무림을 구해주시오."

옥성 도장의 목소리가 간곡하게 울려 퍼졌다.

＊　　　＊　　　＊

무림맹의 현 맹주 태허 진인은 무거운 표정으로 고개를 흔들었다.

방현 인근의 상황은 생각보다 훨씬 심각했다.

그동안 놈들의 무력 침공에만 신경을 곤두세우느라 다른 쪽으로는 주의를 돌릴 틈이 없는 사이, 서천맹의 마수는 민가를 통해 빠르게 퍼져 나가고 있었다.

그런 전파 속도로 보아 어제오늘 시작한 일은 절대 아니었다. 오랫동안 비밀리에 스며들었다가 서천맹의 발호와 함께 당당하게 표면으로 나서며 급속히 퍼져 나가는 것이다.

어쩌면 이것이 더 무서운 일이다.

하루 벌어 하루 먹고살기도 힘든 민초들에게는 황권도, 백도무림맹이란 단어도 별 의미가 없다. 당장 손에 쥐어주는 동전 몇 닢이 더 의미가 컸고, 간단한 사술로 오랜 지병이 일시적이나마 눈에 띄게 차도가 있다면 그것이 더 중요했다. 차후에 훨씬 더 심각한 후유증이 온다든지 하는 결과는 이미 현혹되어 버린 자들에겐 영생을 위한 작은 고통쯤으로 치부되어 버린다.

그런 민초들을 현혹하며 퍼져 나가는 밀교의 교세는 흡사 들불이 번져 나가는 것 같았다.

'그동안 너무 무심했었구나…….'

태허 진인은 걸음을 멈추고 하늘을 우러렀다.

모처럼 밝은 날의 양광이 찌르듯이 얼굴로 쏟아져, 마치 자신을 질책이라도 하는 듯했다.

그동안 자파의 안위와 세력의 확장에 더 큰 비중을 두느라 민초들의 마음을 다독거리지 못한 사실이 무거운 회한으로 다가왔다.

서천맹의 궁극적인 목적은 결국 이것이리라.

무림맹을 치고, 승리를 추구하는 것은 궁극에 가서 교세를 확장하고 중원에 밀교를 퍼뜨리기 위함이리라. 이제까지는 비밀리에 명맥만 유지하며 웅크리고 있다가 서천맹이 무림의 주인이 될 수 있다는 소문이 퍼지며 공공연하게 퍼져 나가고 있다.

"원시천존! 원시천존……."

태허 진인은 마침내 도호를 입 밖으로 터뜨렸다.

이런 현상을 미연에 막지 못한다면 전쟁에서는 승리한다 해도 온 세상에 불씨를 남기는 결과가 될 것이다.

태허 진인은 납덩이처럼 무거운 마음에 긴 한숨을 내쉬었다.

"사형! 좀 쉬었다 가시지요?"

태허 진인의 괴로운 심사를 짐작하는 듯 뒤에서 한 도인이 태허 진인에게 친근하게 말했다.

머리를 틀어 올려 도관을 얹은 노인의 모습은 그러잖아도 긴 얼굴을 더욱 길어 보이게 했다. 무당과 별로 사이가 안 좋은 문파로부터는 당장 말코도사라는 비아냥을 듣기에 충분한 모습이었다.

"음, 그렇게 하세."

자신의 막내 사제인 태영 진인(太英眞人)의 목소리에 태허 진인은 짧게 답하며 고개를 끄덕였다. 그리고 아무도 모르게 주변 지형을 살폈다.

자신의 예상대로라면 지금이 적기였다. 그러나 오른손이 하는 일을 왼손이 눈치 채지 못하게 할 정도로 자신 외에는 아무도 모르는 일이었다.

무심히 주변 풍경을 감상하는 듯하면서 주변 기운을 읽은 태허 진인은 근처 바위 위에 걸터앉았다.

"자네들도 좀 앉아서 쉬게."

자신이 앉은 후 사제 태영 진인만이 옆에 앉았을 뿐, 다른 사람들은 말뚝처럼 주변에 둘러선 것을 본 태허 진인은 낮지만 엄한 목소리로 말했다. 그러나 다른 문도들은 여전히 꼼짝도 않고 서 있었다.

"쯧쯧!"

태허 진인은 가볍게 혀를 찼다. 도라는 것이 형식 속에 있는 것이 아니라고 누누이 일러도 소용이 없었다.

더 권해봐야 오히려 불편을 가중시키기만 한다는 것을 안 태허 진인은 고개를 돌리고 호흡을 가다듬었다.

몇 번 낮고 긴 호흡을 하며 온몸으로 대기의 냄새를 맡던 태허 진인의 눈빛이 점점 강렬해지기 시작했다.

기다리던 손님들이 은밀하게 매복하고 있는 것을 느꼈기 때문이다.

너무 미약하여 착각인 듯 느껴지는 한 가닥 음산한 기운이 소롯길이 끝나는 들판에서 흘러나오고 있었다.

자신은 이런 일이 있을 것이라는 것을 미리 알고 대비하였기에 그 기운을 겨우 느낄 수 있었지만, 자신 옆에 앉은 사제나 다른 문도들은 아무것도 모르고 있었다.

바람결에 날려오는 한 가닥 악취처럼 순간적으로 느껴지는 기운은 결코 범상한 것이 아니었다.

'쉬운 상대들이 아니구나.'

태허 진인은 내심 긴장하며 문도들을 쳐다보았다.

"검을 들거라!"

사질들과 사손을 쳐다본 태허 진인이 나직이 말하자 모두들 움찔하며 태허 진인을 쳐다보았다.

"사백, 왜……?"

옥자(玉字) 항렬의 옥인 도장(玉忍道長)이 태허 진인을 쳐다보며 고개를 두리번거렸다. 태허 진인의 표정으로 보아 적도들이 근처에 있음이 분명했다.

자신으로서는 아무리 신경을 곤두세워도 아무것도 느낄 수 없었지만 사백 태허 진인의 무공을 알기에 바짝 긴장하며 더욱 세심하게 주변을 살폈다.

"저건?"

소롯길이 끝나는 들판에서 아지랑이가 피어오르고 있었다.

봄이 되려면 아직 멀었기에 더워진 대지가 기지개와 함께 한숨을 뿜어내는 현상은 당치 않았다.

한 가닥 피어오르던 아지랑이가 여러 개로 늘어나며 점점 그 색채가 짙어지기 시작했다.

"매복……?"

짙어지던 색채가 점점 사람의 형상을 띠게 되는 것을 본 긴 얼굴의 태영 진인은 신음을 흘렸다.

태영 진인 역시 흐릿하게 솟아나는 인영들이 결코 범상한 인물들이 아님을 느꼈다.

"언젠가는 마주쳐야 할 일이 조금 빨리 온 것뿐이야. 놈들은 법술에도 능하니 검을 휘두르는 순간에도 평정심을 잃지 말아야 한다."

태허 진인이 송문고검을 뽑아 들며 긴장한 문도들에게 조용히 당부했다. 그러나 그 목소리에는 강한 도력이 스며 있어 불시의 상황에 당황하는 문도들의 마음을 가라앉혔다.

"중원을 침공한 서천맹의 여덟 호교령주 중 일, 이령주가 저놈들 중에 있다. 기필코 두 놈의 목을 베어 무림의 안위에 기여해야 한다."

말을 마친 태허 진인의 신형이 미끄러지듯 앞으로 쏘아져 나갔다. 뒤이어 무당의 문도들이 태허 진인 옆으로 산개하며 쏘아졌다.

"귀하가 무림맹주 태허 진인?"

은빛 갑옷에, 은빛 투구를 쓴 괴인이 태허 진인을 향해 불쑥 질문했다.

장대한 체격에 전선의 무장처럼 온몸에 걸친 갑옷과 투구는 나이마저 짐작이 어려운 모습이었다.

"그렇다네. 귀하는?"

태허 진인이 간단하게 답하고는 똑같이 괴인의 정체를 물었다.

"호교이령주!"

갑옷 괴인이 금속성 짙은 목소리로 답하며 두 눈 가득 기광을 내쏘았다. 그 눈빛은 마치 잡기 힘든 영물을 만난 사냥꾼의 눈빛 같았다.

"호교이령주라……. 여기서 기다린 것을 보니 단단히 준비를 한 모양인데 혼자 온 것은 아니겠지?"

마주치자마자 사방으로 포위를 하는 무리들을 잠시 쳐다본 태허 진인이 다시 질문했다.

"여기 호교일령주도 왔소이다."

호교일령주의 목소리는 뜻밖에도 태허 진인 일행이 지나온 뒤쪽에서 울려왔다.

급히 고개를 돌린 무당파 문도들의 눈에 지극히 평범한 촌로의 모습이 들어왔다.

호교이령주와는 달리, 너무 평범해서 있는지 없는지도 모르게 느껴지는 노인이었다.

그 때문에 여러 명의 호교령대와 섞여 뒤쪽으로 움직였지만 누구도 그가 호교팔령주 중 수좌인 호교일령주라 알아보지 못한 것이다.

"하늘 같은 무림맹주를 뵙게 되어 영광이외다."

호교일령주가 만면에 보기 좋은 미소를 띠며 인사를 했다.

"저 친구에 비해 너무 초라한 모습이라 실망한 모양인데…… 이런 모습이야말로 민초들의 가슴에 쉽게 스며들고, 민초들을 교화시키는 데 있어 최고의 무기라오."

호교이령주와 너무 차이나는 모습에 어리둥절한 표정으로 자신을 쳐다보는 무당 도인들의 눈빛을 읽었는지 호교일령주가 슬쩍 호교이령주를 쳐다보며 말했다.

"솔직히 그대가 호교일령주란 사실이 믿어지지가 않는구려. 이곳의 민심을 그렇게 흐려놓은 사람이라면 머리에 뿔 하나는 돋아 있을 줄 알았다오."

태허 진인이 탄식조로 말했다.

"민심을 흐렸다……. 글쎄? 모를 얘기로군. 아무 꿈도, 낙도 없이 살아가는 민초들에게 더 좋은 세상이 올 것이란 믿음과 꿈을 심어준 것이 민심을 흐렸다고 말하는 것이라면 그렇다고 해야겠지. 그러는 도사님들은 민초들에게 뭘 해주었소?"

태허 진인의 말에 심기가 상했는지 호교일령주의 사람 좋아 보이던 인상이 약간 경직되었다.

"최소한 그대들처럼 지키지 못할 약속을 남발하며 그들의 피와 땀을 요구하지는 않았지."

"닥치시오, 말코! 누가 지키지 못한다고 했소?"

호교이령주가 손에 들고 있던 철곤(鐵棍)을 쿵 하고 바닥에 찍으며 고함을 질렀다.

"누가 주인이 되든 세상이란 곳은 하루아침에 바뀔 수 있는 곳이 아니오. 그대들이라고 해서 다를 건 없지. 그런 의미에서 본다면 당장 극락정토가 펼쳐질 것처럼 말하며 민초들을 선동하는 건 혹세무민하는 일이지."

태허 진인이 나직하게 도호를 터뜨리며 말했다.

"그거야 바뀌기 전에는 알 수 없는 일!"

호교이령주의 눈에서 뻗어 나오는 살기가 짙어졌다. 그리고 땅을 짚고 있던 철곤을 천천히 들어 올렸다.

"서로의 교리를 따지고자 며칠 밤낮을 달려 이곳에 오지는 않았다. 어쩌면 무당말코 당신의 말이 맞을지도 모르지. 그 정도도 모를 철없는 나이도 아니고……. 어쨌든 우리는 그걸 논하려 온 것이 아니니 더 이상은 사양하겠다. 정의는 이긴 자의 편이니까."

거칠게 내뱉은 호교이령주가 몇 발짝 앞으로 나섰다.

단순한 몇 걸음이었지만 갑옷에 달린 수많은 은린(銀鱗)들에서 마찰음이 흘러나오며 옮기는 호교이령주의 움직임에 유일한 정자(貞字) 항렬의 젊은 도사 정유(貞劉)는 대기가 압축되는 듯한 느낌을 받으며 이를 악물었다.

고수를 만나면 자신도 모르게 주춤 뒤로 물러선다는 말은 이를 두고 한 말 같았다.

압축된 대기가 폭풍같이 강한 힘으로 밀려오는 느낌!

툭.

사색 옥인 도장이 슬쩍 어깨를 부딪치며 정유에게 한 가닥 기운을 전했다.

더 이상 견디기 힘들 정도로 압력을 가하던 느낌이 사라지고 흐려졌던 사물이 확연히 눈에 들어왔다.

'환술이었나?'

정유는 순간적으로 꿈에서 깨어나는 느낌을 받으며 탁한 숨을 내뱉었다.

극에 이르면 무공과 환술이 따로 없다고 했다. 무공 속에 환(幻)이 있고 환 속에 무공이 있다고 했다.

이곳에 있는 무당 문도들 중에서 제일 어린 정유는 그걸 감당하기 힘들었다.

"평상심을 유지하거라. 놈들의 말에 흥분하여 평정을 잃었기 때문이야."

사숙조인 태영 진인이 낮게 책망했다.

이마에 흐른 땀을 닦은 정유가 고개를 끄덕이며 검을 다잡았다.

"이제 준비가 됐으면 시작해 봐야겠지요? 우리도 길게 끌 시간이 없으니 말이외다."

호교일령주도 호교이령주 옆으로 걸어나오며 손을 들어 올렸다. 좀 전과 마찬가지로 언제 호교이령주의 곁에 섰는지 모를 움직임이었다. 호교이령주의 움직임에 가려져서 못 본 것인가 싶었지만 결코 그런 것은 아니었다. 혼자 있더라도 그런 느낌이 들 움직임이었다.

우웅!

호교이령주의 철곤이 천천히 앞으로 내밀어졌다.

다시 한 가닥 암력이 밀려들며 대기가 압축된 듯한 느낌을 받았다.

태허 진인의 송문고검이 정유의 눈앞에서 번쩍 검광을 뿌렸다.

기수식을 취하듯 천천히 내밀어지던 호교이령주의 철곤이 어느새 앞으로 쇄도해 가장 허약한 곳으로 자연스럽게 흘러 정유의 가슴을 노렸던 것이다.

그것을 태허 진인의 검이 잘라갔다.

귀를 찢는 듯한 굉음이 울리며 정유의 눈앞에서 불꽃이 튀었다.

그 불꽃에 정유는 다시 정신을 차리며 급급히 뒤로 물러났다.

휘이잉—

호교이령주의 철곤을 튕겨낸 태허 진인의 검이 여세를 몰아 호교이령주를 향해 뿌려졌다. 호교이령주가 신속히 철곤을 회수하며 태허 진인의 검을 막았다.

그것을 시작으로 태허 진인 일행을 포위하고 있던 호교대원들이 빠르게 포위망을 좁혀들었다.

"대무림맹의 맹주를 상대함에 있어 호교이령주 혼자라면 결례가 될 터……."

수하들에 의해 무당 문도들이 가로막히는 것을 확인한 호교일령주가 호교이령주 옆에 가세하며 동시에 태허 진인을 공격해 들어왔다. 처음부터 태허 진인을 처치하기 위한 계획된 움직임 같았다.

두 사람을 한꺼번에 상대하게 된 태허 진인은 경시할 수 없는 압박감을 느끼며 문도들을 쳐다보았다.

풍기는 기도가 하나같이 절정에 이른 호교대원들에 둘러싸인 문도들은 팽팽하게 조여오는 기운에 한발을 떼는 것조차 함부로 할 수 없는 듯 미동도 않고 석상처럼 서 있었다.

그만큼 호교대원들의 기세가 흉험하다는 말이었다.

'때맞춰 왔구나.'

잔뜩 긴장하며 주변 상황을 살피던 태허 진인의 눈에 안도감이 물들었다.

저 멀리서 바람처럼 달려오는 세 사람과 그 뒤를 따르는 열 명의 인영이 태허 진인의 시선 속으로 들어왔다.

"저놈들은?"

금방이라도 태허 진인에게 달려들 것 같던 호교일령주가 신음을 흘렸다. 순식간에 가까워지고 있는 자들 중, 제일 앞 세 명의 모습을 보니 그동안 귀가 따갑도록 들은 태극삼성이란 놈들이 확실했다.

호교이령주의 눈빛도 번쩍 빛을 뿜었다.

백도무림맹의 이목을 속이고자 대군을 균현으로 향하게 하고 소수 정예만 뽑아 이곳으로 빠져나왔는데 그 정보가 샌 것이다. 그리고 오히려 자신들이 함정에 빠진 것 같았다.

"도리어 함정을 팠구나."

호교이령주가 투구 속에서 이를 갈며 중얼거렸다.

"그렇다면 속전속결로… 하앗!"

슬쩍 손을 흔들어 다른 부하들에게 태극삼성을 막게 지시한 호교이령주가 기합성과 함께 무서운 속도로 철곤을 휘둘렀다.

철곤의 환영이 부챗살처럼 넓게 펼쳐지며 태허 진인의 허리를 부술 듯 쇄도해 들어왔다.

철곤이 허리 한 자 앞에 다가섰을 때 태허 진인이 슬쩍 팔을 움직여 송문고검을 수직으로 내렸다. 무거운 철곤을 향해 어린아이들의 막대기를 막는 것 같은 무모하기 짝이 없는 방어식이었다.

그 움직임은 간단했지만 수직으로 내려 막은 송문고검은 철벽 같은 기운을 담고 호교이령주의 철곤을 강하게 튕겨냈다.

벼락이 치는 듯한 폭음과 함께 튕겨져 나온 철곤을 보며 호교이령주의 눈은 은빛 투구 속에서 감탄의 빛을 발하고 있었다. 그런 호교이령주의 미간을 향해 태허 진인의 검이 구름처럼 표홀하게 찔러들었다.

간단한 수비 동작에 의한 여유가 그런 공격을 가능하게 한 것이다.

예상보다 훨씬 강한 태허 진인의 무공에 호교이령주는 철곤을 들어 방어할 생각을 못하고 급히 신형을 뒤로 빼냈다. 그러나 미간을 노리는 태허 진인의 검극은 끈이라도 매달린 듯 그대로 쫓아오고 있었다.

"그렇게는 안 되지!"

일갈과 함께 호교일령주가 측면에서 쇄도해 들며 오므렸던 오른손 손가락 다섯 개를 활짝 폈다. 손에 묻은 물을 튀기듯 가벼운 움직임이었지만, 각각의 손가락에서 뻗어 나오는 다섯 줄기 혈선에는 치를 떨리게 하는 섬뜩함이 도사려 있었다.

"오지혈선(五指血線)!"

밀교의 비전인 오지혈선의 기운이 다섯 개 대혈을 노리고 드는 것을 느낀 태허 진인은 호교이령주를 향한 공격을 멈추고 송문고검을 크게 휘둘러 정면으로 두터운 막을 쳤다.

쩌쩌쩌쩌쩡!

다섯 개의 굉음이 거의 동시에 울리며 태허 진인이 펼친 강기막에 호교일령주의 오지혈선이 모두 소멸되고 그 자리엔 자욱한 흙먼지가 튀어 올랐다.

"소청검법의 단순한 초식으로 오지혈선을 막아내다니, 역시 무림맹주……!"

호교일령주가 거듭 감탄의 눈빛으로 태허 진인을 쳐다보았다.

"저들이 온 이상 이제 함정에 빠진 쪽은 당신들이 되겠지?"

막아선 호교대원 한 명을 쓰러뜨리고 있는 엄한필 일행을 보며 태허 진인이 나직하게 말했다.

"아직은 시간이 많다, 늙은이!"

무거운 철곤으로 맞부딪치고도 우위를 점하지 못한 채 속절없이 뒤로 밀렸던 호교이령주가 콧김을 내뿜으며 소리를 질렀다.

태극삼성이란 놈들의 소문은 익히 들었지만 이끌고 온 호교대 정예들 역시 허수아비가 아니다. 저들이 막고 있는 동안 합공하여 태허 진인을 끝장내면 되는 것이다.

눈빛으로 그런 의중을 교환한 호교일령주와 이령주는 태허 진인의 양 옆으로 움직이며 일정한 거리를 유지했다.

거리가 맞춰지는 순간, 호교이령주의 철곤이 비조처럼 부상한 후 벼락처럼 떨어져 내렸다.

천화포접공(穿花捕接功)의 신법을 펼친 태허 진인의 신형이 사라지듯 옆으로 미끄러졌다.

콰앙!

무겁게 떨어져 내리던 철곤이 땅을 두드리자 움푹 패인 땅이 폭음과 함께 흙먼지를 토해냈다. 그 흙먼지로 인해 시야가 잠시 가려지는 사이, 튕겨져 오른 철곤이 떨어져 내리던 속도 이상으로 태허 진인을 향해 휘둘러졌다.

이번에는 목을 으스러뜨릴 듯 날아드는 철곤을 본 태허 진인의 노안에 은은한 다급함이 어렸다.

이런 식의 곤법을 예측 못한 것은 아니지만 무거운 철곤이 피워 올린 흙먼지가 예상보다 훨씬 두터웠다. 그리고 약속이나 한 듯 맞물려 움직이며 철곤을 피할 방위를 모두 점하고 있는 호교일령주의 움직임이 너무 교묘했다.

두 사람의 합공에 의해 사방팔방 그물이 쳐진 듯한 느낌을 받은 태허 진인은 목을 향해 날아드는 철곤과 후방을 점하며 날아드는 호교일령주의 손 그림자가 마주치는 곳을 향해 암벽에 구멍을 내듯 송문고검을 찔러 넣었다.

"크윽!"

"으음―"

답답한 신음이 흘러나오며 세 사람이 동시에 뒤로 물러섰다.

호교일령주와 이령주의 입가에 가는 선혈이 흘러내리고 있었다. 태허 진인의 검에 실린 내력이 그만큼 무거웠던 것이다.

그러나 두 사람의 공력을 한꺼번에 상대한 태허 진인 역시 무사하지 못했다. 오히려 내상은 더 심하게 입은 듯 쿨럭 하고 기침을 하는 태허 진인의 입에서는 시커먼 선혈덩어리가 토해져 나왔다.

'수적으로 너무 열세구나!'

내부가 진탕되는 것을 느낀 태허 진인이 탄식을 삼키며 호흡을 가다듬었다.

파앗—

서교영의 쾌검에 한 호교대원의 왼쪽 어깨가 갈라졌다. 선혈이 선명하게 튀어 올랐지만 잠시 주춤했을 뿐 인상 하나 변하지 않은 사내는 쉼없이 검을 휘둘러 왔다. 그러나 그 주춤한 순간의 빈틈 속으로 유건하의 주먹이 파공성을 울리며 날아들었다.

퍼억—

도저히 인간의 몸에서 터져 나온 소리라고는 믿기 힘들 정도의 파육음과 함께 가슴이 함몰된 사내는 입으로 피분수를 토해내며 이 장도 넘게 뒤로 날아갔다.

자신들을 막아선 호교대원 한 명을 더 처치한 유건하를 보며 엄한필이 태허 진인에게 눈길을 주었지만 그물처럼 막아서는 호교대원들을 뚫고 태허 진인에게 가기는 무리였다.

백도무림을 대표하는 절정고수이긴 하지만 상대들 역시 절정의 고수였다. 그러니 결국 두 사람의 합공을 받는 태허 진인은 시간이 갈수록 위험해질 수밖에 없었다.

그걸 익히 알고 있는 듯 앞을 막은 놈들은 필사적으로 자신들의 전진을 방해하고 있었다.

'무리를 할 수밖에 없다.'

다른 한쪽에서 싸우는 무당 문도들 역시 자신들 목숨 건사하기도 힘든 상황임을 판단한 유건하는 결심을 굳혔다.

필살의 삼태극검진이었지만 완벽하게 짜 맞추며 돌아가는 데는 그만큼의 시간을 요한다.

그러나 지금 가장 필요한 것이 그 시간을 줄이는 것이다.

유건하의 발끝이 빠르게 양쪽으로 움직이며 마보를 취했다. 그에 따라 속전속결의 의도를 짐작한 엄한필과 서교영이 신속히 움직이며 도검의 움직임을 달리했다.

휘이잉—

유건하의 발이 휘몰아치는 폭풍처럼 바람을 일으키며 앞을 막은 세 명을 향해 날아들었다. 그리고 그 사이로 권풍이 뻗어 나왔다.

옆을 스치는 바람만으로도 살갗이 벗겨져 나갈 정도의 권풍에 가운데 선 사내가 맹렬히 검을 휘둘렀다.

권풍이 검신에 부딪치며 날카로운 쇳소리를 토해냈다.

퍼엉!

엄한필을 도와 서교영의 검도 쇳소리를 내며 좌, 우측 두 명의 사내를 견제하는 사이 유건하의 우장에서 불길이 뿜어졌다.

불길에 휩쓸린 사내의 심장이 시커멓게 타 들어가며 그 자리에서 무너졌다.

그 사이로 유건하의 신형이 바람처럼 빠져나갔다. 삼태극합격진을 포기하며 단신으로 태허 진인에게 접근한 것이다.

"괜찮은 방법이군!"

이렇게 나올 줄은 예상 못하고 서교영과 잠시 놀란 눈을 마주쳤던 엄한필은 이빨을 드러내며 웃었다. 더 이상 합격진은 펼칠 수 없겠지만 맹주의 안위는 그만큼 든든해진 것이다. 우선은 맹주부터 구하고 나중에 호교일, 이령주를 잡아야 할 것이다.

"조심하세요, 사형!"

서교영이 고함을 질렀으나 그녀에게도 엄한필에 떨어지는 것 못지 않은 검들이 떨어지고 있었다.

신속히 신형을 튼 서교영이 빛살 같은 검을 뿌렸다.

쾌검이 사내의 심장을 갈랐다 싶은 순간, 서교영의 눈이 크게 뜨여졌다.

사내의 심장을 가르고 지나간 검에 아무런 느낌이 없었던 것이다.

'사술?'

서교영은 내심 중얼거리며 와락 인상을 찌푸렸다.

놈들 중에는 법술에 능한 자도 있다는 주의를 거듭 듣고 왔지만 직접 겪어보니 황당하기 이를 데 없었다.

"망할!"

서교영이 욕지기를 토해내며 앞으로 쏘아졌다. 사술을 부린 놈을 끝까지 처치하겠다는 의도였다.

"놈의 눈을 쳐다보지 마시오, 서 소저!"

항마대에서 차출해 온 열 명의 고수 중 한 명이 날아드는 칼을 막으며 거친 소리를 질렀다. 수적으로는 열세인지라 항마대 고수들 대부분 두 개의 검과 도를 한꺼번에 상대하고 있었다. 한시라도 빨리 자신들이 놈들을 처치해 주지 않는다면 서서히 쓰러질 상황이었다.

'어디!'

항마대 고수의 충고를 들은 서교영이 밀교의 법술을 부리는 사내를 향해 다시 쾌검을 뿌렸다.

깡! 하는 소리와 함께 실체가 느껴졌다.

의식적으로 상대의 시선을 피하다 보니 완벽한 공격은 이루어지지 않았지만 좀 전처럼 허깨비를 자르고 황당해하지는 않아도 될 것 같았다.

파앗―

결국 서교영의 쾌검에 목이 달아나며 사술을 쓰던 사내의 육신이 고목처럼 무너졌다.

무너지는 사내 옆에서 다른 사내 하나도 엄한필의 칼에 심장이 부서지듯 갈라지며 뒹굴었다.

'사형께서 함정을 팠구나!'

태영 진인은 날아오는 검을 쳐내며 긴 한숨을 내쉬었다.

며칠 전부터 계획에 없던 진로를 잡은 행동과 뭔가 석연치 않았던 눈빛들… 그리고 때맞춰 나타난 태극삼성이란 젊은이들을 보니 물리고 물리는 정보전과 함께 역으로 판 함정이었던 것이다.

자신에게까지 그걸 알려주지 않은 사형이 야속하다는 생각도 들었지만 평소 철두철미한 성격으로 미루어 납득이 가는 일이었다. 그리고 오늘 이 자리에서 호교일령주와 이령주란 저 두 노괴만 처치한다면 자신은 죽어도 여한이 없다.

태극삼성과 함께 원군이 왔지만 자신들에게 날아드는 칼은 여전히 목숨을 위협하기에 부족함이 없었다. 그러나 그들로 인해 아직은 목숨이 붙어 있고, 그래서 태허 진인에게 부담을 주지 않는 것만으로도 다행이었다.

태영 진인은 더 이상 목숨도 아깝지 않다는 듯 검을 휘둘렀다.

"크윽!"

"으윽―"

두 마디의 비명이 동시에 터져 나오는 것을 들은 태영 진인은 급히 고개를 돌렸다.

한 마디의 신음은 자신의 검에 베어진 놈의 것이었지만 좌측에서 들리는 신음은 사손인 정유의 것이었다.

사손으로 이번 행차에 동행한 정유는 무당의 다음 대를 짊어지고 갈 청년이었다. 그런 놈의 허리가 갈라지며 피가 튀었다.

"이, 이놈, 정유야!"

태영 진인은 고함을 지르며 정유를 향해 몸을 날려 재차 날아드는 칼을 막았다.

자신은 죽어도 여한이 없지만 이놈이 먼저 죽는 꼴을 본다면 지옥에서도 두고두고 후회가 될 것 같았다.

간신히 사손의 목을 향한 칼은 막았지만 대신 자신의 등줄기로 화끈한 통증이 관통하는 것을 느꼈다.

등에서부터 심장까지 뻗어 나온 검 한 자루를 보며 태영 진인은 이를 악물었다.

고통은 느껴지지 않았다. 다만 저 두 괴물이 쓰러지는 꼴을 보지 못하고 눈을 감는다는 사실이 안타까울 따름이었다.

"사숙조님!"

정유가 절규하며 검을 휘둘렀다.

심장 앞으로 튀어나온 검신을 태영 진인이 잡고 있었기에 미처 검을 빼내지 못한 사내의 목이 정유의 검에 갈라졌다.

"사숙!"

한 중년 도사도 태영 진인을 향해 달려들었지만 태영 진인의 눈은 초점을 잃어가고 있었다.

"부디 사형을……."

그 말 한마디와 함께 태영 진인의 몸이 바닥으로 무너졌다.

―한 놈을 잠시 떼어내 줄 수 있겠나?

자신의 곁으로 구름처럼 날아온 유건하를 향해 태허 진인이 전음으로 말했다.

이 젊은이들의 무서움은 셋이 합격진을 펼칠 때였다. 전대 명숙들에 의해 그렇게 키워진 아이들이었고, 그 합격진 안에 갇힌다면 자신이라도 제대로 뼈를 추릴 자신이 없었다. 그러니 이렇게 혼자 떨어져서는 제 위력을 발휘하지 못하겠지만 호교일, 이령주의 합공을 잠시만 제지해 줄 수는 있을 것이다.

―해보겠습니다.

유건하 역시 태허 진인의 의중을 짐작하고 전음으로 답했다.

―철갑을 뒤집어쓴 저놈을 잠시 떼어주게.

호교일령주를 먼저 잡을 생각을 한 태허 진인은 전음과 함께 신형을 이동시켰다.

움직이자마자 호교이령주의 긴 철곤이 떨어져 내렸다.

휘잉―

유건하의 신형이 팽이처럼 회전하며 호교이령주의 철곤을 향해 선풍각(扇風却)을 내질렀다.

큰 철고(鐵鼓)를 두드리는 듯한 둔중한 소리가 울리며 태허 진인의 진로를 가로막아 가던 철곤이 위로 튕겨 올랐다.

방향이 꺾인 철곤을 통해 손목으로 전해지는 진동이 만만치 않음을 느낀 호교이령주의 눈빛이 미미하게 흔들렸다. 유건하의 내력이 예상을 뛰어넘었기 때문이다.

"태극삼성이란 명성이 허명은 아니구나."

다시 전의에 불타는 눈빛으로 돌아온 호교이령주의 철곤이 허공에서 뚝 꺾어져 땅으로 떨어져 내렸다.

철곤 끝이 땅에 닿기도 전에 흙먼지가 터져 올랐고, 그 흙먼지 속에 몸체를 숨긴 철곤이 어느새 횡으로 방향을 바꾸어 태산횡단(泰山橫斷)의 기세로 날아들었다.

순식간에 허리 어림으로 날아드는 철곤을 본 유건하의 상체가 그대로 뒤로 넘어갔다.

까닥 잘못하면 뇌려타곤으로 이어지기에 강호인들이 꺼려하는 철판교의 수법이지만, 이 순간 유건하의 철판교는 그 어떤 절기보다 수려하고 시기 적절했다.

그러나 그런 대응을 예상했다는 듯 횡으로 쓸어가던 철곤이 뻣뻣하게 드러누운 유건하의 가슴 부근에서 다시 방향을 꺾으며 수직으로 떨어져 내렸다.

태산이라도 자를 듯 횡으로 쓸어가던 기세로서는 도저히 불가능해 보이는 움직임이었지만 호교이령주의 철곤은 여전한 기세로 유건하의 가슴을 두드려 왔다.

퍼억—

경쾌한 파육음이 울려 퍼지며 회심의 미소를 떠올리려던 호교이령주가 눈을 크게 뜨고 신속히 철곤을 회전시켰다.

가슴 부근에서 방향을 바꾸어 떨어져 내리던 철곤을 쌍장으로 비스듬히 쳐낸 유건하의 몸이 그 힘을 고스란히 이용해 자신의 정면으로 양 발을 찔러오고 있었기 때문이다.

터엉—

쇳소리가 울리며 통나무처럼 수평으로 날아든 유건하의 양 발을 갑옷을 입은 팔뚝으로 막아낸 호교이령주가 쿵쿵거리며 다섯 발짝이나 뒤로 물러났다.

합격진을 펼치지 못해 힘들 것이라는 우려를 불식시키며 선전하는 유건하를 본 태허 진인이 호교일령주와의 거리를 좁혔다. 그리고 검을 들어 올렸다.

수평으로 쭈욱 뻗어 들어 올린 검이 호교일령주의 미간을 향해 겨누어졌을 때 검극이 미세한 떨림을 일으키기 시작했다.

'우웃!'

호교일령주는 다급성을 삼켰다.

기수식을 펼치듯 들어 올린 태허 진인의 검에 대응하려는 순간, 검극에서 뻗어 나온 기운이 자신의 온몸을 친친 감고 조여오기 시작한 것이다.

미간을 겨누고 진동하는 태허 진인의 검극은 어느새 커다란 동혈(洞穴)로 변해 자신의 신형을 빨아들이고 있었다.

흡인지기 따위는 아니었다. 그런 것에 당할 자신도 아니었고…….

그러나 지금 태허 진인의 검극에서 뻗어 나오는, 아니, 끌어들인다고 느껴지는 기운은 자신의 심령마저 빨아들일 듯 강력했다.

법술에 있어서도 고수인 호교일령주는 한 점의 검극에 빨려 들어가는 착각을 느끼며 온 힘을 다해 팔을 들어 올렸다.

팔을 들어 올리는 것이 천 근 바위를 드는 것처럼 무거웠지만 이 기운을 떨쳐내지 못한다면 자신은 저 동혈로 빨려들어 분쇄될 것이다.

치이잉―

겨우 들어 올린 호교일령주의 두 손이 장력을 뿜었고, 태허 진인의 검기와 격돌해 기음을 토해냈다.

커다랗게 아가리를 벌렸던 동혈이 순식간에 축소되며 태허 진인의 검이 무섭게 찔러 들어왔다.

"헛!"

경호성을 터뜨린 호교일령주가 검지와 중지를 튕겼다.

오지혈선의 힘이 두 개의 손가락으로 모여지며 선홍색 빛줄기를 쏘아냈다.

더 이상 전진했다가는 자신의 심장 역시 관통당할 수밖에 없다는 것을 느낀 태허 진인이 호교일령주의 미간을 향해 곧장 찔러가던 검을 휘둘러 두 줄기 혈선을 잘라갔다.

"이젠 내 차례……."

태허 진인의 검기가 거두어지자 호교일령주가 좌장을 쭈욱 뻗었다.

활짝 펼쳐진 호교일령주의 좌장에서 혈선이 아닌, 짙은 암무가 피어올랐다.

혈선처럼 핏빛 선명한 기운은 아니었지만 오히려 더 섬뜩한 느낌을 주는 암무에 태허 진인은 태청풍뢰검(太淸風雷劍)을 펼쳤다.

강맹한 검풍에 의해 암무가 걷혀지자 그 속에서 열 개의 수영이 어지럽게 태허 진인의 전신을 향해 덮쳐 왔다. 법술과 장력을 교묘히 조화시킨 수법이었다.

태허 진인의 검이 다시 쭈욱 앞으로 뻗어 나갔다.

검극에서 휘몰아친 진동이 호교일령주가 뿌린 열 개의 수영을 모조리 분쇄하며 그대로 호교일령주를 덮쳐들었다.

다시 태허 진인의 검극에 갇힌 호교일령주의 이마에 진땀이 흘렀다.

몇 번의 격돌로 내력이 많이 소진된 상태에서 재차 마주친 태허 진인의 공력은 훨씬 더 무겁게 느껴졌다.

호교일령주의 팔이 위로 치켜 올려지지 못하고 덜덜 떨리고 있었다. 그 사이로 태허 진인의 검극이 조금씩 호교일령주를 향해 다가갔다.

파앗―

호교일령주가 최후를 의식하고 눈을 질끈 감는 순간 태허 진인과 동행했던 무당 도인들을 거의 쓰러뜨린 호교대원 한 명이 태허 진인을 향해 검을 뿌렸다.

호교일령주를 처치하기 직전에 검을 회수한 태허 진인은 날아드는 검을 막으며 그대로 사내의 허리를 갈랐다.

호교대원 하나가 바닥에 나뒹굴었지만 그 대가로 호교일령주는 놓쳐 버렸다. 그리고 이젠 호교일, 이령주의 부하들 세 명이 더 가세하며 합공해 들었다.

두 명은 호교일령주를 도와 자신에게로, 다른 한 명은 유건하에게로 달려드는 것을 느낀 태허 진인은 엄한필과 서교영을 쳐다보았다.

호교대원을 열 명도 넘게 베어내고 항마대와 함께 대적하고 있었지만 아직은 몸을 빼내기엔 무리였다.

"망할 늙은이. 이젠 내가 끝장을 내주겠다!"

저승 문턱까지 갔다 온 호교일령주가 분기탱천한 모습으로 쌍장을 들어 올렸다.

‘내 죄가 크구나.’

태허 진인은 탄식을 삼키며 호교이령주와 또 한 명의 호교대원과 싸우는 유건하를 걱정스런 눈으로 살폈다.

자신이 최대한 빨리 호교일령주를 처치하고 유건하를 도와 호교이령주다저 잡을 생각이었지만 자신과 함께 온 무당 문도들이 먼저 몰살당해 버렸다. 싸움을 하기 위한 인원들이 아닌, 흐트러진 민심을 수습하기 위해 동행한 도인들이었기에 역부족이었다.

콰아앙―

호교일령주의 쌍장에서 폭음이 울리는 것을 들으며 태허 진인은 잠시 흩어졌던 정신을 검극에 모았다.

유건하는 점점 탁해지는 호흡을 느끼며 호교이령주의 가슴을 파고들기 위해 온 힘을 쏟아 부었다.

거리를 두어서는 벼락처럼 떨어져 내리는 철곤을 견뎌낼 수가 없었다.

온몸을 거북이 등껍질처럼 감싼 갑옷은 혼원장(混元掌)의 불길로도 치명적인 타격은 입힐 수 없었다. 더더구나 이젠 무당 문도들을 처치하고 가세한 한 놈마저 상대해야 했다.

‘어떻게 해서라도 거리를 줄여 호교이령주의 급소에 일격을 가해야 한다.’

유건하는 호교이령주의 급소를 찾고자 노력했지만 갑옷이 온몸을 뒤덮은 호교이령주의 급소는 보이지 않았다.

싸액―

가세한 사내의 칼이 유건하의 허리를 향해 날아들었다. 유건하는 빠르게 발을 움직여 사내의 칼을 피해냈다. 그리고 몸을 회전시켜 사내의 머리를 향해 일퇴를 날렸다.

너무도 표홀하게 자신의 도격을 피해내고 반격하는 유건하의 몸놀림에 사내가 당황하며 급히 도를 쳐 올려 유건하의 회선퇴(回線腿)를 막아왔다.

"하얏!"

기합성을 지른 유건하가 쳐 올리는 사내의 도신을 박차고 깃털처럼 몸을 날렸다. 그리고 부하의 가세에 잠시 숨을 돌리는 호교이령주를 향해 쏘아졌다.

호기는 곧 위기!

부하의 가세로 극히 짧은 순간 방심한 틈을 가르며 유건하의 신형이 호교이령주의 망막을 가득 채워왔다.

"헛!"

경호성을 터뜨린 호교이령주가 반사적으로 철곤을 놓고 우수를 칼날처럼 빳빳하게 세워 유건하를 향해 내뻗었다.

상대가 동귀어진을 할 의도가 없는 이상 그것은 가장 적절한 방어 동작이었다.

한 자루 칼보다 더 무섭게 날이 선 호교이령주의 손을 보며 유건하의 눈은 먼 과거로 향했다.

태호곡에서 사부와 함께 하던 시절!

그리고 아미와 곤륜의 또 다른 스승들에게 가벼움과 무거움을 각각 배우던 시절!

그 치열하고 아름답던 시절들이 뇌리를 가득 채워왔다.

"모든 것을 놓고 자신을 잊고 있다는 사실마저 잊었을 때 진아(眞我)를 찾을 수 있을 것이다."

어린 시절 무수히 들었던 가르침들이 귓속을 울리며 유건하는 모든 것을 잊어갔다.

자신을 잊어가는 유건하의 눈에 도저히 찾을 수 없었던 한 점이 커다랗게 확대되어 왔다.

유건하는 그 한 점을 향해 강하게 정권을 날렸다.

호교이령주의 눈이 부릅떠졌다.

자신의 수도에 차단당해 몸을 틀 것이라 생각했던 유건하의 주먹이 한층 더 맹렬한 기세를 담고 인중(人中)으로 날아들었기 때문이다.

퍼억—

퍽—

두 개의 파육음이 동시에 울려 퍼졌다.

호교이령주는 머리 속에서 수백 개의 폭죽이 터지는 느낌을 받으며 온 세상이 칠흑으로 물드는 것을 느꼈다.

'어떻게……?'

갑옷의 보호를 받지 못한 아주 작은 한 점인 인중이 움푹 함몰되며 칠공으로 피를 쏟던 호교이령주는 자신의 손을 움직여 보았다.

방어는 빈틈없었다.

그 손을 피하며 이런 공격은 불가능했다.

수강(手罡)을 펼친 자신의 우수는 유건하의 심장에 파고들어 있었다.

천만뜻밖으로 놈은 동귀어진의 수법을 선택했다. 그랬기에 이런 완벽한 공격이 가능했다.

"지독한……."

겨우 한 마디 내뱉은 호교이령주는 통나무처럼 뒤로 넘어갔다. 그의 손에 심장이 꿰뚫린 유건하도 입으로 선혈을 울컥울컥 토해내며 한덩어리가 되어 바닥에 나뒹굴었다.

"사제!"

유건하가 쓰러진 것을 본 서교영이 째지는 듯한 목소리로 고함을 질렀다.

제법 떨어진 거리였지만 호교이령주의 커다란 손이 유건하의 심장 깊숙이 파고든 모습은 생생히 눈에 들어왔다.

"사매, 위험해!"

자신에게로 검이 날아드는 것도 모르고 망연자실한 서교영의 주위를 환기시키며 엄한필이 도를 휘둘렀다.

앞을 막아선 사내 하나가 다시 바닥을 굴렀다. 그 여세를 몰아 엄한필은 서교영을 공격하는 사내에게 쇄도해 들었다.

"개자식들, 모조리 죽일 테다!"

눈에 핏발이 선 서교영이 나찰처럼 쾌검을 뿌렸다.

"야― 아악―"

비명을 지른 서교영의 검이 연속해서 빛살을 반사시켰다. 그 빛살 속으로 피어오른 선혈이 또 다른 빛깔로 채색되었다.

"사제, 사제, 제발……."

옆에서 날아드는 도검을 아랑곳 않은 서교영이 앞에 있는 상대만 베며 정면으로 쏘아졌다. 그런 서교영을 향해 엄한필의 도가 배는 빠른 움직임을 보이며 서교영을 엄호했다.

"정신 차려, 사매!"

다시 한 사내를 베며 엄한필이 고함을 질렀지만 서교영의 시선은 유건하에게 고정된 채 앞으로만 쏘아져 나갔다.

다시 두 명을 더 베어내며 어깨와 등판 어림에 각기 한 개씩의 검흔을 남긴 서교영과 엄한필이 유건하에게 도착했을 때 유건하의 눈은 점점 감겨지고 있었다.

"사제, 죽지 마! 제발, 사제……."

서교영의 목소리가 애절하게 울려 퍼졌지만 유건하의 몸에서는 점점 생명의 기운이 빠져나갔다.

"사… 저!"

유건하가 선혈이 가득한 입술을 움직였다.

"이 바보! 왜 이런 무모한 짓을 한 거야, 왜 이 바보야!"

서교영이 미친 듯이 고함을 질렀다.

"이자를… 잡아야… 맹주님이……."

겨우 몇 마디 중얼거린 유건하가 다시 선혈을 울컥 토해냈다.

"무도의 끝을…… 보고……."

유건하의 얼굴에 미소가 떠올랐다.

무림맹 총단에서의 대결 후 그렇게 고심하던 무도의 끝을 찾기라도 한 듯이…….

"사제! 제발, 제발 죽지 마!"

서교영이 눈물을 뚝뚝 흘리며 유건하의 손을 잡았다. 그러나 유건하의 손에는 아무런 힘이 담겨져 있지 않았다.

"사제!"

엄한필도 감겨지는 유건하의 얼굴을 향해 눈을 보며 고함을 질렀다. 그러나 유건하의 눈은 끝내 굳게 감겨져 버렸다.

"크흑!"

엄한필은 유건하 곁에 꿇었던 무릎을 일으켰다. 그리고 패도를 다잡았다.

자신들과 함께 왔던 열 명의 항마대 고수들 중 살아남은 세 사람이 호교대원들과 힘겨운 싸움을 벌이고 있었지만 엄한필의 시선은 호교일령주에 고정되어 있었다.

"사매는 저길 맡아."

엄한필의 목소리가 바닥 깊숙이 가라앉은 채 흘러나왔다.

"이 멍청아! 언제까지 그러고 있을 거야. 모두 쓸어버려 복수해야 할 것 아냐!"

엄한필이 천둥처럼 고함을 치자 서교영이 정신을 차리고 검을 손에 쥐었다. 그리고 항마단 인원들과 싸우는 호교대원들을 향해 신형을 날렸다.

"괜찮으십니까, 맹주님?"

엄한필이 갈라지는 목소리로 태허 진인에게 물었다.

자욱한 살기와 함께 다가오는 엄한필의 모습에 삼 대 일의 싸움은 자연히 멈추어져 있었다.

태허 진인은 원망 가득한 엄한필의 눈빛을 보며 그것이 자신을 향한 것인지 호교일령주를 향한 것인지 일순 갈피를 잡을 수 없어 무겁게 고개만 끄덕였다.

"다행이군요."

메마른 목소리를 다시 한 번 내뱉은 엄한필은 도를 들고 호교일령주에게로 다가들었다.

잠시 숨을 돌렸던 호교일령주는 엄한필의 가세로 인해 눈살을 찌푸렸다.

세 사람의 합격진은 아니었지만 한 사람, 한 사람으로도 무시할 수 없는 태극삼성이니 도저히 승산이 없어 보였다. 저쪽에서 여나찰처럼 쾌검을 뿌리는 계집까지 가세한다면 절대로 살아 나갈 수 없을 것 같았다.

"도망칠 생각은 버려라, 늙은이!"

전의를 상실한 듯한 호교일령주를 향해 고함을 지른 엄한필이 훌쩍 몸을 솟구쳤다.

곰을 연상시키는 덩치였지만 엄한필의 신형은 순식간에 이 장여를 날아오르며 떨어지는 속도 그대로 호교일령주를 향해 패도를 휘둘렀다.

도풍과 장풍이 부딪치며 폭음과 흙먼지를 뿌렸다.

호교일령주의 장력에 마주친 엄한필의 도가 주춤 뒤로 밀렸다. 그러나 엄한필은 조금도 개의치 않고 다시 도를 휘둘렀다.

"자네는 이놈들을 맡게!"

두 명의 호교대원을 상대하던 태허 진인이 엄한필의 도가 재차 밀리는 것을 보며 소리쳤다. 일 대 일로서는 아직 무리였다.

"저 늙은이는 우리 몫입니다. 맹주께선 어서 이놈들을 처치하고 쉬십시오."

항마대와 싸우던 호교대원을 모두 베어 넘긴 서교영이 전신에 피칠을 한 채 엄한필의 대답을 대신하며 다가왔다.

뒤를 따라 마지막 남은 항마대 고수 두 명도 무거운 몸을 움직여 혹시 모를 호교일령주의 도주도를 차단하고 섰다. 온몸에 부상을 입어 당장이라도 쓰러질 듯했지만, 호교일령주의 도주를 막기에는 충분했

다. 고수들끼리라면 순간적으로 주춤거리게만 해주어도 완벽한 도주
는 불가능했다.

"하앗―"

서교영의 쾌검이 호교일령주를 향해 날아들었다. 동시에 엄한필의
칼도 맞물린 듯 떨어져 내렸다. 삼태극합격진의 주축을 이루는 유건하
는 없었지만 둘만의 합격으로도 숨막힐 듯한 기세가 느껴졌다.

호교일령주는 양손을 동시에 움직여 어지럽게 흔들었다.

자욱한 혈선과 흑무가 동시에 뻗어 나가며 서교영과 엄한필의 심장
으로 쇄도했다.

까가강―

엄한필과 서교영의 도검에서 날카로운 쇳소리가 울리며 혈선과 수
영(手影)이 흩어져 나갔다.

"마지막이다, 늙은이!"

호교일령주의 좌측에 있던 엄한필이 우레 같은 고함을 지르며 패도
를 휘둘렀다.

'곰 같은…….'

공격도 하기 전에 고함부터 지르며 주위를 일깨운 엄한필의 도격에
비웃음을 흘리며 장력을 뿌리던 호교일령주는 황급히 손을 거두어들였
다.

고함과 함께 필요 이상의 큰 동작으로 날아드는 도격은 허초였다.

실초는 하복부를 쑤시고 드는 계집의 쾌검이었다.

한쪽에서는 최대한 큰 동작으로 신경을 분산시키고, 다른 한쪽에서
는 최소한의 동작으로 섬전처럼 찔러드는 합격술이었다.

곰 같기는 저놈이 아니라 호교일령주 자신이었다.

가장 기초적인 속임수 하나 제대로 간파 못하고 어이없이 복부가 꿰뚫리고 말았다.

복부를 파고든 서교영의 검이 무지막지한 각도로 비틀려졌다. 유건하의 복수를 하고픈 서교영의 발작적인 움직임이었다.

"으아아악—"

지독한 고통에 호교일령주가 들판이 떠나갈 듯 고함을 질렀다.

그러나 서교영의 검은 더 큰 각도로 비틀리고 있었다.

"그만 하시게, 소저! 망자나 마찬가지인 사람일세. 마지막 가는 길에 취하는 예의가 아닐세."

남은 두 호교대원 사내를 처치한 태허 진인도 쉰 듯한 목소리로 서교영의 행동을 만류했다. 그리고 지풍을 날려 호교일령주의 미간을 꿰뚫었다.

"고, 고맙……."

처절한 고통에서 해방된 호교일령주가 이승에서의 마지막 목소리를 내뱉으며 바닥으로 무너졌다.

모든 싸움이 끝나고 유건하의 시신 옆에 주저앉은 서교영의 통곡 소리가 황량한 들판에 울려 퍼졌다.

살아남은 항마대 고수 두 명은 물론, 태허 진인마저도 한참 동안 아무 말도 하지 못하고 태극삼성 중 한 사람의 주검을 내려다보고만 서 있었다.

"이제 그만 해, 사매!"

엄한필도 충혈된 눈으로 서교영을 달랬지만 서교영의 통곡 소리는 그칠 줄 몰랐다.

“바보 같은 자식! 아직 싸움이 한참 더 남았는데 왜 이런 극단적인 짓을 한 거야?”

서교영을 달래던 엄한필도 다시 감정이 북받치는지 유건하의 얼굴을 보며 고함을 질렀다.

“최근, 사제는 무도의 끝이 어딜까 항상 고민했어요. 흐흑! 어쩌면 마지막 순간에 그 끝을 보았고… 그래서 멈추지 않고 그 끝을 향해 달려갔는지도…….”

서교영이 흐르는 눈물을 감추지 못하며 엄한필의 말에 답했다.

“하지만… 이렇게 죽고 나면 그게 다 무슨 소용이란 말인가? 무도의 끝이든 진리의 끝이든 살아 있어야 찾을 게 아니야, 이 바보 같은 자식아!”

엄한필이 다시 입술을 깨물며 터져 나오는 오열을 삼켰다.

“그만들 하시게! 모든 게 내 탓이야. 자네들이 그러고 있으면 난 하늘을 쳐다보고 서 있을 수가 없다네.”

태허 진인이 괴로운 표정으로 말하고 호교이령주의 투구를 벗겼다.

“이놈은……?”

인중이 함몰된 호교이령주의 얼굴을 본 태허 진인이 신음을 토했다.

투구 속에 가려졌을 때는 몰랐지만 투구를 벗겨내고 양광 아래 드러난 호교이령주의 용모는 중원인과는 많이 달랐다.

훨씬 더 검은 피부와 함께 눈동자도 이질적인 색감을 느끼게 해주었다.

“놈들은 지금도 여전히 중원으로 고수들을 보내고 있었다는 말인가?”

호교이령주의 용모를 유심히 뜯어본 태허 진인이 서쪽 하늘을 바라보며 탄식을 토했다.

가다릅을 중원으로 보냈던 서장의 밀교는 아직도 그 야욕을 버리지 않고 이런 고수들을 중원으로 보내고 있는 모양이었다. 그렇다면 서천맹과의 싸움은 여전히 앞을 내다볼 수 없는 격전이 될 것이다. 그리고 그 싸움에서 이긴다고 해도 가마릅 같은 인간이 언젠가는 또다시 중원으로 가수를 드리울지 모를 일이다.

"원시천존……! 원시천존!"

태허 진인의 입에서 무거운 도호가 흘러나왔다.

휘이잉―

황량한 바람이 피비린내 자욱한 들판을 휩쓸고 지나갔다.

살아남은 자가 승리자였지만 죽은 자보다 오히려 처절한 모습이었다.

엄한필과 서교영, 그리고 열 명 중 겨우 살아남은 두 명의 항마대 고수는 싸움이 끝난 지 한참이 지나도록 그 자리에서 움직일 줄을 몰랐다.

◆ 제108장

서천맹 총단(總壇)

"뭔가 냄새가 나는 곳이야!"

약초꾼 차림의 사내 하나가 산등성이 바위 위에 주저앉아 텅 빈 약초 당태기를 들여다보며 나직하게 중얼거렸다.

산줄기를 따라 도는 바람에 봄 냄새가 희미하게 섞여 있긴 하지만 아직은 만물이 소생할 시기가 아니니 약초를 찾기가 쉽지 않은 것은 당연한 일이다. 또한 약초가 눈에 뜨인다 하여도 그것들을 제대로 알아보지 못할 자신이니 약초 망태기가 텅 빈 것 또한 당연한 일이었다.

이곳 주변 산이나 들에는 약초들이 거의 없었다.

약초에 대한 짧은 지식을 가진 자신의 눈에도 그것이 확연히 보여질 정도로 이곳 산자락의 토양은 척박했다.

그런데 산을 헤집으며 만난 약초꾼이나 땅꾼들이 너무 많았다.

처음부터 그런 것은 아니었다.

처음 이 산을 빠르게 지나갈 때는 전혀 그런 것을 느끼지 못했다.

그러나 자신이 맡은 구역을 모두 수색하고 되돌아오며 이 산을 지날 때는 자신 외에도 몇 명의 약초꾼을 더 만날 수 있었다.

그리고 산자락을 한 바퀴 더 돈 지금은 자신 주변으로 몰려든 약초꾼이 처음보다 몇 배는 많아진 것 같다는 느낌을 받았다.

어디까지나 막연한 느낌일 뿐이었지만 그 느낌은 점점 강해졌다.

그것이 사내에게 훨씬 더 강한 의구심을 느끼게 해주었다.

사내는 땀을 훔치는 척하며 아랫마을을 내려다보았다.

아무리 보아도 특별한 점을 찾을 수 없는 마을이었다.

그런데 주변을 감싸는 뭔지 모를 기운에 사내는 눈살을 찌푸렸다.

차라리 확실히 느껴지는 기운이라면 속이 시원하겠지만 뭔가 싶어 촉각을 곤두세우면 전혀 아무런 이상함도 느껴지지 않고, 긴장을 탁 풀면 착각인 듯 느껴지는 기운에 사내는 신형을 일으켰다.

'한 번만 더 둘러보자!'

약초꾼사내 안여규(安餘圭)는 걸음을 옮기려다 뒤쪽에서 들리는 인기척에 얼른 고개를 돌렸다.

열서너 살쯤 되어 보이는 소녀 하나가 약초 망태기를 들고 모습을 드러냈다.

귀 옆으로 두 가닥 갈래 머리를 땋아 내린 소녀의 모습은 무척이나 귀엽고 천진난만해 보였다. 그런 소녀의 모습에 안여규는 경계심을 무너뜨리고 미소를 머금었다.

"약초는 많이 캐었나, 꼬마 아가씨?"

안여규는 장난스런 웃음과 함께 소녀의 약초 망태기를 쳐다보며 말했다.

"아저씨 때문에 하나도 캐지 못했어요. 그리고 난 꼬마가 아니에요."

소녀가 뾰로통한 표정으로 답했다.

"나 때문이라니? 보다시피 난 이렇게 아무것도 캐지 못했는데……."

안여규는 소녀의 대답에 고개를 갸웃거리며 텅 빈 약초 망태기를 열어 보였다. 그러나 소녀의 표정은 조금도 변하지 않고 냉기가 흘렀다.

"허허! 거참!"

안여규는 헛기침을 흘리며 소녀를 쳐다보았다.

첫인상과는 달리 점점 싸늘해지는 소녀의 표정이 안여규로서는 도저히 이해할 수가 없었다. 뱀꾼이나 사냥꾼이라면 온 산을 휘젓고 다닌 자신의 행위가 방해가 되었을 수도 있겠지만 아무것도 캐지 못한 자신이 다른 약초꾼에게 피해를 주었을 리는 만무했다.

"아저씨가 한시도 쉬지 않고 숲 속을 돌아다니는 바람에 제가 은신술을 펼치며 따라다니느라 얼마나 고생이 심했는지 아세요? 아직 둔형삼변(遁形三變)을 다 익히지도 못했는데 말예요."

소녀는 여전히 뜻 모를 말만 하며 이마를 찌푸렸다.

소녀의 귀여운 모습에 계속 미소를 머금던 안여규는 은신술과 둔형삼변이라는 말에 잠시 풀어졌던 긴장의 끈을 급격히 조였다.

평범한 약초꾼 소녀인 줄 알았는데 방금 내뱉은 말이 정신을 번쩍 들게 만들었다.

소녀는 결코 평범한 약초꾼이 아니었다. 그리고 무슨 목적이 있어 지금껏 자신을 따라다닌 것이다. 그것도 자신이 전혀 눈치 채지 못할 정도로 은밀히…….

자신도 모르게 안여규의 표정이 딱딱하게 굳어졌다.

이제껏 뭔가 이상했던 느낌이 서서히 실체로 다가오는 듯한 기분이
들었다.

"정체가 뭐냐?"

말투까지 딱딱해진 안여규가 소녀를 향해 질문을 던지다 눈을 크게
떴다.

이제껏 열서너 살 정도밖에 안 되어 보이던 소녀의 모습이 어느 순
간부터 몇 살 더 들어 보였다. 그리고 키도 훨씬 커진 것 같았다. 아무
리 깎아내린다 해도 열일곱 이상은 되어 보였다.

혼란스런 사태에 안여규는 머리를 흔들었다. 그리고 소녀를 다시 쳐
다보았다.

이제 소녀의 모습은 완전히 성인으로 변해 있었다.

풍만하게 솟아오른 가슴과 엉덩이는 뇌쇄적인 향기까지 뿜어내고
있었다.

"이게 어찌 된……?"

안여규는 신음성을 흘리며 내력을 끌어올렸다.

"둔형삼변을 모두 펼쳤는데, 어떤가요? 아직 완전하지가 않아서 좀
아쉽군요."

여인이 화사한 미소를 지으며 갈래 머리를 풀어 어깨 뒤로 넘겼다.

어떻게 이런 여인이 그런 소녀의 모습으로 있었는지 도저히 믿어지
지가 않는 모습에 안여규는 약초 망태기 속에 든 단검을 뽑아 들었다.

성인으로 변한 여인의 모습은 쉽게 눈을 돌릴 수 없을 만한 미모였
지만 그 미모가 뛰어날수록 더 위험했다.

"요사스런 계집! 정체가 뭐냐고 물었다!"

안여규는 단검을 겨누며 소리를 질렀다.

"이곳을 염탐하러 오는 자를 잡는 독거미."

여인이 조금 전보다 훨씬 더 고혹적인 미소를 지으며 답했다.

쉬익—

안여규는 여인의 대답이 끝나기도 전에 신형을 날렸다. 기상천외한 술법을 펼치는 여인에 대한 경각심과 함께 잘 훈련된 신경 세포가 본능적으로 그런 움직임을 일으키게 했다.

여인 역시 안여규의 신속한 움직임에 완벽히 대처하지 못하고 황급히 신형을 틀었다.

여인의 상의 한 자락이 안여규의 단검에 잘려 나풀거리며 허공으로 떠올랐다.

파파팟—

안여규의 단검이 다시 변화를 일으키며 조금도 틈을 주지 않고 여인의 목을 향해 날아들었다.

자신의 미혼공에 조금도 현혹되지 않고 이렇게 신속히 선공을 할 줄 몰랐던 여인은 와락 눈살을 찌푸리며 약초 망태기를 세차게 휘둘렀다.

약초 망태기 속에서 여러 가지 색깔의 꽃잎들이 허공으로 뿌려졌다.

"하앗—"

여인이 일갈을 내뱉으며 쌍장을 흔들었다.

약초 망태기에서 뿌려진 꽃잎들이 여인의 손바닥이 움직이는 대로 급격히 휩쓸리기 시작했다.

"옥녀산화(玉女散花)?"

여인의 수법을 본 안여규가 신음처럼 중얼거렸다.

꽃잎을 뿌리는 모습이 순간적으로 옥녀산화의 초식을 연상시켰지만 여인의 손바닥에 의해 허공에서 춤을 추는 꽃잎들은 옥녀산화의 초식과는 사뭇 달랐다. 훨씬 더 요기로운 기세로 허공을 떠다니며 눈을 현혹시켰다.

여인의 손이 좀 더 빠르게 움직이자 허공을 떠다니던 꽃잎들이 일순 그 자리에서 정지한 듯하더니 일제히 안여규를 향해 쇄도해 들었다.

안여규는 자신을 향해 벌 떼처럼 날아드는 꽃잎을 향해 풍차처럼 단검을 흔들었다.

파파파팟—

기음과 함께 안여규의 단검에 꽃잎들이 모두 반으로 잘려지며 허공으로 뿌려졌다. 그리고 바닥으로 떨어져 내렸다.

"제법이군요. 내 밀천화무(密天花舞)의 수법을 깨뜨리다니."

여인이 약간은 긴장된 표정으로 안여규의 전신을 훑었다.

작은 단검 하나로 눈발처럼 휘날리는 꽃잎들을 한꺼번에 베어내고 밀천화무의 수법을 깨뜨린 안여규의 무공이 결코 만만치 않아 보였다.

"밀교의 광신도인가?"

밀천화무라는 말에 안여규는 여인의 정체를 짐작한 듯 무거운 목소리로 질문했다.

"바로 맞혔어요. 그러는 당신은 무림맹의 사람이겠죠?"

여인이 이마에 흐른 땀을 닦으며 답했다.

결코 가볍지 않은 무공을 소유한 사내에 여인의 눈빛은 조금도 긴장을 늦추지 않았다.

"그렇다면 이곳 근처에 서천맹의 소굴이 있다는 말인가?"

안여규는 아무리 보아도 평범한 마을인 이곳에 서천맹의 소굴이 있을 리 없다는 표정으로 여인을 쏘아보았다. 그러나 여인은 너무도 순순히 고개를 끄덕였다.

"그래요. 이곳이 바로 서천맹 총단이에요."

여인은 하얀 치아를 드러내며 미소를 지었다.

"망할 계집! 어디서 그런 거짓말을……."

안여규는 눈살을 찌푸리며 단검을 들어 올렸다.

이곳은 세 번이나 지나친 마을이었지만 결코 서천맹 총단이 있을 만한 곳이 아니었다. 총단은커녕, 작은 산채 하나 숨어 있는 것도 무리였다.

여인이 자신을 농락한다고 생각한 안여규는 단검을 쥔 손에 내력을 불어넣었다. 신속히 여인을 제압하여 심문하면 뭔가 다른 정보를 알아낼 수 있을 것이다.

발끝에 공력을 불어넣고 신형을 날리려던 안여규는 사방에서 밀려드는 살기에 우뚝 신형을 세웠다.

전혀 의식하지 못하는 사이 주변으로 여러 명의 인영이 나타나고 있었다.

"당신은?"

제일 앞에서 모습을 드러낸 한 노파를 쳐다본 안여규는 믿을 수 없다는 표정을 지었다.

한 시진 전쯤 자신에게 물을 대접한 노파였다. 그리고 그 옆으로 길을 가르쳐 주던 나무꾼사내도 칼을 들고 나타났다.

도저히 믿어지지 않았지만 여인의 말이 사실인 모양이었다.

'허허실실!'

안여규는 뇌리를 스치는 한줄기 생각과 함께 식은땀이 등줄기로 흘러내리는 것을 느꼈다.

이곳이 모든 사람의 이목을 속인 서천맹 총단이라면 그야말로 범 아가리 속이었다. 그리고 빠져나갈 구멍은 한곳도 없어 보였다.

"데려가라!"

나무꾼 중년인 옆에 선 노인이 나지막하게 지시하자 나무꾼사내가 가볍게 고개를 숙였다. 그리고 안여규에게로 다가왔다.

"헛!"

느릿하게 다가오는 사내의 칼이 어느새 자신의 미간을 노리고 들어오는 것을 느낀 안여규는 헛바람을 삼키며 단검을 휘둘렀다. 그러나 나무꾼사내의 검은 어느새 안여규의 허리를 향해 빠르게 쇄도해 들었다.

퍽—

칼등에 허리를 가격당한 안여규가 눈을 까뒤집으며 바닥을 뒹굴었다.

"이번이 몇 번째인가?"

야율사한은 결박되어 꿇어 앉혀진 한 사내를 쳐다본 후 말했다.

"일곱 번째입니다."

평범한 옷차림의 사내 하나가 그 옷차림과는 전혀 어울리지 않는 살기 어린 목소리로 답했다. 그러면서 꿇어 앉혀진 사내를 잡아먹을 듯이 쳐다보았다.

"이자에게서 알아낸 것은?"

"아직……."

평범한 차림새 사내의 눈빛이 더욱 날카로워졌다.

"뼈대가 굵은 자인 모양이군."

야율사한은 빙긋 미소를 지었다. 그리고 잠시 꿇어앉아 있는 사내의 용모를 살폈다.

고문을 견디느라 온몸이 누더기처럼 변해 있었지만 꽉 다문 입술과 표정은 아직 의지가 살아 있었다. 그것만 보아도 앞에 잡은 여섯 놈처럼 피라미는 아니었다.

비록 두 시진밖에 고문하진 않았지만 맹의 총단에서 행한 고문을 두 시진 동안이라도 견딜 수 있는 사람은 그리 많지 않았다. 그러기에 이 자는 백도무림맹에서도 비중있는 위치에 있는 자일 가능성이 높았다.

'어떻게 알아냈을까?'

야율사한은 깊숙하게 가라앉은 눈으로 생각을 정리했다.

태행산맥 줄기를 따라 길게 펼쳐진 촌락.

한가운데로 작은 개천이 흐르고 개천 양 옆으로 옹기종기 붙어 있는 집들과 작은 논밭들은 그 어느 촌락과도 다르지 않았다.

가난하지만 산의 넉넉함을 섭취하며 살아가는 전형적인 산촌이었다. 다만 태행산맥 자락 어느 곳보다 인구 밀도가 높다는 점 정도가 달랐다.

그런 산촌에 요즘 들어 낯선 사람이 부쩍 늘었다.

어디서나 볼 수 있는 전형적인 산촌에 지나가는 사람들이 없다면 오히려 그게 이상하다. 약초꾼도 지나갈 수 있고, 나그네도 지나갈 수 있다. 문제는 그게 어떤 사람이냐에 달린 것이다.

이곳을 지나가는 사람들의 일거수일투족은 본인들은 전혀 의식하지 못하는 사이에 낱낱이 파악된다. 그것이 이 마을이 여느 산촌과 다른 하나의 특징이었다.

마을 한복판에서는 양지 쪽에 앉아 햇볕을 쬐는 노인들과 정신없이 뛰노는 아이들이······.

마을 외곽에서는 밭을 매는 아낙들과 나무를 하는 초동들이…….

그리고 인근 이백 리 안에는 거미줄처럼 얽혀져서 움직이고 있는 약초꾼과 땅꾼들이…….

너무도 평범해 보이지만 그들은 서천맹 총단의 사람들이었다.

인근 이백 리에 걸쳐 수십 겹의 감시망이 펼쳐진 촌락!

그리고 유사시엔 순식간에 진이 발동되어 요새가 될 수 있는 엄중한 장막이 펼쳐진 서천맹의 총단인 이곳을 평범을 가장해 지나갈 수 있는 사람은 아무도 없었다.

이곳을 지나는 낯선 사람이라면 누구를 막론하고 걸음걸이에서부터 차림새, 그리고 세세한 동작들까지 무심한 눈길 속에서 끊임없이 감시되고 보고된다.

그리고 이상한 점이 있으면 지금처럼 잡혀오게 된다.

그냥 무심코 지나가는 사람들에게는 아무 이상한 점이 없는 촌락이지만, 무언가 불순한 목적으로 스며든 사람들에게는 개미지옥과 같은 이곳에 최근 며칠 동안 일곱 명의 불순한 자들이 지나갔고 잡혀왔다.

이는 지난 오 년 동안의 인원을 합친 것보다 많은 숫자였다.

결론은 뻔했다.

그동안 무림맹이 발이 부르트도록 찾아다닌 절곡(絶谷)에, 운무가 겹겹이 쳐진 험지와는 전혀 상관없는, 지극히 평범한 촌락으로 위장한 서천맹 총단의 위치가 대략적으로나마 노출됐다는 뜻이다.

잡혀온 놈들이 실토한 내용으로 미루어 구체적으로 이곳에 서천맹의 총단이 있다고 아는 것 같지는 않았다.

놈들은 막연히 인근 수백 리에 걸쳐 넓게 수색하고 있었다.

하지만 그것만으로도 범위가 많이 축소되었다.

시간이 더 지나다 보면 완전히 노출될 수도 있는 일이다.

"짚이는 곳이 있군."

잠시 생각에 잠겼던 야율사한은 슬쩍 미간을 찌푸리고는 시선을 돌렸다.

"좀 더 고문을 할까요? 앞의 여섯 놈과는 달리 뭔가 아는 놈 같은데……."

평범한 약초꾼 차림의 사내가 팔뚝에 불끈 힘을 주며 물었다.

"놔두게. 새로 태어난 섭혼사(攝魂蛇)의 능력을 시험해 볼 대상도 필요하니……."

야율사한이 가볍게 고개를 저은 후 눈짓을 하자 약초꾼 차림의 사내가 꿇어 앉혀진 사내를 끌고 밖으로 나갔다.

야율사한의 처소에서 끌려 나온 사내는 지하 석실 한가운데에 있는 철제 의자에 묶여졌다.

녹이 슨 철제 의자는 굵고 단단해, 그곳에 결박되면 황소라도 꼼짝할 수 없을 것 같았다.

"가져오게!"

야율사한의 명령에 부지런히 손을 놀리던 몇몇 사내들 중 하나가 작은 용기를 조심스럽게 받쳐 들고 왔다. 뚜껑이 굳게 닫힌 채 촛농으로 밀봉까지 된 용기가 후욱하고 음습한 냄새를 풍기며 결박된 사내의 앞탁자 위에 놓여졌다.

잠시 그 용기를 쳐다본 야율사한이 손바닥으로 용기를 감싸며 공력을 불어넣었다.

용기를 밀폐한 촛농이 녹아내리고 뚜껑이 달싹거렸다. 안에 있는 무언가가 밖으로 나오고 싶어 요동을 치는 것 같았다.

"나마사니 나하마……."

용기를 가까이 당겨온 야율사한의 입에서 한줄기 주문이 흘러나왔다. 그러자 용기 속에서 요동치는 움직임이 잦아들며 이내 쥐 죽은 듯이 조용해졌다.

야율사한은 만족한 표정을 지으며 용기의 뚜껑을 열었다.

백색 자기(磁器)로 만들어진 용기 안에는 조금 전 요동을 치던 움직임과는 달리 아무것도 담겨 있지 않았다. 그러나 좀 더 자세히 보면 하얀색 용기 바닥에 보일 듯 말 듯한 작은 점 두 개가 깜박이고 있음을 발견할 수 있었다. 또한 그 점은 선명한 붉은색을 띠고 있었다.

야율사한은 자기 입구에 손바닥을 펴고 다시 주문을 외웠다.

붉은색을 띤 두 개의 점이 더욱 붉어지며 흐릿한 형체의 무언가가 움직이기 시작했다.

그것은 머리카락보다 더 가늘고 투명한 몸체를 지닌, 정체를 알 수 없는 생명체였다.

붉은색의 작은 점 같은 눈을 빼고 나면 모든 몸체는 투명했다. 그래서 용기 뚜껑을 열었을 때 아무것도 보이지 않았다. 단지 두 개의 눈만이 인간의 시각에 포착되어 그 실체를 인식할 수 있을 뿐이었다.

주문을 듣고 야율사한의 손바닥 위로 올라온 물체는 머리카락보다 더 가늘고, 손가락 한 마디 길이만한 뱀이었다.

과연 이놈을 뱀으로 분류할 수 있을지 의문이 드는 생김새였지만 분명히 섭혼사라 불리는 투명한 몸체의 뱀이었다.

운남(雲南)의 오지에서도 인간의 발길이 미치기 힘든 진흙탕 속에서 있는 듯 없는 듯 살아가는 놈!

그러나 이놈은 인간에게 있어 세상 어떤 뱀보다 무서운 놈이었다.

"그동안 답답했겠구나. 이젠 마음껏 활개쳐 보아라. 진흙탕보다는 좀 질길지 몰라도 인간의 뇌수는 훨씬 영양가가 높으니 말이다. 하하!"

기분 좋은 웃음을 터뜨린 야율사한은 손바닥을 들어 결박 지은 사내의 코앞으로 가져갔다. 그리고 주문을 외웠다.

무언가 위기감을 느낀 사내는 공포에 질린 눈으로 도리질쳤지만 투명한 몸체의 섭혼사는 빨려들 듯 사내의 콧속으로 사라졌다.

"어떤가, 두뇌 속에 이물질이 침투한 느낌이?"

야율사한은 여전히 미소를 잃지 않은 얼굴로 사내를 쳐다보았다. 그러나 사내는 아무런 느낌을 받지 못했는지 긴장한 눈동자만 어지럽게 움직일 뿐, 더 이상의 반응은 보이지 않았다.

"지금은 아무것도 느끼지 못할 걸세. 오히려 뭔가 느껴진다면 내가 실망이지. 그건 그간의 우리 작업이 실패했다는 증거니까 말일세. 하나, 아무것도 느껴지진 않아도 자네 두뇌 한복판에는 아까 그놈이 파고 들어 있다네."

야율사한의 표정이 진지해졌다.

"이런! 내 말을 못 믿는 모양이군. 그렇다면 증명해 주지."

짐짓 섭섭하다는 표정을 지은 야율사한이 입술을 달싹거렸다.

순간, 긴장한 표정을 짓던 사내는 석실이 떠나갈 듯한 비명을 지르며 요동쳤다. 그러나 사내가 자유롭게 할 수 있는 것은 목청껏 고함을 지르는 일일 뿐, 단단하게 결박되어진 몸은 다른 어떤 것도 허용되지 않았다.

"이젠 믿을 수 있겠나?"

숨 한두 번 내쉴 동안의 짧은 시간이었지만 지옥의 불구덩이 속보다 더한 것 같은 고통을 느낀 사내는 목욕을 한 듯 전신이 젖어 있었다.

"차라리 죽여! 이 더러운 새끼야! 퉤!"

잠시 숨을 헐떡거리던 사내는 잡아먹을 듯한 눈으로 야율사한을 쏘아보며 침을 뱉었다.

야율사한이 얼굴에 묻은 사내의 침을 소매로 천천히 닦으며 미소를 지었다.

"무림맹이 아직 버티고 있는 이유가 있었군. 그 이유는 자네가 건재했기 때문이었어. 그런데 이제 자네가 이렇게 잡혀와 버렸으니 무림맹은 와르르 무너지겠군. 하하!"

야율사한이 다시 웃음을 터뜨린 후 사내를 쳐다보았다.

"어떤가? 이젠 묻는 말에 대답해 주겠나?"

"꺼져!"

결박당한 사내가 짧게 소리쳤다.

"그렇게 나와야지. 그래야 내가 실험을 계속할 수 있지."

야율사한은 만족한 표정을 지은 후 다시 주문을 읊조렸다.

"크아아아악—"

잠시 호흡을 헐떡거리던 사내는 야율사한의 주문과 함께 다시 한 번 처절한 비명을 내질렀다. 그런 과정이 두어 번 더 반복되자 사내의 눈동자는 초점을 잃고 완전히 이지를 상실했다.

그런 사내의 귓속으로 야율사한의 목소리가 스며들었다.

"이름은?"

"안여규."

"소속은?"

"무림맹 총단 소속 신운각(新雲閣) 부각주."

지독한 고문에도 단 한 마디 비밀을 발설하지 않았던 사내는 이지를 잃은 상태에서 아무 거리낌 없이 묻는 말에 답했다.

사내에게서 알아낼 것은 모두 알아낸 야율사한의 눈빛에 짙은 살기가 어려갔다.

이런 상황일수록 오히려 미소가 짙어지던 야율사한의 얼굴에 전혀 뜻밖의 기운이 어리는 것을 본 석실 안의 사내들은 숨도 크게 쉬지 못하고 야율사한의 표정만 살폈다.

"역시 그놈 짓이다."

야율사한의 입에서 나직한 으르렁거림이 흘러나왔다.

에라친이 사중협의 후인에게 목이 달아났다는 소식을 들었을 땐 식은땀이 흐를 정도로 놀랐지만 설마 하는 한 가닥 기대감은 갖고 있었다. 그놈이 귀신이 아닌 이상 에라친을 어찌 알고 목을 베겠는가?

그러나 여러 경로를 통해 알아본 바에 의하면 그 소문은 사실로 확인되었다.

놈은 에라친을 처치하고 그놈에게서 이곳의 위치까지 알아내어 백도무림에 정보를 넘긴 것이다. 역시 놈다운 행동이었다.

"멍청한 달자 놈들."

야율사한은 와락 인상을 찌푸리며 중얼거렸다.

"멍청하려면 처음부터 멍청하든지……."

에라친이란 놈은, 특히 그 부관인 토룬이란 놈은 약아빠진 놈이었다.

도든 것을 직접 자신들의 눈으로 확인한 후에 중원 침공의 깃발을 올리겠다며 엉뚱하게도 중원으로 직접 말을 몰고 왔다.

한 번 패퇴하여 초원으로 다시 쫓겨난 놈들이라 신중에 신중을 기했다.

그놈들에게 이곳까지 보여준 것이 총단의 위치를 노출시킨 결과를 초래했다.

그러나 그건 별문제가 아니다.

머지않아 이곳을 버리고 총동원령을 내릴 참이니 발각이 되든 말든 상관이 없다. 그래서 이곳까지 끌어들여 총단의 힘을 보여준 것이다.

문제는 그놈이 죽어버렸다는 것이다.

그건 천마성에 뿌리를 내린 백호당주의 조직이 한순간에 무너진 것만큼 큰 타격이다.

초원의 굶주린 늑대들을 불러들이기 위해 부친인 맹주는 총단을 떠나 황량한 몽고 땅에서 오랜 회유와 설득을 거듭했다. 그런 모든 노력이 수포로 돌아갔다.

놈을 죽이지 못한 것이 한이었다.

그땐 십초지적도 되지 못했던 놈이었다.

그러나 왠지 그때 죽이지 못하면 나중에 꽤나 큰 위협을 받게 될 것 같다는 예감이 들게 했던 놈이었다.

그 예감은 오히려 빗나갔다.

그때 막연한 불안감을 느꼈지만 지금만큼 위협이 될 줄은 생각 못했다.

햇병아리에 불과했던 놈이 이젠 교룡(蛟龍)처럼 이빨을 번뜩이며 자신의 목을 물어뜯을 기회만 노리고 있다.

“박차를 가해야겠다.”

혼잣소리인 듯 다짐한 야율사한은 나직하게 주문을 읊조려 섭혼사를 불러들였다.

이지를 상실한 사내의 코로 투명한 머리카락 한 가닥이 빠져나왔다.

"으음!"

섭혼사가 빠져나가자 지독한 고통에 비명을 지르고 이지마저 상실했던 무림맹 총단 소속의 사내가 정신을 차렸다. 그리고 눈을 껌벅거렸다.

섭혼사로 인해 자신이 행했던 일은 전혀 기억하지 못하는 듯한 눈빛이었다.

"아주 훌륭하군!"

사내의 상태를 살핀 야율사한은 섭혼사를 원래 있던 용기 속으로 집어넣고 뚜껑을 닫았다. 그리고 조금 전에 결심했던 일에 박차를 가하기 위해 신형을 옮겼다.

"오늘은 어떠신지요?"

조금 전과는 전혀 다른 분위기의 석실 안으로 들어온 야율사한은 정중한 목소리로 한 노인의 안부를 물었다.

"견딜 만하구나."

침상에 누운 노인이 담담한 목소리로 답했다.

온통 백발이 성성한 모습으로 침상에 조용히 누워 있는 노인.

중원으로 침투한 밀교의 수괴이자 서천맹 태상맹주 가마룹이었다.

한인들에 비해 피부색이 조금은 더 가무잡잡하고 코 역시 조금 높았다.

눈빛에서도 약간은 이질적인 색감을 느끼게 하는 노인은 야율사한의 인사를 받고도 침상에서 일어나지 않았다.

병색이 느껴지거나 신체적으로 부자유스러워 보이지는 않았지만 노인은 그렇게 꼼짝 않고 누워서 제자를 맞았다.

"다행이십니다, 사부님!"

"그 말을 들으니 걱정을 많이 한 것 같구나."

노인의 목소리가 억양없이 흘러나왔다.

"아무렴요. 제자가 아둔하여 사부님의 절기를 다 이어받지도, 사부님의 세력을 다 흡수하지도 못했는데 사부님께서 기력이라도 잃으시면 큰일이지요."

야율사한이 더없이 걱정된다는 눈빛으로 가마릅을 쳐다보며 말했다.

"아직은 괜찮다."

가마릅이 짤막하게 말하고는 입을 다물었다.

야율사한의 얼굴에 다정스런 미소가 어렸다.

"그래서 제자가 이번에는 좀 더 확실히 사부님의 기억을 되살릴 만한 물건을 만들었습니다. 기대가 되지 않습니까, 사부님? 하하!"

야율사한은 상쾌한 웃음을 터뜨리며 손에 든 용기를 가마릅의 얼굴 앞으로 들이밀었다.

"이놈은 저번의 그놈보다 훨씬 몸통도 가늘고 짧아졌습니다. 인간의 몸속 어느 곳이든 못 다닐 곳이 없습니다. 그리고 힘은 두 배나 더 세어졌습니다. 주문에 따라 사부님 두뇌 속 곳곳을 헤집으면 십 년 전 생각의 부스러기마저 남김없이 기억이 나실 겁니다."

야율사한은 자신있다는 투로 말하고는 작은 용기의 뚜껑을 열었다.

예의 그 가늘고 투명한 몸체의 섭혼사가 용기 속에서 빠르게 기어나와 야율사한의 손바닥 위에 올랐다.

"어떻습니까, 사부님? 아주 예쁘지 않습니까?"

　야율사한은 자신의 성취를 사부에게 자랑하는 철없는 제자 같은 표정으로 물었다.

　"많이 발전한 것 같구나. 공을 들인 흔적이 보여……."

　누운 자세 그대로 고개만 약간 돌려 물끄러미 섭혼사를 쳐다보던 가마릅은 제자의 성취를 칭찬했다.

　"하하. 그렇지요, 사부님? 그동안 이놈을 탄생시키느라 우둔한 제자 정말 고생했습니다. 하하!"

　야율사한은 여전히 철없는 제자처럼 기분 좋은 웃음을 터뜨렸다.

　"물건은 잘 만들었지만 더 중요한 것은 그것을 부리는 주인의 능력이야. 넌 신앙심이 약해. 그것이 안타까워."

　조금 전에는 칭찬을 했던 가마릅이 이번에는 가벼운 걱정을 했다. 그 걱정에 야율사한의 얼굴에 어린 미소가 더 짙어졌다.

　"염려 마십시오, 사부님. 사부님 말씀대로 전 신심(信心)이 약해 법술을 펼치는 능력은 떨어지지만, 대신 그것을 무공으로 보충하지 않았습니까? 이번에도 이놈을 개량시켜 그 약한 신심을 보충했습니다. 직접 겪어보시면 실망하지 않으실 겁니다."

　야율사한은 가마릅의 코앞으로 천천히 손을 내밀었다.

　인간의 숨결이 몸에 와 닿자 흥분이 되는지 섭혼사의 눈이 깜박거리며 더욱 붉은빛을 쏘아냈다. 뒤이어 야율사한의 입에서 나직한 주문이 흘러나오자 섭혼사는 사리고 있던 몸을 움직여 순식간에 가마릅의 콧속으로 자취를 감추었다.

　"어떻습니까, 사부님? 좀 색다르지 않습니까?"

　야율사한은 기대 어린 눈빛으로 가마릅의 신색을 살피며 대답을 기다렸다.

“글쎄다. 아무런 느낌이 들지 않는 게 확실히 이전의 놈들보다는 개량종인 것은 확실하구나.”

“그렇지요? 그러나 그놈이 요동을 치면 사부님께서 느끼실 고통 역시 예전과 비교할 수 없을 것입니다.”

가마릅을 쳐다보는 야율사한의 눈빛이 조금씩 강렬해졌다.

“기대하마.”

가마릅이 그런 야율사한의 눈을 똑바로 쳐다보며 눈을 감았다.

“한 번만 더 기회를 드리겠습니다. 사부님께서 말년에 얻으신 진언 파천의 심득과 밀천패를 제게 넘기십시오. 그럼 즉시 섭혼사를 불러들이겠습니다. 사부님께서 고통스러워하시는 모습을 차마 보기 힘든 제자의 애절한 간청입니다.”

“그런 가상한 네 마음이야 모르는 바 아니지만 그것마저 내어주고 나면 이제부터 네 얼굴 보기도 힘들 텐데, 그럼 늙은 사부의 말년이 너무 쓸쓸해지는 것 아니겠느냐? 좀 더 얼굴을 보도록 하자꾸나.”

여전히 눈을 감은 가마릅이 긴 한숨을 내쉬었다. 준비가 되었으니 시작해 보라는 의사 표시였다.

“역시 사부님이십니다.”

물끄러미 가마릅을 쳐다보던 야율사한이 다시 한 번 미소를 지은 후 천천히 주문을 외웠다.

낮고 음울한 주문이 야율사한의 입에서 흘러나와 실내를 가득 채웠다.

주문이 흘러나오는 순간부터 핏대가 굵어지던 가마릅의 얼굴에서 땀이 솟아 나오더니 급기야는 소낙비를 맞은 사람처럼 흘러내렸다. 그러나 가마릅의 입에서는 무림맹 사내와는 달리 한 마디 비명 소리도 흘러나오지 않았다.

약 반 식경 정도 주문을 외던 야율사한은 주문을 멈추고 질문을 던졌다.

"마지막 심득과 밀천패를 숨긴 곳이 기억나셨는지요?"

"……."

"다시 한 번 질문 드리겠습니다."

"그럴 필요 없다. 전혀 기억이 안 나는 걸 보니 섭혼사의 종자 개량을 좀 더 해야 할 것 같다. 역시 넌 네 아비보다 신심이 부족해. 주문에 신기(神氣)가 서려 있지 않아. 휴우…… 다 내가 잘못 가르친 탓이지 누굴 탓하랴."

물통 속에 빠졌다 나온 듯 온몸이 흠씬 젖은 가마릅이 제자의 자질을 안타까워하며 탄식을 토했다.

"또 실망을 시켜 드려 송구하군요, 사부. 쥐구멍이라도 기어들어 가고 싶은 심정입니다."

야율사한이 공손히 읍을 하며 말했다.

"그렇다고 너무 실망 말거라. 그래도 그 나이에 너만한 놈은 없었다. 좀 더 정진한다면 좋은 결과를 볼 수 있을 것이야."

시꺼멓게 물들었던 안색을 되찾으며 가마릅은 호흡을 골랐다.

이번까지는 버텼지만 다음번엔 무너질 것 같다는 예감이 강하게 들었다. 그렇게 된다면 중원 천지에 밀교를 전파하겠다는 꿈은 무너지고 야율천하라는 동상이몽의 결과가 도래할 것이다.

'허허…….'

가마릅의 가슴에 허망한 웃음소리가 퍼져 나갔다.

"조만간 또 들르겠습니다, 사부님. 그러니 옥체 보중하십시오."

“오냐! 수고가 많았다.”

사제지간에 더없이 정감있는 인사가 오간 후 야율사한은 밖으로 나갔고, 칠흑같이 어두워진 실내에는 정적이 내려앉았다.

“지독한 늙은이!”

또다시 실패하여 처참한 기분으로 석실을 나온 야율사한은 벽에 있는 손잡이를 거칠게 잡아당겼다.

육중한 기계음이 울리며 석문이 옆으로 밀려나고 넓은 지하 광장이 나타났다.

수백 개의 횃불이 밝혀져 대낮처럼 훤한 지하 광장에는 웃통을 벗어던진 사내들이 수련을 하고 있었고, 그 열기가 온 광장 안을 데우고 있었다.

지극히 평범한 촌락 아래에 건설된 지하 요새!

때로는 연무장이 되기도 했고, 때로는 밀교의 의식을 주도하며 수많은 교도들을 세뇌시키는 집회장이기도 했다.

“밀천영세, 밀제성존!”

야율사한의 모습이 보이자 우렁찬 고함 소리가 들렸다. 이제는 이들의 힘을 거의 흡수한 결과였다. 그 ‘거의’ 가 ‘완전히’ 로 바뀌려면 밀천패가 필요했다.

서역에서 암암리에 건너온 고수들의 완벽한 통제는 밀천패라야 가능했다. 그리고 그들을 지속적으로 불러들이는 것 역시 밀천패라야 가능했다. 이미 손에 넣은 서천패로는 중원의 힘만 완벽하게 자기 것으로 만들 수 있었다.

“한 달만 더 기다린다.”

야율사한은 고함을 지르는 사내들에게 가볍게 손을 흔들어 응대한 후 나직하게 중얼거렸다.

오늘 대법을 펼친 이 섭혼사보다 조금만 더 강한 놈을 만들어내면 진언팔식 최후의 힘인 진언파천과 밀천패를 얻어 완벽히 자신의 힘으로 만들 수 있다. 그럼 밀천영세 밀제성존의 구호는 야율천하 야율만세로 바꿀 수 있다.

야율사한은 다시 기관을 움직여 지상으로 향했다.

지하 석실에서 숙소로 돌아온 야율사한은 두 눈을 크게 떴다.

숙소에는 전혀 예상치 못한 사람이 자신의 태사의에 앉아 있었다.

한쪽 눈을 안대로 가린 애꾸의 초로인이 그 한 개의 눈으로 야율사한을 쏘아보고 있었다.

마치 수백 개의 바늘이 찌르는 듯한 눈빛에 야율사한은 잠시 아무 말도 못하고 입만 벌리고 있었다.

"아, 아버님!"

자신의 부친이자 서천맹의 맹주인 야율마석을 향해 야율사한은 급히 허리를 숙였다.

한동안 그렇게 허리를 숙이고 있었지만 부친의 음성이 들리지 않자 야율사한의 이마에 한줄기 땀이 흘렀다.

"고개를 들어라!"

굵고 낮은 야율마석의 음성에 야율사한은 흠칫하며 조심스럽게 허리를 폈다.

부친 야율마석의 무표정한 얼굴이 야율사한의 망막을 가득 채워왔다.

자신의 성취가 늦거나 뭔가 마음에 들지 않았을 때 보여지던 그 표정이었다. 그리고 그 표정 다음엔 지독한 고통이 따랐다.

어린 시절부터 지독한 공포로 각인되었던 그 표정에 야율사한의 몸은 무의식적으로 경직되었다.

잠시 더 야율사한의 얼굴을 쏘아보던 야율마석이 한쪽 눈을 가리고 있던 안대를 벗었다.

의안(義眼)이 아닐까 싶을 정도로 오색찬란한 색깔의 왼쪽 눈동자가 빛을 뿜고 있었다.

번쩍!

야율마석의 왼쪽 눈이 더욱 강렬한 빛을 뿜었다.

형언할 수 없는 사이한 느낌과 함께 다섯 가닥의 빛이 야율사한의 망막으로 쏟아져 들었다.

'으윽!'

야율사한이 내심 비명을 삼켰다.

다른 건 몰라도 부친의 왼쪽 눈에서 뻗어 나오는 저 빛만큼은 받아 낼 수 없었다. 심혼을 흔들 듯한 다섯 가닥의 빛줄기는 야율사한의 뇌리를 온통 헤집었다.

─진언파천을 아직까지 십일성밖에 이루지 못했구나?

야율사한의 뇌리 속으로 야율마석의 목소리가 울려 퍼졌다.

귀를 통해서 들려오는 목소리가 아닌, 뇌리 속으로 그대로 전해지는 목소리에 야율사한은 창백한 표정으로 눈동자조차 움직이지 못한 채 석상처럼 서 있었다.

"대신… 섭혼사의 능력을…… 예전보다 몇 배로 증대시켰습니다."

혼신의 힘을 다한 야율사한이 겨우 입술을 움직이며 답했다.

“미물의 능력은 아무리 증대시켜도 미물일 뿐, 중요한 것은 네 능력이다. 네 능력을 높이지 못한다면 종국에 가서는 파멸을 맞을 수밖에 없다. 몇 배로 능력을 증대시킨 그 미물로 나를 제압해 보거라.”

야율마석의 목소리가 천둥처럼 야율사한의 뇌리를 진동시켰지만 야율사한은 손가락 끝 하나 움직일 수 없었다.

“으으…….”

야율사한의 입가에서 한 가닥 선혈과 함께 낮은 신음이 흘러나왔다.

“못난 놈!”

야율사한의 심혼을 옭아맸던 눈빛을 거둔 야율마석이 왼쪽 눈에 안대를 씌우며 야율사한을 질책했다.

“남을 이용하는 데는 한계가 있다. 청룡 사제, 백호 사제, 주작 사제… 모두 네 녀석이 이용했지만 결국은 딴 몸일 뿐이다. 마지막 순간에 완벽하게 의지할 수 있는 건 자신의 힘뿐이다. 자신의 능력만이 어떠한 상황이나 변수에도 구애받지 않고 사용할 수 있는 최고의 무기이다.”

야율마석은 태사의에서 천천히 신형을 일으키며 창밖을 내다보았다. 그리고 무슨 생각에 잠기는지 잠시 동안 말을 멈추고 있었다.

야율사한은 절로 손에 땀이 배이는 것을 느끼며 숨을 죽였다.

“그놈이 그렇게 힘든 상대였더냐?”

다시 한참 동안의 침묵이 흐른 후에 불쑥 터져 나온 야율마석의 목소리에 야율사한의 얼굴이 벌겋게 달아올랐다.

“처음에는 피라미에 불과했습니다.”

“그런데?”

“그런데 이제는 어떤 낚싯대로도 잡기 힘든 교룡이 되어버렸습니다.”

야율사한이 지그시 입술을 깨물며 말했다.

"피라미 시절에 왜 잡지 못했느냐?"

야율마석의 눈에 은은한 혈광이 내비쳤다.

"사중협을 잡기 위한 미끼로 쓰자는 청룡 사형의 의견이 워낙 강경했습니다."

야율사한이 짧게 변명하고는 입을 굳게 다물었다.

실패한 사유는 아무리 합당하더라도 결국은 구차한 변명일 뿐이었다.

"그놈 때문에 수십 년에 걸쳐 공들인 계획이 수포로 돌아갔다."

야율마석이 침통한 표정으로 말했다.

"아버님, 아직은……."

무너져 내릴 듯이 낙심하는 야율마석을 보며 야율사한은 황급히 입술을 움직였다. 그러나 그 말은 야율마석의 눈에서 뻗어 나온 혈광에 막혀졌다.

"에라친이 그놈에게 죽자 초원의 굶주린 늑대들이 모조리 흩어져 버렸다."

야율마석이 순식간에 몇 년은 더 늙어버린 듯한 모습으로 말했다.

야율사한은 설마 하고 있던 최악의 상황이 벌어졌음을 느끼고는 눈을 크게 떴다.

무림과의 전쟁에서 승리하고, 더 나아가 야율천하를 건설하기 위해서는 황량한 초원에 사는 푸른 늑대의 후손들이 꼭 필요했다. 그들의 잔인함과 혀를 내두를 만한 기동력을 최대한 이용하여 대륙 전체를 뒤흔든 후, 그 틈을 노려 야율천하를 건설할 생각이었다.

그런데 그것이 수포로 돌아가다니?

"단 한 사람이 죽는다고 그동안 회유했던 모든 늑대들이 등을 돌린다는 것은 믿을 수가 없습니다, 아버님!"

야율사한은 항변하듯 말했다.

자신들이 모시던 사람이 중원에서 죽었으면 더 광분하여 복수를 준비해야 옳은 일이 아닌가? 그것이 사내 된 도리이기도 하다.

"그놈들의 사고방식을 네 기준에 맞추지 말아라. 나 역시 오랜 시간이 지나도 쉽게 이해가 되지 않지만 놈들은 그런 종족이다. 에라친이 죽은 이상 이젠 그 무엇으로도 흩어진 놈들을 모을 수는 없다."

야율마석은 여전히 눈을 감은 채 허망한 목소리로 말했다.

"우선은 무림과의 전쟁에서 승리하는 것으로 계획을 축소해라. 야율천하는 그 이후의 일이다."

"안 됩니다, 아버님! 그깟 무림만을 정복하기 위해 이제껏 달려오지 않았습니다. 위대한 피, 위대한 선조의 영광을 재현하기 위해 불철주야 매진하지 않았는지요?"

야율사한이 절규하듯 외쳤다.

거룩한 피를 이어받은 위대한 왕가의 후손!

태어나면서부터 세뇌되듯 들어온 말이 아니던가? 어쩌면 어머니 뱃속에서부터 들어온 말일지도 몰랐다.

자신의 꿈이었고 모든 것이었다.

그것이 무너진다면 자신의 존재 또한 의미가 없어질 만큼 매달렸던 구호였다. 그런데 그걸 포기하라니?

야율사한은 온몸의 피가 발바닥을 통해 땅속으로 흘러 들어가는 듯한 느낌을 받았다.

"천마성 내의 조직이 무너지고, 백호 사제가 죽었다. 또 비천용문이 무너지고 주작 사제도 죽었다. 청룡 사제도 죽고 호교팔령주 중 네 명도 죽었다. 그리고 장성 근처에까지 왔던 몽고의 늑대들마저 등을 돌리고 초원으로 도망가 버렸다. 그런데도 고집을 부리겠느냐?"

감고 있던 야율마석의 눈이 번쩍 뜨여지며 혈광이 폭사됐다.

야율사한이 마침내 입을 다물고 아무 대답을 하지 못했다.

"그리고 이번 싸움에 그간 준비했던 뇌룡(雷龍) 열 마리를 모두 풀어라!"

"그건 더 더욱 안 됩니다, 아버님! 그놈들 따위를 위해 뇌룡을 준비하진 않았습니다. 그리고 뇌룡의 존재는 아직 밝혀져서는 안 됩니다."

야율사한이 눈을 부릅뜨며 고함을 질렀다.

"바늘구멍만한 틈이 결국은 둑을 무너뜨리는 법이다. 이미 그 틈은 바늘구멍이 아니라 사람 하나가 드나들 만큼 커져 버렸다. 그 틈부터 완벽하게 메우지 못한다면 뒷일은 감당할 수 없는 법이다."

창밖을 쳐다보던 야율마석이 등을 돌리며 야율사한을 쳐다보았다.

"우선은 무림만 지배한다. 야율천하는 그런 연후에 다시 시작한다. 밀천패를 얻고, 진언파천의 힘마저 완벽히 얻고 나면 결국은 이루어질 수밖에 없다."

온몸에 힘이 다 빠져나간 듯하던 야율마석의 전신에 활화산 같은 기운이 솟구쳤다.

"아, 아버님!"

야율마석의 그런 모습이 결코 정상적인 운기에 의한 힘이 아니란 것을 안 야율사한은 걱정스런 눈으로 야율마석을 쳐다보았다.

"옴마니 나마야……."

야율사한의 짐작대로 야율마석의 입에서 핏빛 주문이 흘러나오고 있었다.

그 주문은 자신의 피와 영혼을 소진시키며 강한 법력을 불러일으키는 밀교 최고의, 그러면서도 최악이기도 한 주문이었다.

딸각! 딸각!

드드드—

야율마석의 주문에 탁자 위에 있던 백색 용기의 뚜껑이 요동치기 시작했다.

수많은 교배와 역교배를 통해 여러 종으로 개량시킨 섭혼사들이 야율마석의 주문에 반응하여 백색 용기 속에서 발광을 하고 있었다.

자신의 법술로는 도저히 불가능했던 섭혼사의 강한 몸부림에 야율사한은 침을 꿀꺽 삼켰다. 이 정도의 힘이라면 사부 가마릅의 영혼을 충분히 지배할 수 있을 것이다.

"너에게 모든 힘을 물려주겠다. 그 힘으로 무림을 제패하거라. 그리고 더 나아가 위대한 핏줄의 영광을 되찾아라."

혈광이 더욱 짙어진 눈빛을 한 야율마석이 야율사한을 이끌고 서천맹의 태상맹주 가마릅이 금제되어 있는 밀실을 향해 빠르게 걸음을 옮겼다.

◆ 제109장

결전의 장(場)

결전의 장(場)

　무한에 자리 잡은 무림맹 총단으로 한 장의 밀지가 은밀히 날아들었다.
　최근 대부분의 밀지가 전서구를 통해 날아드는 것과는 달리, 이번의 밀지는 무한의 한 상인을 통해 전해졌다.
　물론 그 상인이 무림맹 총단으로 온 이유는 밀지와는 전혀 상관없는 이유였고, 그 상관없는 일을 처리하는 와중에 밀지는 쥐도 새도 모르게 무영신개의 손으로 넘겨졌다. 그 은밀한 과정은 무림맹 총단에서도 무영신개 외에는 아무도 몰랐다.
　무영신개는 상관진걸에게서 은밀히 전해져 온 밀지를 펼쳐 촛불 앞으로 다가앉았다.
　무림과 황실은 서로 개입 않는다는 말은 낮의 세계에서 활동하는 사람들에게나 적용되는 말이었고, 자신처럼 역용을 하거나 얼굴을 가리고 밤의 세계에서 움직이는 사람들에게는 한 푼 가치도 없는 말이었다.

밀지에 쓰여진 내용을 한 줄, 한 줄 해독해 나가던 무영신개의 눈빛과 표정이 시시각각으로 변했다. 그리고 그 내용을 모두 해독했을 때 무영신개의 표정에는 다급한 기색이 넘쳐흘렀다.

“그것이 사실이오, 신개?”

무영신개의 보고를 받은 태운 진인이 걱정스런 눈빛으로 무영신개를 쳐다보았다.

“그런 것 같습니다, 진인! 비천용문을 무너뜨리고 천마성으로 돌아가 당분간은 천마성을 나오지 않을 것이라는 소문이 퍼졌던 천마성주의 제자란 놈이 다시 중원에 나타난 것은 신투자가 숨겨놓은 묘수신공의 멸천마통 설계도와 약왕 구마정의 신단 제조 비급을 찾기 위해서란 정보가 들어왔습니다. 그리고 그놈은 이미 신투자의 소굴을 우연히 발견한 광부를 손에 넣고 신투자의 소굴이라 여겨지는 섬서의 어느 곳으로 달려가고 있다 합니다. 더 나아가 서천맹의 야율사한도 움직이고 있다는 정보입니다. 그 정보는 황실에서 흘러나온 것이니 의심할 여지가 없습니다.”

무영신개는 자신에게로 향한 많은 시선들을 의식하여 자신이 입수한 정보의 출처까지 밝히며 최대한 빠르게 설명했다.

“그렇다면 이건 정말 큰일이 아니오? 그 마물들이 서천맹으로 들어가는 것도 큰일이지만 천마성으로 흘러가는 것 역시 그에 못지않게 위험하지 않겠소?”

화산의 초구자(楚具子)가 다급한 목소리로 말했다.

“어쩌면 천마성으로 흘러 들어가는 것이 더 큰일일지 모르지요. 서천맹의 힘이야 이제 많이 약화되었고 세상에 거의 드러났지만 천마성의 힘은 드러나지도 않았고 약해지지도 않았지요. 철옹성의 요새라던 비천용문을 단 며칠 새 무너뜨리는 능력으로 봐서는 서천맹보다 더 무섭다고 해야겠지요. 그런 천마성이 그 마물들을 손에 넣는다면 향후 어떤 일이 벌어질지는 불을 보듯 뻔합니다. 천마성주 갈문혁이 정마협이라는 별호와 함께 아무리 협의인으로 칭송받아도 결국은 마도인일 뿐이지요."

무영신개는 무거운 목소리로 자신의 견해를 말하고는 잠시 뜸을 들였다가 훨씬 더 심각한 표정으로 입을 열었다.

"그리고 이젠 흑랑이란 자도 그 마물을 손에 넣기 위해 움직이려 한다는 정보도 함께 들어왔습니다."

"흑랑이라면… 사중협의 후인이라던 그 청년 말이오?"

소림의 혜광 대사가 얼마 전 태극삼성과 싸우던 자운엽의 모습을 떠올리며 목소리를 높였다.

이제는 차가운 땅속에서 부토로 돌아가고 있겠지만, 그 청년의 검에서 뿜어져 나오던 힘에 당하고는 망연해하던 대사형의 제자 유건하의 모습도 같이 떠올랐다. 어쩌면 그놈은 그때 이미 삶의 의지를 상실했을지도 몰랐다. 그래서 자신을 돌보지 않고 호교이령주란 자와 동귀어진했을지도…….

'아미타불!'

혜광 대사는 가슴속으로 불호를 읊었다.

"그렇습니다. 여러분도 겪어보았으니 아시겠지만 그자는 사파인에 더 가까운 자입니다. 한때는 본색을 숨기고 하남의 한 표국에서 표행을 하며 협행 비슷한 짓도 했지만 이젠 완전히 본색을 드러내고 있습니다. 그놈에게 그 마물들이 돌아가는 것 역시 앞의 두 세력 못지않게 위험……."

"그건 너무 그 청년을 매도하는 말이 아닌지요? 그 청년이 호성채라는 곳에서 장강 물줄기를 틀어막고 무림맹을 괴롭히고 있지만 그건 우리가 감당해야 할 자업자득의 일일 뿐, 그 청년이 없었으면 무림맹이 서천맹에 대해 미약하나마 지금 같은 우위를 점할 수 있었겠소?"

하북팽가의 팽무홍이 무영신개의 말꼬리를 자르며 나섰다.

자운엽에 대한 팽무홍의 심정이 어떻다는 것을 익히 알고 있는 무영신개는 반박을 하려던 의도를 접고 잠시 한숨을 내쉬었다.

"아직까지는 그 청년이 무림맹에 이익을 주었지요. 그것도 아주 큰… 하지만 본모는 그자가 언젠가는 크게 한 번 뒤통수를 칠 것이라는 느낌을 지울 수가 없소. 어쨌든 황실이나 무림맹이 아닌, 다른 어느 곳으로든 그 마물들이 흘러 들어가면 또 한 번의 혈겁은 피치 못할 것이오."

무영신개가 말을 마치고는 여러 원로들을 쳐다보았다.

자신으로서는 할 얘기를 다 했고, 사태의 심각성을 파악했다면 어서 결정을 내려달라는 표정이었다.

이제껏 한 가닥 의심을 떨쳐 버리지 못하던 일이었지만 천마성의 제자와 야율사한이 한꺼번에 움직이고, 마지막으로 자운엽까지 움직인다는 상관진걸로부터 날아온 심상치 않은 정보에 무영신개는 오히려 제일 다급하게 설쳤다.

*　　　　*　　　　*

"일이 점점 많아지는군!"

부평초는 자신의 집무실로 배정된 방 안에서 이것저것 챙기며 인상을 썼다.

그야말로 부평초처럼 떠돌 때는 검 한 자루만 챙기면 더 이상은 신경 쓸 일이 없었지만 유성검문의 이인자가 되고 나서부터는 모든 일이 자신에게로 돌아왔다.

조만간 문주가 될 의형 단철패가 그런 것들에 조금만 신경을 써 주어도 일이 훨씬 줄어들 것이건만, '그런 일은 전적으로 아우가 맡게'라며 손사래를 치니 애당초 기대를 말아야 했다.

한숨을 한 번 푸욱 내쉰 부평초는 오전 내내 검토했던 자료들을 챙겨 방을 나섰다.

"서천맹과 무림맹의 싸움이 전면전 양상으로 치달을 기미가 보입니다."

챙겨온 자료들을 살펴보며 유성검문의 대회의장에서 부평초가 설명을 해 나갔다.

금원전장이었을 때는 돈거래를 하러 온 부호들의 접견실이었을 법한 넓은 실내에는 자운엽을 비롯하여 단철패, 그리고 부평초의 조부인 명 노인 등등이 둘러앉아 부평초의 설명을 듣고 있었다.

"그건 또 무슨 말인가?"

최근에는 온종일 연공실에 틀어박혀 유성검법을 익히는 데 전념하느라 세상이 어찌 돌아가는지 모르고 있던 단철패가 뜻밖이라는 듯 질문했다.

"그동안 약간은 소강 상태로 접어들었던 두 세력 간의 싸움이 어느 순간 뚝 그치더니 요 며칠 사이 각 지역에 흩어졌던 분타나 지부 인원들이 섬서성의 어느 곳을 향하여 암암리에 이동하고 있다는 정보입니다.”

“무림맹과 서천맹 모두 그렇단 말인가?”

“그렇습니다. 이제껏 무림맹 총단을 중심으로 둥글게 퍼져 포위하듯 국지전을 펼치던 서천맹 역시 섬서성 한곳으로 인원을 이동시키고 있고, 무림맹 역시 그렇게 인원을 움직이고 있습니다.”

부평초는 그간 관(官)과 민(民), 상인들 등 여러 방면으로 손을 써서 모은 정보를 분석하여 신중하게 설명해 나갔다.

“그동안 무림맹의 힘을 분산시키기 위해서 여기저기서 동시 다발적으로 싸움을 벌이던 놈들이 한곳으로 모인다는 것은 이해할 수가 없군. 설마 서천맹 놈들이 그간의 작전을 포기하고 늑대 싸움을 하듯 두목끼리 맞붙어 결판을 내자는 의도는 아니겠지?”

단철패는 자신이 가장 좋아하는 방식으로 싸움이 전개되고 있는 것이 신기하다는 듯 부평초를 쳐다보았다.

“저 역시 이해가 안 가지만 지금 돌아가는 상황은 의형께서 말씀하신 그대로입니다. 그간 온 힘을 다해 구축했던 곳곳의 분타들을 버리고 썰물 빠져나가듯 움직이는 서천맹이나, 그들이 움직인다고 즉시 그들을 따라 섬서로 향하는 무림맹의 움직임 역시 이해하기 힘들지만… 분명 그렇게 움직이고 있습니다.”

부평초는 여전히 이해가 안 간다는 표정으로 결론을 지었다.

“정확한 정보이오?”

무슨 생각을 하는지 때때로 날카로운 눈빛만 몇 번 번뜩이며 묵묵히 듣고 있던 자운엽이 불쑥 질문을 던지자 부평초가 가볍게 고개를 끄덕였다. 그리고 약간 긴장한 표정으로 자운엽을 쳐다보았다.

자신은 막대한 자금을 풀어 정보를 수집하였지만, 이 청년은 자신보다 한발 앞서 그런 정보들을 꿰뚫고 있었다. 그런 사람이 정말 몰라서 물어보는 것인지 의심스러웠던 것이다.

"사숙! 뭐 짚이는 것이라도 있소? 놈들이 왜 그쪽으로 움직이는지 난 도저히 감이 안 잡히오."

단철패가 뭔가 재미있는 일이 벌어질지도 모른다는 표정으로 입술을 핥았다.

"방금 본인이 답을 다 하지 않았소? 그동안 이리저리 해보아도 안 되니 늑대 싸움처럼 두목끼리 한판 붙어 결판을 낼 것 같다는 생각이 드는군요."

자운엽이 처음으로 단철패의 의견에 동조하며 고개를 끄덕였다.

되는대로 떠벌린 말이었으나 자운엽이 의외로 정색을 하며 자신의 말에 가볍지 않은 가치를 부여하자 단철패는 오히려 불안한 표정이 되어 자운엽을 쳐다보았다.

"왜, 왜 이러시오, 사숙? 앞에서는 칭찬하고 나서 또 얼마나 세게 뒤통수를 치려고……."

단철패는 목을 움츠리며 자운엽의 눈치를 살폈다.

이제는 유성검문의 문주로 틀을 잡아가야 하는 입장인 단철패로서는 그런 역습이 적지 않게 부담되는 모양이었다.

"현 상황에서는 가장 적절한 설명이라는 생각이 듭니다. 얼마 전 태극삼성이라는 사람들에게 호교일, 이령주가 죽고 나서 서천맹 역시 많이 흔들렸을 테고, 그러다 보니 힘을 모아 단기전으로 가려는 것이겠지요. 무림맹 역시 마찬가지고……."

자운엽은 무표정하게 단철패의 설명에 거듭 동조했다.

"정말 그렇게 생각하시오, 사숙?"

뭔가 의심스러웠지만 평소 자신을 쳐다보는 표정과는 전혀 다른 표정으로 얘기하는 자운엽을 보며 단철패는 두 눈을 껌벅거렸다.

그런 단철패의 눈빛을 받은 자운엽이 다시 고개를 끄덕거렸다.

"사숙 생각이 그렇다면 정말 그런 모양인데…… 정말 섬서성 한곳에서 무림맹과 서천맹이 무림의 패권을 놓고 일전을 벌인다는 말이오? 그렇다면 이러고 있을 때가 아니지 않소, 사숙?"

생각나는 대로 내뱉은 말에 무슨 창피를 당하지 않을까 조심스럽게 말하던 단철패의 목소리가 높아지며 눈동자에도 불길이 일었다.

"우리도 당장 그곳으로 달려갑시다. 그래서 서천맹 놈들을 모두 베어버립시다."

단철패가 당장이라도 검을 들고 일어설 듯 거친 숨을 내뿜었다.

"형님도 참! 서천맹 놈들이 그렇게 쉽게 내 목 여기 있소 하며 들이 댄답니까? 인원으로는 열 배도 넘는 무림맹과 대등한 싸움을 벌여온 놈들이오."

위충겸이 씩씩거리는 단철패를 보며 핀잔을 주었다. 그러나 단철패의 기세는 조금도 수그러지지 않았다.

유성검문과 자신의 혈육을 몰살시킨 서천맹과 가마릅에 맺힌 원한이 유성검문을 다시 일으키고 있는 감회와 맞물려 활화산처럼 폭발하고 있었다.

"싸우기보다는 싸움 구경이 훨씬 재미있는 법이오. 꼭 필요할 때가 아니면 함부로 나서지 말고 싸움 구경만 하겠다고 약속한다면 같이 가도록 하겠소."

자운엽이 단호한 표정으로 단철패에게 말하자 단철패가 잠시 더 거친 호흡을 내뿜으며 입술을 깨물다가 무겁게 고개를 끄덕였다.

"알겠소, 사숙. 사숙 말을 들어 이제껏 단 한 번도 손해를 본 적이 없소. 사내의 복수는 십 년 후라도 늦지 않다고 했으니 경거망동하지 않겠소. 데리고 가주시오."

단철패가 끓어오른 열기를 긴 호흡으로 가라앉혔다.

"오십 년 한을 이제야 풀 수 있겠구나!"

단철패의 뒤를 이어 부평초의 조부인 명 노인도 한기가 넘쳐흐르는 목소리로 중얼거렸다. 동시에 실내에 있던 모든 사람들도 술렁거리기 시작했다.

그 술렁거림 속에서 자운엽의 눈빛이 송곳처럼 날카롭게 빛나기 시작했다.

"우선 유성채로 갑시다. 그곳의 인원들과 합류하여 준비를 합시다."

자운엽이 차분하게 지시하며 자리에서 일어섰다.

*　　　　*　　　　*

미말랐던 대지에 봄기운이 무르익고, 여름이 가까워졌지만 수많은 사람들과 말발굽에 짓밟힌 땅거죽은 한줄기 바람과 함께 흙먼지를 뿌옇게 피워 올렸다.

환자들을 수용한 천막 속으로도 그 흙먼지는 속절없이 스며들어 기력이 떨어진 환자들은 여기저기서 마른기침을 토해냈다.

"여기 물을 데워 왔습니다."

청년 하나가 천막의 휘장을 젖히며 김이 솟아오르는 물통을 들고 들어왔다.

"고마워요, 소협. 아침도 제대로 들지 못하고 고생이 많군요."

한 중년 여인이 얼른 물통을 받아 들며 감사의 말을 전했다.

우아한 자태와 자연스럽게 풍기는 기품은 젊은 여인들에게서는 느낄 수 없는 원숙한 아름다움을 느끼게 해주었다.

"고생이야 문주님께서 더 하시지요. 위험하기 짝이 없는 최전방에서 며칠 동안 잠도 못 주무시고……."

청년은 안타까운 표정으로 중년 여인을 쳐다보며 답했다.

"우리들의 고생이 아무리 크다 한들 다친 사람만 하겠어요……."

중년 여인이 말을 하다 말고 고개를 돌렸다.

"그건 그렇게 하는 것이 아니다. 바깥쪽부터 둥글게 감싸야 하느니라."

중년 여인은 청년과 대화를 나누면서도 쉴 새 없이 환자들을 돌보고, 주변에서 같이 환자들을 돌보는 젊은 여인들에게도 꼼꼼히 지시를 내렸다.

"죄송합니다, 문주님! 앞으로는 그렇게 하겠습니다."

아직 어린 티가 나는 젊은 여인이 고개를 숙이며 환자의 무릎 어림에 다시 붕대를 감았다.

"그럼 전 물을 좀 더 데워 오겠습니다."

청년은 가볍게 고개를 숙이고 천막 밖으로 나갔다.

"아악—"

청년이 밖으로 나간 잠시 후, 비명 소리와 함께 무릎 아래가 절단된 한 사내가 고통스런 표정으로 잘려 나간 다리의 발목 부분으로 손을 가져갔다. 그러나 그곳은 아무것도 없는 텅 빈 침상 바닥일 뿐이었다.

다리는 잘려 나갔지만 아직 적응되지 못한 신경이 발목 부분의 고통을 대뇌로 전해준 모양이다.

"크윽!"

있지도 않는 발목에서 고통이 밀려오는 것을 느낀 사내는 빈 침상만 거듭 주무르며 온 얼굴에 비 오듯 땀을 흘렸다.

"양구혈(梁丘穴)에 침을 놓거라."

중년 여인이 지시를 내리자, 흰 앞치마를 두른 여인이 신속하게 사내의 무릎 위 양구혈에 침을 놓았다.

잠시 후, 잘려져 나간 발목에서 전해져 오는 고통에 어찌할 바를 모르던 사내의 표정이 서서히 풀려졌다.

"감사하오, 소저. 그리고 문주님."

땀에 젖은 얼굴을 닦아주는 소녀와 중년 여인에게 인사를 한 사내는 육체적 고통은 사라졌지만 잘라져 나간 다리를 보며 느끼는 상실감 역시 그 고통에 못지않은 듯 괴로운 표정으로 침상에 상체를 누였다.

"마음을 편히 가지세요."

이런 상황에서는 그 어떤 위로도 통하지 않는다는 것을 잘 아는 중년 여인은 짧게 한마디 하고는 다른 환자들을 치료해 나갔다.

"피해 정도는 어떤가?"

다른 한 천막 안에서 착잡한 음성이 울려 퍼졌다.

"사망 스물셋에, 부상 예순다섯입니다. 그중 오늘을 넘기기 힘든 중상자를 감안한다면 사망자 수는 더……."

"됐네!"

보고를 받던 사내는 괴로운 표정으로 보고하는 청년의 말을 잘랐다.

"생각보다는 피해가 커!"

비폭노검(飛瀑怒劍) 도길정(道吉定)은 씁쓸한 표정으로 고개를 저었다.

대규모의 인원으로 밀어붙여 이곳을 점령하긴 했지만 타격이 컸다. 그러나 기필코 이곳을 점령해야 한다는 총단의 지시는 수행했으니 그것으로 위안을 삼을 수밖에 없었다.

"무엇 때문에 이곳이 중요한지는 모르겠지만 먼저 이곳을 점령한 서천맹 놈들을 쫓아 보냈으니 무림맹 총단에서도 대협의 공을 인정할 것입니다."

오귀창(五鬼槍) 나진덕(羅眞德)이 장창을 손에 쥔 채 착잡한 표정의 도길정을 위로했다.

"그런데 지금부터가 오히려 문제일 듯하오. 서천맹 놈들 역시 이곳을 빼앗기지 않으려고 필사적이었던 것을 생각하니 이대로 가만히 있지 않을 것 같다는 생각이드오……."

"저 역시 그런 생각이 들었습니다. 그래서 마차와 목창(木槍)으로 두껍게 방어막을 치고 있습니다."

"잘했소! 공성보다 수성이 더 어려운 법이니 보초와 초병 어느 것 하나 소홀히 하지 마시오."

도길정이 고개를 끄덕이며 당부했다. 그리고 걷혀진 휘장을 통해 천막 밖으로 시선을 돌렸다.

'대체 이 들판에 뭐가 있기에 곳곳에 진을 치고 혈전을 치르는 것인가?'

도길정은 끝없이 펼쳐진 지평선을 바라보았다.

앞쪽으로는 탁 트인 평원이었고 왼쪽 옆으로 몇 개의 산과 구릉, 그리고 작은 강이 흐르고 있었다. 무림맹이나 서천맹이 특별히 중시해야 할 이유가 없는 곳 같았다.

국가 간의 싸움이라면 제법 넓은 들판인 이곳을 서로 차지하겠다고 할 수도 있겠지만 무림인들 간의 싸움은 땅 따먹기가 아니다. 땅보다는 문파와 문파에 속한 고수들을 무너뜨리면 되는 것이다.

큰 문파에서 사방 어느 정도 거리 안에 드는 지역에서는 영역권이라는 명목 하에 그런 의미가 조금은 있겠지만 이 넓은 벌판은 그런 의미도 없었고, 이 벌판을 차지한다고 해서 서천맹이나 무림맹 그 어느 곳에 타격을 줄 수 있는 것도 아니다.

이곳을 차지하느니 차라리 어느 문파 대문짝 하나를 부숴 버리는 것이 훨씬 큰 타격을 줄 것이다.

'저 야산과 구릉에 뭔가가 있단 말인가?'

생각을 이어가던 도길정은 왼쪽 평원 끝에 있는 구릉과 야산을 쳐다보았다.

그곳 역시 평범한 곳일 뿐이었다.

소위 말하는 전대의 절세고수가 은거한 절벽이나 동굴 같은 곳은 찾기 힘들 것 같은 야산일 뿐이었다. 다만 숲이 무척 울창하다는 것이 한 가지 특징이었다.

그런 이곳을 선발대를 조직하여 최대한 빠르게 달려가라는 무림맹 총단의 지시도 이해가 안 갔고, 숨이 턱에 차도록 질주해 와서 보니 서천맹의 깃발이 먼저 펄럭이고 있는 것도 이해가 가지 않았다.

"차차 밝혀지겠지."

뒤를 이어 속속 후위대가 도착하고 수뇌부도 도착하여 진을 치게 되

면 그 이유가 밝혀질 것이다. 그때까지 이곳을 굳건히 지키기만 하면
자신의 임무는 완벽히 수행한 것이다.

비폭노검 도길정은 진지 주변을 둘러보기 위해 밖으로 나갔다.

"엄청 모여들었군."

잡목들이 빽빽한 야산 숲 속에서 위충겸이 풀잎 하나를 입에 물고
느긋하게 들판을 바라보았다. 드넓은 들판 한가운데 포진한 무림맹
의 인원은 일국의 정벌을 앞둔 군인들처럼 엄청난 숫자로 모여 있었
다.

"젠장! 싸움 구경하러 왔는데… 싸움은커녕 평화의 땅 같구만."

선발대로 온 인원들과 서천맹 인원들의 싸움이 이곳에서 몇 차례 있
어 많은 피해가 있었다고 들었지만, 자신들이 도착했을 때는 무림맹의
인원이 더 많이 진주해 있었고 싸움 역시 멎어 있었다.

"저렇게 떼거지로 모여 있는데 형님 같으면 건드리겠소? 아무리 서
천맹 놈들이지만 저렇게 몰려드는 것을 보면 더러워서라도 피하겠소.
패싸움도 정도가 있지, 이건 아예 머릿수로 누를 참인가 봅니다."

다섯째 사신인 지종하 역시 기대했던 싸움 구경을 못해 김빠진다는
표정으로 말했다.

"우리가 이 장소에 온 건 싸움 구경 때문이 아니다. 싸움 구경은 좀
더 기다려 보면 할 수 있을 것이다. 떼거지로 저렇게 모여 있으니 다시
시작되면 크게 벌어지겠지. 그러니 어서 시킨 대로 작업이나 시작해
라."

위충겸이 손에 든 도구들을 내려놓으며 동생들에게 낮게 말하자 연
신 입맛을 다시던 지종하와 목유천(木柳泉)은 여러 도구들을 꺼내 신중

하게 작업을 하기 시작했다.

"시킨 대로 정확히 했겠지? 네놈이 하는 일은 당최 믿을 수가 없다."

위충겸이 손에 든 종이를 펼쳐 작업한 곳과 대조하며 질문했다.

"못 미더우시면 죄다 허물고 형님이 다시 하시오."

목유천이 자신이 만든 작품을 당장 망가뜨릴 기세로 망치를 들어 올렸다.

"됐으니 쓸데없는 수작 그만 떨고 가자. 앞으로도 할 일이 많다."

위충겸이 신경을 박박 긁는 목유천을 두들겨 팰 듯 주먹을 들어 올린 후 빠르게 신형을 움직였다.

*   *   *

무림맹의 선발대가 서천맹과 격렬한 전투을 치르고 섬서 들판을 빼앗아 진지를 구축한 후, 후발대들이 속속 도착했다.

서천맹 무리들이 물러간 들판에 도착한 무림맹 후발대는 들판 전역에 넓게 포진하며 진영을 만들었다.

그리고 점점 더 인원이 늘어남에 따라 들판은 물론이고, 조금 두드러진 언덕이나 구릉, 그리고 야산 부근까지 진영을 설치해 나갔다.

신발대가 도착한 얼마 후 무림맹의 수뇌부들도 합류했다.

"어서 오시오, 신개. 그리고 태운 진인!"

여러 사람들이 달려나와 분주히 인사를 나누며 그들을 맞았다.

미리 와 있던 사람들과 함께 이들마저 합류하니 무한에 있던 무림맹 총단이 이곳으로 고스란히 옮겨진 듯했다.

"그동안 고생이 많으셨소, 여러분!"

태운 진인이 무림맹주 태허 진인을 대신해서 일일이 치하하며 천막 안으로 들어갔다.

이들을 위해서 미리 준비한 듯 천막 안에는 당장 집무를 볼 수 있게끔 모든 것이 잘 구비되어 있었다.

"우선 엽차 한 잔으로 목부터 축이시지요."

긴 여정에 겹친 피로를 한 잔의 엽차로 풀며 간단한 회의가 시작되었다.

"놈들의 근황은 어떤지요?"

태운 진인이 앞에 있는 중년인에게 질문했다.

"그동안 몇 군데 진영에 산발적인 기습이 있었습니다만 본격적인 도발은 없었습니다."

태운 진인의 질문에 한 중년인이 가볍게 고개를 숙인 후 선발대가 이곳에 온 후부터 지금까지의 모든 정황들을 일목요연하게 설명했다.

중년인의 말대로 처음 몇 번은 산발적인 싸움이 있었지만 그 후부터는 오히려 조용해져 지루함을 느낄 정도였다.

"무슨 꿍꿍이가 있는 모양인데…… 이럴 때일수록 외곽에 인원을 더 배치하고 긴장을 늦추지 마시오. 조만간 놈들은 이곳을 빼앗기 위해 나타날 것이오."

태운 진인의 지시를 받은 중년인이 다시 고개를 숙인 후 밖으로 나갔다.

"천마성주 제자의 행적은?"

회의가 끝난 후 무영신개는 엄한필과 서교영을 따로 불러 조용히 질문했다.

삼태극합격진의 중추적인 역할을 하던 사제 유건하를 잃은 엄한필과 서교영의 표정은 아직까지 그 통한을 다 떨쳐 버리지 못한 듯 침울한 기운이 느껴졌다.

"아직 이곳에 모습을 드러내지는 않았습니다."

서교영이 짤막하게 답하고는 입을 다물었다. 평소의 덜렁거리던 그녀의 성격과는 많이 다른 분위기에 무영신개는 잠시 뜸을 들였다가 다시 말을 이었다.

"놈은 조만간 반드시 이곳에 나타날 것이네. 굳이 정마협의 제자라는 수식어를 갖다 붙이지 않더라도 그놈의 능력은 익히 알고 있으리라 생각하네. 놈을 견제할 수 있는 사람은 자네들밖에 없어. 지금 자네들 심정이 어떻다는 것은 잘 알지만 최선을 다해 놈의 행적을 찾아주게. 오히려 야율사한보다 그놈을 더 경계해야 할 것이네."

무영신개는 무거운 목소리로 당부했다.

"우리의 전력은 반으로 줄어들었는데 상대는 두 배로 늘어났군요."

엄한필이 유건하의 빈자리를 의식하며 억양없는 목소리로 말했다.

"사제를 잃은 것은 안타깝게 생각하네. 하지만 자네들 사제로 인해서 맹주님을 구하고, 오히려 호교일, 이령주를 처치했으니 사제의 공은 무림사에 길이 빛날 것이네. 사제를 위해서라도 하루빨리 마음을 다잡고 복수를 해주게."

무영신개는 거듭 엄한필과 서교영을 독려했다.

*　　　*　　　*

“뇌룡을 어디다 제일 먼저 풀어놓으면 좋을까?”

한 사내가 손 안에 쥔 호두 두 알을 소림승들의 염주처럼 만지작거리며 중얼거렸다.

빙긋 미소를 입에 물고 중얼거리는 표정은 흥미진진한 일을 어서 벌이고 싶어 안달이 난 악동의 모습이었다.

“본진 한복판에 풀어놓는 것이 어떨지요?”

흑색무복 차림의 한 사내 역시 약간은 들뜬 음성으로 답했다.

“그랬으면 좋겠는데… 그곳까지 누가 그놈을 몰고 가겠는가? 풀어놓기도 전에 몰고 가는 주인이 먼저 죽을 텐데……. 그럼 아무짝에도 소용없지 않겠나?”

호두알을 만지작거리는 사내는 입가에 좀 더 짙은 미소를 피우며 말했다.

“그렇겠군요. 무림맹 본진에는 아무래도 좀 무리가 있겠군요.”

흑색무복 차림의 사내도 고개를 끄덕이며 아쉬운 표정을 지었다.

“우선은 서쪽 외곽에 있는 놈들에게 뇌룡의 위력을 보여주게. 아주 철벽을 치고 있던데 뇌룡을 풀어 그것들을 간단히 무너뜨리게. 그런 후 이곳저곳 몇 군데 더 물어뜯어 놓으면 혼란에 빠질 거야. 그렇게 뒤죽박죽 흔들어 좀 흐물흐물해지면 요리를 시작하지.”

호두알을 만지작거리던 사내가 지시를 내리자 흑색무복의 사내가 깊이 허리를 숙이고 밖으로 나갔다.

“이젠 발목에 통증이 오지 않나요?”

하얀 앞치마를 두른 중년 여인은 다리 하나가 잘려 나간 사내에게 조용한 목소리로 질문했다.

부드럽고 온화한 목소리는 듣는 사람의 마음을 가라앉혀 주어 실의에 빠진 사내의 얼굴에도 언뜻 생기를 돌게 했다.

"문주님 덕분에 있지도 않은 발목에 불로 지지는 듯한 고통이 느껴지는 증상은 사라졌습니다. 이제는 이따금씩 간지러운 증상만 조금 있습니다."

사내는 중년 여인에게 고개를 숙이며 답했다.

"다행이군요. 이젠 통증은 더 이상 없을 테니 본진으로 후송해도 되겠군요. 지금 사람들을 부를 테니 떠나세요. 그리고 혹여 다시 통증이 오면 가르쳐 준 대로 침을 놓으세요."

중년 여인은 사내의 상태가 호전된 것을 보고는 최전방인 이곳에서 무림맹 본진이 있는 곳으로 후송할 것을 지시했다. 이 사내까지 보내고 나면 이 천막에 중환자는 다섯 명밖에 남지 않는다. 그들 역시 며칠만 더 지나면 굳이 이곳에서 보살핌을 받지 않아도 되어 후송할 수 있을 것이다. 다른 곳에서는 이곳처럼 전문적인 치료는 받지 못하겠지만 생명에는 아무 지장이 없을 것이다. 그러나 머지않아 이보다 더 심한 부상자가 쏟아져 침상이 모자랄 정도가 될 것이라는 생각에 마음이 무거워진 중년 여인은 가볍게 한숨을 쉬었다.

"문주님께서도 위험하기 짝이 없는 이곳에서 치료를 하지 마시고 본진 쪽으로 가시는 것이 어떤지요? 이곳은 너무 위험합니다."

사내는 들것에 실리며 중년 여인을 걱정했다.

"이곳에 있는 천막을 뒤로 일 리(一里)만 더 물리면 거기까지 옮기는 도중에 죽는 사람이 배는 더 늘어날 거예요. 놈들도 눈이 있는데 앞치마를 두르고 적아를 가리지 않고 치료하는 여인들은 어쩌지 않을 것입니다."

여인은 아무 걱정 말라는 표정으로 답했다.

"놈들이 그랬으면 좋겠지만 경황 중엔 그런 것을 신경 쓰지 못할지도 모릅니다. 저 역시 그럴 것 같으니까요."

한쪽 다리가 없는 사내는 못내 걱정스런 표정으로 들것에 실려 나갔다.

흑색무복을 입은 사내가 다른 몇 명의 사내와 함께 숲 속에서 모습을 드러내며 땀을 훔쳤다. 다른 사내들 역시 어깨에 걸쳤던 밧줄을 내려놓으며 얼굴을 적신 땀을 닦았다.

"정말 무거운 놈이야."

한 사내가 밧줄로 묶어 끌고 온 커다란 상자를 쳐다보며 혀를 내둘렀다.

"네놈 하체가 부실해서 그런 것이다. 그러니 이번 싸움 끝나면 제일 먼저 보약부터 좀 먹어라."

다른 사내가 상자의 뚜껑을 열며 말했다.

"누가 할 소릴!"

눈을 흘긴 사내 하나도 얼른 다가와 상자의 뚜껑을 열었다.

"어서 나오너라, 이놈 뇌룡아. 드디어 네놈의 위력을 발휘할 순간이다!"

사내들은 상자의 앞면을 부수며 상자 안에 든 물체를 앞으로 끌어내었다.

짙은 묵빛을 띤 물체가 나오지 않으려는 듯 버티다 천천히 앞으로 끌려 나왔다.

"됐다. 그 자리에서 왼쪽으로 조금 틀어라."

흑색무복의 사내가 묵빛 물체를 보며 지시하자 다른 사내들이 끙끙거리며 다시 힘을 썼다.

"아가리를 조금 더 위로 향하게 하고……."

잿빛무복사내의 지시가 몇 마디 더 이어지고 모든 준비가 끝나자 흑색무복의 두 사내는 뇌룡의 아가리에 포탄을 집어넣었다. 그리고는 조금 뒤로 신형을 이동시켰다.

치이익—

아가리를 쩍 벌린 대포의 꼬리 부분에서 심지가 타 들어가는 소리가 들렸다.

이윽고 콰앙 하는 폭음과 함께 뇌룡이라 이름 붙여진 대포가 자욱한 포연을 토해냈다.

콰앙—

단 한 발의 포탄이었지만 무림맹 서쪽의 최전방 진지는 삽시간에 아수라장이 되어버렸다.

"기습이다!"

고함 소리와 비명 소리가 울리며 미친 듯이 뛰쳐나오는 사람들 앞으로 또 한 발의 포탄이 날아들었다.

온갖 잔해들이 포탄이 일으키는 화염과 폭음 속에서 허공으로 솟구쳤다.

다시 두 발의 포탄이 더 떨어지며 성벽처럼 진지 외곽을 둘러싼 방어막이 모래성처럼 무너져 내렸다.

"이, 이놈들!"

순식간에 아수라장이 된 진지를 보며 비폭노검 도길정은 수염을 부르르 떨었다.

무림맹 본단 외곽을 방비하는 진지이니 만큼 각각이 최전방이었고, 언제라도 기습이 있을 것이라 예상하며 만반의 대비를 하고 있었지만 이런 공격은 예상치 못했다.

멀리 나가 있는 초병의 눈에도 뜨이지 않는 단 한 대의 대포가 수백 명이 기습한 것보다 더 큰 혼란을 일으키고 있었다.

"허둥대지 말고 엄폐물을 찾아 몸을 숨겨라. 놈들도 무한정 쏘아내지 못할 것이니 곧 끝이 날 것이다."

도길정은 고함을 질렀고, 그 고함 소리에 화답이라도 하듯 더 이상의 포탄은 날아들지 않았다.

"어서 부상자를 옮기고 전열을 정비하라!"

도길정과 함께 오귀창 나진덕도 고함을 질렀다.

고함을 지르던 나진덕이 눈을 크게 떴다.

무시무시한 기세로 허공에서 날아오던 포탄은 보이지 않았지만 대신 이번에는 회색 포탄이 지면 위로 미끄러지듯 날아오고 있었다.

"놈들의 공격이다!"

나진덕은 온 힘을 다해 고함을 질렀다.

지면 위로 떠서 날아오는 포탄이란 착각이 들 만큼 빠르게 날아오는 물체는 흑색무복을 입은 인영들이었다.

포탄만 하게 느껴지던 모습이 어느새 면면을 알아볼 정도로 가까워지고 있었다.

"크윽!"

포탄으로 무너진 방어막 사이로 날아든 회의인들의 공격에 비명이 터져 나왔다.

바람처럼 날아들어 그 기세 그대로 검을 휘두르는 사내들에 혼비백
산하고 있던 무림맹 사내 하나가 복부가 갈라지며 바닥을 뒹굴었다.
뒤이어 몇몇 사내들도 무너져 내리며 혼전이 벌어졌다.

◆ 제110장

무형검(無形劍)

무형검(無形劍)

"약은 놈! 여전히 코빼기도 안 보이며 소수 정예로 기습전을 벌이는 군요."

치열한 접전이 벌어지는 들판 뒤쪽 언덕 위에 몸을 숨긴 단철패가 바위 사이로 목을 들이밀며 혀를 찼다.

"그렇게 쉽게 나타날 여우 같았으면 우리가 이 고생을 할 필요가 없 었겠지요."

자운엽 역시 날카로운 눈빛과 함께 아래쪽 들판에 시선을 고정시키 며 말했다.

"그나저나 저놈들은 무슨 군대도 아닌데 어찌 대포까지 가지고 있 지? 이거 잘못하다간 이곳에서 뼈마디가 모두 분리되는 것 아니오, 사 숙?"

단철패가 으스스하다는 표정과 함께 눈살을 찌푸렸다.

"몽고족과 손잡고 제국을 건설하겠다는 계획을 세운 놈들이니 그만한 준비는 당연하겠지요. 겁나면 일찌감치 돌아가서 부평초와 교대하시오. 그 청년이 오히려 유성검법 초반부는 훨씬 더 정교하게 펼치고, 머리 회전도……."

"거참! 하루라도 그놈과 비교하지 않으면 잠이 안 오기라도 하는 것이오? 그놈이야 날 때부터 자기 조부의 지도 하에 익힌 검술이고, 난 얼마 전부터 시작하지 않았소? 그것도 건성으로 풀이해 놓은 주해서 덕분에 죽을 고생을 하고 있건만!"

단철패가 자운엽의 말꼬리를 자르며 씩씩거렸다.

"그럼 후반부는 직접 해보시오. 난 손 뗄 테니."

자운엽은 여전히 격전장에 시선을 고정시킨 채 말했다.

"아이쿠! 아니오, 사숙! 전적으로 이 사질의 자질이 우둔하여 주해서로도 쉽게 못 깨우치고 있을 뿐, 사숙의 주해서는 아무 문제 없소."

단철패가 금세 꼬리를 말았다.

"저 표식은?"

언덕 아래의 격전장을 바라보던 자운엽은 뭔가를 발견하고 다급성을 터뜨렸다.

"예? 뭐라고 그랬소, 사숙?"

고개를 돌린 단철패는 자운엽의 신형이 벌써 저 아래로 쏘아지는 것을 보며 눈을 껌벅거렸다.

"젠장, 또 무슨 일인가? 직접 싸울 생각은 말고 구경이나 하자더니……."

투덜거린 단철패도 자운엽을 따라 언덕 아래로 급히 신형을 날렸다.

왼쪽 뺨에 길게 검상이 새겨진 사내를 마주한 도길정은 비폭노검으로 불리는 자신의 독문절기를 전력을 다해 펼쳤다.

폭발하듯 사방으로 터져 나가는 듯한 검세가 흉터사내의 전신을 갈기갈기 찢을 듯 퍼져 나갔다.

흉터사내가 빠르게 신형을 회전하며 무겁게 일도를 뿌렸다.

단순하게 주욱 내리그은 흉터사내의 도격에 폭발하는 듯한 도길정의 검세가 씻은 듯이 사라져 버렸다.

도길정은 어이없는 표정으로 사내의 도를 쳐다보았다.

지극히 평범한 한 자루 도였지만 그것에서 뿌려지는 도세는 절세보도(絶世寶刀)에서 뿌려지는 기운을 방불케 했다.

흉터사내의 도가 다시 바람을 갈랐다. 도길정은 급급히 검을 들어 올려 흉터사내의 도를 막아갔다.

날카로운 쇳소리가 울리며 도길정은 호구가 찢어지는 듯한 통증을 느꼈다.

흉터사내의 도격이 상상보다 훨씬 무거웠다.

그 무거운 도가 다시 머리 위로 떨어져 내렸다.

도길정은 전력으로 검을 휘둘러 사내의 도를 비껴 쳐내고 그 틈을 이용하여 사내의 허리를 찔러갔다. 그러나 검끝에 걸리는 것은 먼지바람 가득한 허공뿐, 무언가를 찔렀다는 느낌을 받지 못한 도길정은 강한 경각심을 느끼며 최대한 빠르게 신형을 뒤로 빼냈다.

서걱—

듣기 거북한 음향과 함께 왼쪽 어깨에 화끈한 통증을 느낀 도길정은 이를 악물었다.

사내는 자신의 움직임보다 한참 빠르게 움직이고 있었다.

"위험하오, 대협!"

오귀창 나진덕의 목소리가 들리며 도길정의 목을 향해 다시 날아들 던 흉터사내의 도가 나진덕의 창에 튕겨졌다.

"그런다고 달라질 게 있을까?"

도길정의 목을 날리지 못한 흉터사내가 이빨을 드러내며 웃었다.

왼쪽 뺨 전체에 걸쳐 길게 이어진 흉터가 뱀의 몸뚱이처럼 꿈틀거렸 다.

"크윽!"

나진덕이 비명을 지르며 가슴을 움켜쥐었다. 사내의 도가 번쩍 하고 지나간 자리에서 선혈이 쏟아지고 있었다.

"나 대협!"

오귀창을 떨어뜨리고 무너지는 나진덕을 보며 고함을 지른 도길정 도 하복부를 자르고 지나가는 사내의 칼에 입을 딱 벌렸다.

"경거망동하지 말고 부상자들을 치료하거라."

바깥의 소란에 동요하는 소녀들을 보며 중년 여인은 침착하게 타일 렀다.

포탄의 공격에 심각한 부상을 입은 사람들의 비명 소리와 바깥의 소 란으로 누구나 파랗게 질릴 만한 상황이었지만 중년 여인은 조금도 동 요하지 않고 환자들을 치료했다.

좌악─

천막의 휘장이 걷혀지며 찬바람이 휘익 밀려들었다. 그리고 그 사이 로 사내 둘이 나타났다.

중년 여인의 눈빛이 미미하게 흔들렸다.

두 사내 모두 눈에 익지 않은 모습이었다.

밖을 내다보진 않았지만 절대로 이길 싸움은 아니었다. 비명이 잦아들자 낯선 사내들이 이곳까지 쳐들어오는 것은 시간문제라고 생각했던 중년 여인은 잠시 두 사내를 쳐다보고는 다시 환자에게로 눈길을 돌렸다.

저들에게 최소한의 인성이 남아 있기를 내심 바라던 중년 여인은 다가오는 두 사내의 발걸음에 자신도 모르게 이마에서 식은땀 한줄기가 흐르는 것을 느꼈다.

"호소란 문주님이십니까?"

청년의 목소리에 중년 여인은 놀란 표정으로 얼른 고개를 돌렸다.

다시 보아도 이곳 인원이 아니었다. 그런데 이곳 인원들도 거의 모르는 자신의 이름까지 정확히 아는 이 청년은?

그 순간, 다시 휘장이 거칠게 걷혀지며 회의사내들이 뛰어들었다.

"병신들과 계집들만 있는 걸 보니 의료 막사인가?"

흉터사내가 날카로운 눈빛으로 천막 안을 휘둘러 보다가 입술을 움직였다.

"무엇이든 상관없다. 뇌룡의 위력을 목격했으니 모두 죽여야 한다."

흉터사내의 손이 떨어지자 옆에 있던 회의사내들이 빠르게 다가들었다.

파앗—

단철패의 검이 먼저 허공을 가르며 혈선을 그렸다.

전부 환자들이나 의생인 줄 알고 방심하다 뜻밖의 일격을 당한 회의사내 하나가 바닥으로 무너졌다.

"가악!"

환자를 치료하던 여인들이 비명을 지르며 천막 구석으로 물러섰다.

"환자도 의생도 아니었나? 저놈들부터 죽여라!"

흉터사내의 명령에 따라 회의사내들이 일제히 자운엽과 단철패에게로 몰려들었다.

"저쪽을 맡으시오!"

단철패에게 지시한 자운엽이 어깨에 멘 묵령을 뽑아 들었다.

예사롭지 않은 묵광에 자운엽에게로 다가들던 한 회의사내의 검이 훨씬 신랄하게 휘둘러졌다.

회의사내의 검이 자운엽의 신체를 세로로 이등분했다고 느끼는 순간, 처음부터 그 자리에 있은 듯 두어 자 옆에 나타난 자운엽이 묵령을 휘둘렀다.

사내의 허리가 갈라졌고, 중년 여인을 향해 달려드는 다른 회의사내의 가슴에도 거의 동시에 구멍이 생기며 더운 피가 솟구쳐 올랐다.

번쩍―

자운엽의 주해서와 명 노인의 지도 덕분에 이제 유성검문의 초반부는 거의 다 익힌 단철패의 검 역시 쾌속하게 떨어지며 구석에 몰린 소녀들에게로 다가드는 회의사내 한 명을 다시 베어냈다.

촤아악―

천막이 갈라지며 자운엽과 단철패의 공격에 오히려 밀리게 된 회의사내들이 천막 밖으로 쏟아져 나갔다.

"흐흐흐, 이제야 체증이 조금 풀리는군!"

제철을 만난 듯한 단철패의 검이 다시 춤을 추기 시작했다.

중년 여인과 소녀들을 보호하며 천막 안에서 검을 휘두르는 자운엽과는 달리 단철패는 초원을 달리는 들소처럼 거침없이 검을 휘둘렀다.

한때 호남제일검문이었던 유성검문의 쾌검술은 단전 깊은 곳에 끝을 알 수 없을 정도로 응축된 내력과 어우러져 빛살처럼 빠르게 휘둘러졌다.

단철패의 쾌검에 회의사내 네 명이 합공을 하며 달려들었다.

"그래, 그렇게 나와야 재미있지!"

단철패의 쾌검이 빛을 뿜었다.

네 명이 합공을 하든 사십 명이 합공을 하든 쾌검이 뿌려지는 목표는 하나일 뿐이다.

그동안 모든 것을 부평초에게 맡기고 유성검문의 연공실에서 불철주야로 익힌 유성검법 제일초인 유성낙일(流星落日)이 제일 앞으로 달려드는 사내를 향해 뿌려졌다.

지독한 쾌검에 경악한 사내 하나가 급히 신형을 틀며 검을 휘둘렀다. 그러나 단철패의 검은 이미 제일 앞에 있는 사내의 허리를 지나 다른 사내에게로 쇄도해 들고 있었다.

동료의 허리를 지난 검이 자신에게 그대로 날아드는 것을 본 사내는 필사적으로 검을 쳐 올렸다.

짜앵!

제일 앞의 사내 허리를 가르며 미세하게 늦어진 단철패의 검을 다른 사나가 가까스로 막아냈다.

그러나 단철패의 검에 실린 무거운 내력에 사내는 휘청하며 중심을 잃었다.

단철패의 검이 유성관홍(流星貫虹) 초식으로 바뀌며 사내의 목을 향해 떨어졌다.

사내가 상체를 강하게 비틀어 단철패의 검을 피하려는 생각을 끝내기도 전에 단철패의 검은 사내의 가슴을 수직으로 가르며 지나갔다.

사내는 자신의 가슴에 길게 그어진 가는 혈선을 보며 망연한 표정을 지었다.

상처는 실낱같이 가늘었지만 섬전 같은 빠르기와 함께 스며든 무거운 내력은 늑골과 심장을 한꺼번에 가르며 사내의 생명을 끊었다.

쿵—

비명도 지르지 못한 사내가 뒤늦게 터져 나오는 피분수와 함께 앞으로 쓰러졌다.

번쩍—

단철패의 검이 다시 햇살을 반사시켰다.

설명은 길었지만 숨 한 번 다 내쉬기도 전에 동료 둘을 베어버린 단철패의 검에 나머지 두 사내는 긴장감이 물든 표정으로 단철패를 쳐다보았다.

이 정도의 쾌검을 뿌리는 고수가 의료 막사에 있을 줄은 몰랐다. 이런 실력을 가진 자라면 본진 깊숙이 있든지, 이곳에 있었다면 처음부터 나서야 했다.

의료 막사에 있던 놈들이라 의생쯤으로 여기고 방심했는데 오히려 사신을 만난 격이었다.

남은 두 사내는 빠르게 눈빛을 교환했다.

단 일 검!

쾌검을 뿌리는 단철패가 틈을 찾을 수 없게끔 거의 동시에 양쪽에서 공격해 들 생각을 한 두 사내는 똑같이 신형을 날렸다.

쌔애액—

단철패의 검이 수평으로 바람을 갈라갔다.

이번에는 유성단혼(流星斷魂)의 초식이 양쪽에서 달려드는 두 사내
의 복부를 향해 빛살처럼 스쳐 지나갔다.

오른쪽에서 달려드는 사내의 복부를 가른 검이 왼쪽 사내의 복부를
재차 갈라가는 순간, 왼쪽 사내의 검도 단철패의 가슴을 향해 날아들었
다.

파앗—

간발의 차로 단철패의 검이 왼쪽 사내의 복부를 먼저 갈랐다.

"이럴… 수가!"

서로 정반대 쪽에서 시도한 자신들 두 사람의 합공으로도 단철패의
쾌검을 앞지르지 못한 사내는 불신 가득한 눈을 뜨며 바닥으로 무너졌
다.

"저승과 이승이 머리카락 한 올 차이군! 이왕 풀어주려면 좀 더 확실
히 풀이해 줄 것이지……."

자운엽의 해석 어느 부분이 마음에 들지 않았는지 단철패는 비 맞은
중처럼 중얼거리며 천막 쪽으로 신형을 날렸다.

휘이잉!

묵령이 춤을 추며 검신과는 전혀 다른 새하얀 광채를 뿜어냈다.

광채가 뿜어져 나가는 궤적 안에 있던 사내 하나가 비명을 지르며
상처를 쳐다보았다. 상처에서는 혈흔은 보이지 않고 시커먼 화상 자국
과 함께 매캐한 노린내가 먼저 피어올랐다. 뒤를 이어 피분수가 터져
나왔다.

"크윽!"

자운엽을 향해 달려들던 다른 사내 하나도 연속으로 뿌려지는 나비

의 날개들에 가슴을 관통당하고 비명을 토했다.

가볍게 스치듯 지나간 나비의 날개 자국에서 노린내와 함께 폭포수 같은 선혈이 터져 나오며 사내는 자신의 의지와 상관없이 바닥으로 무너졌다.

“이놈들은?”

이제껏 만난 자들과는 비교도 안 되는 놈들이 환자를 돌보는 막사에 있었다는 사실이 믿어지지 않는 흉터사내의 눈꼬리가 위로 치켜졌다.

“저리 비켜라!”

간단하게 제압할 줄 알았던 자운엽에게 여러 명의 부하가 순식간에 당하는 것을 본 흉터사내는 고함과 함께 앞으로 나섰다.

의생인 줄 알았던 이놈은 의생이 아닐뿐더러 부하들의 상대도 아니었다.

전혀 힘들이지 않고 휘두르는 묵검에 부하들은 너무 쉽게 무너졌다.

흉터사내는 과연 자신이 이놈을 이길 수 있을까 하는 의구심에 한순간도 긴장을 풀지 못하고 천천히 자운엽을 향해 다가섰다.

“당신이 두목이오?”

바깥의 동정을 살피던 자운엽이 시선을 돌리며 흉터사내를 쳐다보았다.

“누구냐, 네놈은? 의생은 아닌 것 같은데.”

“나중에 심부름시킬 때 알려주겠소.”

자운엽이 희미하게 웃으며 답했다.

“심부름?”

흉터사내가 말뜻을 알아듣지 못하고 눈살을 찌푸렸다.

그러나 자운엽은 더 이상 설명을 하지 않고 묵령만 슬쩍 들어 올렸다. 공격해 보라는 신호였다.

"건방진 놈!"

흉터사내가 잇새로 중얼거리며 발끝으로 바닥을 찍었다.

흉터사내의 신형이 빨랫줄처럼 쭈욱 늘어나며 순식간에 자운엽 앞으로 다가들어 도를 휘둘렀다.

흉터사내의 도가 속절없이 자운엽의 목을 자른다 싶은 순간, 묵령이 미미한 흔들림을 보였다.

"허억!"

흉터사내는 한줄기 비명을 토하며 필사적으로 신형을 틀었다.

보이지는 않았지만 치명적인 경력 한 가닥이 자신의 목젖을 향해 쏘아져 오고 있었다.

그 한 가닥 무형의 검기는 자신이 휘두르는 도보다 한발 앞서 자신의 목을 관통할 것임을 본능적으로 느낀 흉터사내는 상체를 틂과 동시에 급히 신형을 뒤로 빼냈다.

'이게 어찌 된…….'

가까스로 생명을 건졌다고 생각한 흉터사내는 멍한 눈으로 자운엽의 검을 쳐다보았다.

탄환처럼 쏘아져 오던 경력의 흔적은 그 어디에도 보이지 않았다.

그만한 경력이 쏟아져 나왔으면 뒤쪽의 천막 한곳에 구멍이 뻥 뚫려 있어야 했지만 그런 흔적은 전혀 보이지 않았다. 마치 자신 혼자 착각하고 혼자 용틀임을 한 꼴이었다.

"목덜미에 모기라도 붙었소?"

자운엽은 처음과 똑같은 자세로 흉터사내를 향해 물었다. 마치 자신도 흉터사내의 갑작스런 행동이 이해가 안 된다는 표정이었다.

‘망할!’

이마를 와락 찌푸린 흉터사내는 다시 도를 들어 올리며 신중히 자운엽을 쳐다보았다.

조금 전 저 거무튀튀한 묵검에서 쏘아져 나오던 기운은 목젖을 꿰뚫고 뒤쪽에 있는 천막까지 같이 꿰뚫을 만한 힘을 내포하고 있었다. 그런 기운이 자신의 후퇴와 함께 착각인 듯 사라져 버렸다.

착각이라면 다행이지만 착각이 아니라면 도저히 자신의 상대가 아니었다.

그런 기운의 수발(受發)을 자유자재로 할 수 있는 놈이라면 저곳에 가만히 서서도 자신의 목을 마음대로 자를 수 있을 것이다.

‘설마 이 어린 놈이?’

흉터사내는 내심 끓어오르는 의구심을 억누르며 양 발을 움직였다.

어느 순간 흉터사내의 도가 사선으로 떨어져 내렸다.

바위라도 자를 듯이 도를 휘두르던 흉터사내는 조금 전처럼 다시 동작을 멈추며 신형을 굳혔다.

도를 중간에서 멈춘 흉터사내는 얼굴 가득 식은땀을 흘리며 뱀 앞의 개구리처럼 경직된 모습으로 서 있었다.

이 장 정도 떨어진 곳에서 여인들을 보호하며 자신의 목젖을 겨누고 있는 묵검 한 자루!

그 묵검의 검첨에서 뻗어 나온 기운이 금방이라도 목젖을 꿰뚫을 듯이 자신의 움직임을 옭아매고 있었다.

묵령 끝으로 흉터사내의 목젖을 겨눈 자운엽이 천천히 다가왔지만 흉터사내는 굵은 동아줄에라도 결박당한 듯 꼼짝 못하고 서 있었다.

“으으!”

신음 한줄기를 겨우 흘린 흉터사내는 온 얼굴에 소낙비라도 맞은 듯 땀을 흘렸다.

처음의 그 느낌은 착각이 아니었다.

이놈은 바늘 끝처럼 날카로우면서도 치명적인 이 기운을 마음대로 조종하고 있었다.

이 상태에서 반푼의 공력만 더 운기해도 자신은 천돌혈에 구멍이 뚫린 채 지옥으로 직행할 것이다.

자운엽이 한 걸음 한 걸음 다가올 때마다 흉터사내의 얼굴에서 흐르는 땀줄기는 더 굵어졌다. 만약 다가오는 걸음만큼 정확히 내력을 줄이지 않는다면 바늘 끝 같은 이 경력은 그대로 목을 관통할 것이다.

호흡마저 멈춘 흉터사내는 동공이 파열될 듯한 고통을 느꼈다.

파앗—

사내 앞에 다가선 자운엽의 손이 흉터사내의 혈을 찍었고, 흉터사내는 통나무처럼 뻣뻣하게 쓰러졌다.

사내의 신형이 바닥에 닿기도 전에 자운엽의 모습은 흐릿하게 사라지며 천막 안에 남아 있는 회의사내들을 향해 쏘아져 갔다.

자운엽이 천막 안에 있던 마지막 사내까지 제압하자 새파랗게 질린 채 자운엽을 쳐다보던 중년 여인과 소녀들은 정신을 가다듬으며 서로를 쳐다보았다.

다행히 아무도 다친 사람은 없었지만 아직도 굳은 다리는 쉽게 움직여지지 않았다.

“아악—”

겨우 몸이 말을 듣는 듯 몇 발짝 움직여 바깥을 내다보던 소녀 하나가 피를 뒤집어쓴 채 우두커니 자운엽을 쳐다보는 단철패를 발견하고 비명을 내지르며 침상 위로 주저앉았다.

"공자는 누군가요?"
잠시 후 중년 여인이 제압된 사내를 살피는 자운엽을 뚫어지게 쳐다
보며 물었다.
다시 살펴보아도 기억에 없는 청년이었다.
쓰러진 흉터사내의 혈도 몇 군데를 더 찍은 자운엽이 몸을 일으켜
중년 여인을 쳐다보았다.
"호소란 문주님이 맞습니까?"
중년 여인의 질문에 대답을 미룬 자운엽이 재차 질문했다.
"그래요, 내가 호소란이에요. 그런데 공자는……?"
중년 여인과 소녀들의 눈에 쏟아질 듯한 궁금증이 어렸다.
"천막에 새겨진 신녀문의 표식과 평소에 들은 얘기로 짐작했는데 맞
군요."
자운엽이 고개를 끄덕거렸다. 그리고 말을 이었다.
"혹시 이곳에서 만나게 된다면 친어머니처럼 보살펴 드려야 한다는
말을 설화라는 여인으로부터 귀가 따갑게 들었습니다."
자운엽은 신녀문에서 설수연이 가명으로 쓴 설화라는 이름을 떠올
리며 답했다.
설화라는 말에 비명이라도 지를 듯한 표정으로 입을 다물지 못하는
여인의 얼굴에서 설수연의 모습이 겹쳐져 왔다.
"친모녀지간은 아니라고 아는데 많이 닮았군요."
자운엽이 호소란을 쳐다보며 빙긋 미소를 지었다.
"그렇다면, 그렇다면 공자가……? 이럴 수가!"

신녀문의 문주 호소란은 잠시 말을 잇지 못했다.

"그렇다면 공자는 흑랑이라 불리는……? 설화, 설화는 지금 어디 있나요?"

호소란이 막혔던 질문을 한꺼번에 쏟아냈다.

"잘 있습니다. 조만간 같이 한번 찾아뵙겠습니다."

쓰러진 흉터사내를 허리에 낀 자운엽이 단철패와 함께 빠르게 멀어져 가며 답했다.

"왜 그렇게 인정머리가 없으시오?"

언덕 위로 다시 돌아온 자리에서 단철패가 자운엽을 쳐다보며 뚱한 표정으로 말했다.

"뭐가 말이오?"

옆에 있는 큼지막한 돌멩이 위에 손끝으로 뭔가를 열심히 새기던 자운엽이 단철패를 쳐다보며 말했다.

"따지고 보면 장모님이나 마찬가지인 분인데 잠시 같이 앉아 엽차라도 한 잔 나누고 오면 좋지 않소? 뭐가 그리 급해 꽁지 빠진 강아지……."

나오는 대로 떠들던 단철패는 매서워지는 자운엽의 눈초리에 얼른 입을 다물었다.

"그곳에 있던 여인들 중에 마음에 드는 사람이라도 있었던 모양이오, 그렇게 아쉬운 얼굴로 입맛을 다시는 것을 보니."

자운엽은 단철패에게서 눈길을 돌리며 답했다.

"그래, 있었소! 사숙만 아니었으면 내 이름자라도 가르쳐 주고 왔을 텐데 사숙 때문에 다 틀렸소."

단철패가 어이없다는 표정으로 소리를 질렀다.

"길게 앉아 있었다면 저 인간들과 조우했을 텐데, 한판 붙으면 이젠 이길 자신이 있소?"

자운엽이 눈길을 아래쪽으로 주며 말하자 단철패도 고개를 돌려 조금 전의 격전장을 쳐다보았다.

"저 곰 같은 놈! 다 죽고 나니 오는군."

뒤늦게 달려오는 무림맹 소속의 인원들과 선두에 선 엄한필, 서교영을 보며 단철패가 중얼거렸다.

"그나저나 이젠 사숙이 이곳에 왔다는 것이 알려져 버렸으니 어떡하오?"

단철패가 입맛을 다시며 자운엽을 쳐다보았다.

"그럼 또 그에 맞게 계획을 짜야지요."

간단하게 답한 자운엽은 다시 손가락 끝에 내력을 집중하여 돌멩이 위에 글자를 새겨 나갔다.

"이건 또 뭐 하는 물건이오?"

단철패는 자운엽의 손에 들린 돌멩이 위로 시선을 옮겨 돌에 새겨진 내용을 읽었다. 그러나 말이 안 되는 이상한 뜻의 글귀는 단철패의 시선을 금방 돌리게 만들었다.

"그런데 아까 사숙이 이놈에게 펼친 수법은 어떤 것입니까?"

단철패가 통나무처럼 누워 있는 흉터사내를 한 번 쳐다본 후 질문했다. 이 장 거리에서도 상대를 꼼짝 못하게 옭아매던 수법은 뭔가 새로운 초식 같기도 하고, 또 한 단계의 발전을 이룬 것 같기도 했지만 단철패로서는 알 길이 없었다.

"혹시 그거…… 유성검법의 후반부에 있던 것 아니오?"

단철패는 눈을 가늘게 뜨며 자운엽을 쳐다보았다.

"유성검법 후반부 초식을 훔치기라도 했을까 봐 그러시오?"

자운엽이 피식 웃으며 단철패를 쳐다보았다.

"그게 사숙 어르신의 특기잖소?"

단철패가 유들거리며 답했다.

"다 됐군."

단철패의 말에 더 이상 대꾸를 않고 돌멩이에 내력으로 글을 새기던 작업을 마친 자운엽은 여전히 강시처럼 빳빳하게 굳어 있는 흉터사내에게 시선을 돌렸다.

눈동자 외에 아무것도 움직일 수 없게 된 흉터사내의 눈이 어지럽게 흔들렸다.

빳빳하게 무슨 글자를 새긴 돌을 들어 올린 자운엽의 표정이 꼭 그 돌로 자신의 머리통을 내려칠 것 같아 보였기 때문이다.

"어떻소, 멋진 내용이지 않소?"

잠시 더 흉터사내의 면상 위에 커다란 돌멩이를 들고 있던 자운엽은 그 돌멩이를 세차게 내리찍었다.

"으아악!"

나리찍는 속도와는 달리, 가볍게 혈도를 건드린 돌멩이 모서리에 의해 막혔던 혈이 트인 흉터사내는 발작적으로 비명을 질렀다.

"그놈이 벌써 이곳에 와 있었다고?"

엄한필의 보고를 받은 무영신개는 고함을 질렀다.

이젠 혈랑이라는 말만 들어도 진절머리가 나는 무영신개는 자운엽이 이곳에 한발 먼저 와 있던 것 같다는 엄한필의 말에 반쯤 의자에서 일어섰다가 다시 주저앉으며 와락 인상을 썼다.

"대체 그놈은 언제 이곳에 왔다던가?"

무영신개는 찌푸린 표정을 그대로 유지한 채 엄한필과 서교영을 번 갈아 쳐다보았다.

"놈을 보지는 못했습니다만 그곳에서 신녀문의 호소란 문주님을 구하고 다시 사라졌다고 합니다."

엄한필은 들은 대로 설명하고 착잡한 표정을 지었다.

폭음 소리를 듣고 죽어라 달려갔지만 자신들은 결국 뒷북만 두드린 꼴이 됐기 때문이다.

"그동안 그놈이 이곳에서 무엇을 했는지는 아는 게 없는가?"

만면에 강한 의혹을 떠올린 무영신개가 불안한 눈빛으로 엄한필과 서교영을 쳐다보았다.

"모르죠. 워낙 여우 같은 인간이니 그동안 이곳에서 무슨 짓을 했는지…… 하지만 한 가지는 확실해요. 어떤 짓을 하던 그 인간은 우릴 피곤하게 할 뿐, 절대로 도움이 되진 않을 것 같아요."

서교영이 퉁명스럽게 답하며 시선을 돌렸다.

*　　　　*　　　　*

서천맹의 대포 공격에 의해 무림맹 외곽 진영 하나가 초토화된 다음 날 백도무림맹 본진은 극도로 신경이 날카로워져 있었다.

본진을 중심으로 약 십 리 정도의 거리를 두고 빙 둘러쳐진 외곽 진영은 본진과 유기적인 연락을 하며 적의 기습 공격을 최대한 늦추고, 효율적으로 방어하는 배치였다. 그렇기에 어느 곳이든 최전방이 될 수밖에 없었고, 지속적으로 그런 진영을 유지하고 제대로 된 역할을 하기 위해서는 외곽 진영이 무너지기 전에 본진에서 원군이 도착할 수 있어야 했다.

그런데 어제의 경우는 본진에서 원군이 도착하기 전에 외곽 진영 하나가 깨끗이 몰살당했으니 모든 외곽 진영들이 흔들리고 있었다.

본진과 모든 외곽 진영 간의 거리를 더 좁히든지, 새로운 배치를 선택해야 한다는 의견으로 무림맹의 본진은 어수선한 분위기였다.

그대 또 다른 한 외곽 진영에서 신호탄 하나가 꼬리를 길게 늘어뜨리며 허공으로 솟구쳐 올랐다.

"출동하라!"

본진에 있던 고수들이 고함을 지르며 신호탄이 솟아오른 외곽 진영 쪽으로 몸을 날렸다.

무림맹 본진에서 신속히 원군이 도착했을 때 신호탄을 쏘아 올린 외곽 진영 입구에는 거대한 체구의 두 거인을 앞세운 한 무리의 인원이 무림맹 외곽 진영 인원들과 옥신각신하고 있었다.

"이곳이 네놈들 땅이라도 된단 말이냐? 왜 우리보고 올 수 있니, 없니 수작을 떠는 것이냐?"

커다란 철부(鐵斧) 두 개를 양쪽 어깨에 매단 거인이 고함을 질렀다.

기분 나쁘다는 표정으로 평소보다 약간만 더 큰 소리로 지르는 고함이었지만 가까이서 듣는 사람으로서는 고막이 덜렁거릴 정도였기에 앞을 막은 청년 하나는 연신 뒷걸음질을 치고 있었다.

'유성검문이라고?'

두 거인들 뒤에 선 부평초의 손에 들린 깃발을 본 엄한필이 미간을 좁혔다.

파산쌍부 척발시와 철추염왕 목염태는 익히 알고 있었다. 그리고 최근 호남에서 그야말로 유성처럼 빠르게 그 명성이 퍼져 나가는 문파인 유성검문 또한 모르는 이름이 아니었다.

문제는 저 인간들이 휘황찬란한 깃발을 앞세우고 왜 이곳에 나타났나 하는 것이었다.

"당신들은 무림맹에 가입한 사람들도 아니오. 그리고 당신들의 우두머리인 청년은 이미 사파의 인물로 낙인 찍힌 사람이오!"

연신 뒷걸음질을 치던 청년은 즉시 달려온 원군을 보고 용기를 얻었는지 더 이상 밀리지 않고 마주 고함을 질렀다.

"우두머리 청년? 그리고 사파의 인물? 대체 무슨 소리냐, 이놈아?"

이번에는 목염태가 고함을 질렀다.

"유성검문의 우두머리는 흑랑이라는 청년이 아니오? 그자는……."

"이런 미친놈을 보았나? 누가 우두머리고, 또 왜 그 녀석… 아니, 그 청년이 사파의 인물이란 말이냐? 네놈들이 누구 때문에 아직까지 서천맹 놈들의 발 앞에 무릎을 꿇지 않고 있는지 잊었단 말이냐?"

척발시가 당장이라도 쌍부를 빼 들 것 같은 기세로 고함을 질렀다.

잠시 용기를 얻고 버티던 청년이 다시 한 걸음 뒤로 물러섰다.

청년의 뒷걸음질이 다섯 번 정도 거듭되었을 때 대강의 상황이 파악되었다.

깃발 한 개를 당당하게 치켜들고 이곳으로 나타난 사람들은 유성검문의 이름으로 이곳에서 서천맹과 싸우겠다고 고집을 피우고 있었고, 그들을 막고 선 청년은 아까 말한 그대로 유성검문은 무림맹의 일원도 아니고, 유성검문의 우두머리 격인 자운엽이 사파의 인물로 여겨지고 있으니 도저히 이곳을 통과시킬 수 없다는 말이었다.

어제의 참변으로 목구멍에 단내가 날 정도로 달려온 무림맹 본진의 인물들은 일단은 한시름 놨다는 표정이 되었다가 차츰 복잡한 표정이 되어갔다.

단철패와 자운엽의 모습은 보이지도 않는데 척발시와 목염태, 그리고 공야세가의 가주 난비쌍륜 공야인낙까지 유성검문의 인물들과 합류한 것도 이해가 되지 않았고, 유성검문이 이곳에 나타난 것도 도저히 이해가 가지 않았다.

빠르게 명성을 키워가고 있는 유성검문이었지만 아직까지는 명성만 드높을 뿐, 이곳에서 전력을 낭비할 수 있는 처지가 아닌 것이다.

'다체 무슨 꿍꿍이인가?'

그런 이해 불능의 상황 속에서 무영신개는 몇 배나 더 복잡한 심정으로 눈동자를 굴렸다.

어제 자운엽이 이곳에 나타났다는 말을 듣고부터 머리가 지끈거리던 터였다.

고수는 아니더라도 우군이 백여 명 더 늘었으면 그만큼 든든한 일이겠지만 유성검문이라는 이름은 무영신개로서는 조금도 달갑지 않은 이름이었다. 서교영의 말대로 도움보다는 골치 아픈 일이 생길 가능성이 더 높다는 예감이 든 것이다.

그런 무영신개의 귓전으로 창노한 노인의 음성이 들려왔다.

"우리 유성검문은 오십여 년 전 서천맹의 수괴들로부터 멸문을 당했다는 사실을 여러 명숙들도 이젠 알 것이오. 놈들의 손속이 너무 잔인하고 신속하여 단 하룻밤 사이 남녀노소 불문하고 모두 도륙되어 그들의 만행이라는 사실마저도 잘 알려지지 않았소. 그러나 하늘의 도움으로 유성검문의 후손 한 분이 살아남아 오늘에 이르렀소. 그리고 본인 또한 그 혈겁에서 모질게도 살아남은 유성검문의 가신이오. 수백 명의 문도와 식솔들이 하루아침에 도륙당하고 불태워진 문파가 다시 세력을 일으켜 이곳에서 서천맹의 악도들과 싸우려 하는 것이오! 이곳에서 그 놈들에 대한 원한이 우리보다 더 깊은 사람들이 있다면 나와 보시오! 그리고 그놈들과 싸워야 할 이유가 우리보다 더 확실한 문파가 있다면 어디 나와 보시오!"

부평초의 조부인 명 노인이 피를 토하듯 외치자 잠시 동안 아무도 입을 여는 사람이 없었다.

"미안하오, 노인장. 우린 그런 사연까지는 생각하지 못했다오. 단지 흑랑이라는 청년이……."

무당의 태운 진인이 말을 하다 입을 다물었다.

유성검문의 깃발은 분명 다른 청년이 들고 있었고 흑랑이라는 청년 의 모습은 보이지도 않았다.

"무림맹이 모두 물러난다 하더라도 우리는 이곳에서 싸울 것이오. 그리고 이 땅이 무림맹 것이 아닌 이상 우리보고 이래라저래라 하지 마시오."

명 노인이 다시 한 번 창노한 고함을 터뜨리고는 앞을 막은 청년들 을 밀치고 걸음을 옮겼다.

방향으로 봐서는 무림맹 진지 안의 어느 야산으로 향하고 있었다.

유성검문 일행의 방향을 가늠해 본 무영신개의 눈이 번쩍 하고 빛을 뿜었다. 그리고 신속하게 엄한필에게 전음을 날렸다.

엄한필이 앞으로 나서며 다시 명 노인 앞을 막아섰다.

"노인장의 심정과 유성검문의 입장은 잘 알겠으니 이곳에서 가라 마라 하지는 않겠소. 하지만 여러분이 향하는 방향은 우리로서는 작전상 요지이니 다른 곳에 자리를 잡으면 안 되겠소?"

엄한필이 어깨를 쭉 펴며 말했다.

"우리 역시 저쪽 야산에 꼭 짐을 풀어야겠소."

명 노인이 단호하게 말했다.

"하지만……."

슬쩍 무영신개의 눈짓을 받은 엄한필이 다시 막아섰다.

그때 척발시의 고함이 다시 울렸다.

"허연 수염을 휘날리는 명숙들도 가만히 있는데 네놈이 뭔데 나서는 것이냐. 조그만 놈이 건방지기 짝이 없구나!"

척발시 앞에서 속절없이 조그만 놈이 되어버린 엄한필이 할 말을 잃고 눈만 껌벅거렸다.

그따 무영신개가 슬쩍 손을 저어 엄한필을 물러나게 했다.

엄한필이 입맛을 다시며 물러나자 유성검문의 일행은 목적지를 향해서 거침없이 진군했다.

◆ 제111장

출진구

"늦었습니다, 삼령주님."

한 인영이 흡사 땅에서 솟아나듯 나타나며 앞에 선 중년인을 향해 가볍게 고개를 숙였다.

"어서 오게, 팔령주. 먼 길을 오느라 고생이 많았네."

호교삼령주가 마지막으로 집회 장소에 나타난 호교팔령주를 보며 고개를 끄덕였다.

"이젠 다 모였으니 시작하시지요."

다른 한 인영이 상자 하나를 가지고 와 뚜껑을 열었다.

상자 안에는 온통 핏빛으로 물이 든 옷가지와 이상한 모양의 투구가 각각 네 벌씩 들어 있었다.

여덟 명의 호교령주 중 살아남은 네 명의 령주는 신속히 한 벌씩의 옷과 투구를 꺼내 몸에 걸쳤다.

제사 의식에서나 쓰임직한 핏빛 외투와 수십 마리의 뱀이 얽혀 있는 형상을 한 투구를 쓴 네 명의 호교령주는 잠시 일렁거리는 눈빛으로 서로를 쳐다보다가 천천히 걸음을 옮겼다.

"와아!"

핏빛 제복을 입고 나타난 네 명의 호교령주를 보자 지하 광장에 모인 수많은 군중이 광장이 떠나갈 듯한 함성을 질렀다.

말로 설명하기 힘든 광기에 휩싸인 함성에 광장을 밝히고 있는 수백 개의 횃불들도 끓어오르는 광기에 휩싸이며 같이 춤을 추었다.

광장 앞 제단 위에 올라선 호교삼령주가 손을 들어 올렸다.

붉은 열기를 뿜어내던 함성이 호교삼령주의 손에 의해 잦아들고, 짙은 침묵이 서서히 지하 광장 전체에 내려앉았다.

"지금부터 서천맹의 새로운 맹주 취임식을 거행하겠소."

호교삼령주의 목소리가 침묵에 젖어든 지하 광장으로 퍼져 나가자 아까보다 훨씬 큰 함성이 온 지하를 무너뜨릴 듯 터져 나왔다.

호교삼령주의 손이 다시 위로 치켜 올려졌다.

"모든 교도들도 아시다시피 서천맹의 주인이셨던 가마릅 태상맹주님께서 며칠 전 미륵의 품에 안기셨소. 하지만 태상맹주님은 언제나 우리 곁에 함께 하실 것이오. 미륵하생! 용화광명!"

호교삼령주가 구호와 함께 주문을 읊자 가마릅의 시신이 안치된 투명한 수정관이 광장 한가운데서 허공으로 떠오르기 시작했다.

비통하기보다는 뭔가 기대감에 충만한 수많은 눈동자들은 단 한시도 떨어지지 않고 수정관에 고정되어 있었다.

"미륵하생, 용화광명!"

"밀제성존, 밀천영세!"

수정관이 밝은 광채를 띠며 광장 한가운데에 만들어진 제단 위에 안착하자 모든 사람들이 천천히 무릎을 꿇고 주문을 외우기 시작했다.

그런 일련의 의식이 끝나자 호교삼령주가 다시 고함을 질렀다.

"당연히 태상맹주님의 성대한 장례식이 우선이나, 백도무림을 무너뜨리고 서천맹의 세상을 건설할 날이 목전으로 도래했기에 태상맹주님의 시신은 수정빙관에 넣어 안치한 후, 무너진 백도무림맹의 피를 제물로 차후에 성대하게 치르기로 결정했소. 그래서 새로운 맹주님과 태상맹주님의 취임식을 이 자리에서 먼저 치르기로 하겠소."

"야율 태상맹주 만만세!"

"야율 맹주 천천세!"

야율마석과 야율사한의 모습이 나타나며 지하 광장의 열기는 최고조에 달했다.

귀를 멍멍하게 하는 함성 속에서 네 명의 호교령주와 야율사한, 그리고 야율마석의 피가 뽑아져 큰 술잔에 따라졌다. 그 술잔 속에 섞인 피가 각각의 작은 잔에 다시 따라지고 네 명의 호교령주가 그 술을 마시며 충성을 맹세했다. 그와 함께 야율마석, 야율사한 두 부자는 명실상부하게 서천맹의 주인이 되었다.

"그간 뇌룡대(雷龍隊)의 기습 공격으로 무림맹 외곽의 진영이 뒤로 물러나 본진과의 간격이 반으로 줄어들었습니다."

야율사한이 야율마석에게 미소를 지으며 보고했다.

"모두 맹주의 계획대로 되었소."

야율마석이 아들 야율사한에게 경어를 사용하며 답했다.

"아, 아버님!"

야율사한이 놀란 눈으로 야율마석을 쳐다보았다.

“공식석상이오. 태상맹주야 명예직일 뿐, 진정한 주인은 맹주지요.”

“하지만…….”

“그렇습니다, 맹주님!”

호교령주 네 명이 이구동성으로 소리를 지르자 야율사한이 천천히 고개를 끄덕였다.

“이젠 무림맹의 멍청이들을 무너뜨릴 때이오. 하명하십시오!”

호교삼령주가 고개를 깊이 숙이며 야율사한에게 말했다.

야율사한이 잠시 호흡을 가다듬은 후 입술을 움직였다.

“이곳과 놈들과의 거리는 열흘이오. 아까 말했듯이 그동안 뇌룡대의 치고 빠지는 기습전으로 무림맹의 진영을 한데 뭉치는 데 성공했소. 이젠 총공격을 할 시기이오. 중원 전역에 퍼져 있던 교도들과 이곳 총단에 있는 교도들 전원이 출동하며 열흘 후에 놈들을 몰살시키도록 하시오. 수적으로는 놈들이 압도적으로 우세하지만, 뇌룡 열 마리를 끌고 가서 휘저어놓는다면 승산은 우리에게 있소!”

뇌룡이라는 말을 언급하는 야율사한의 얼굴에 언뜻 잔인한 미소가 어렸다.

“뇌룡을 모두 끌고 갈 작정이십니까?”

호교삼령주가 놀란 듯한 눈으로 야율사한과 야율마석을 쳐다보았다.

뇌룡 열 마리면 준비해 두었던 포탄을 무림맹에 모두 쏟아 붓기 때문이었다. 그걸 보충하기 위해서는 많은 자금과 시간이 걸린다.

“무너뜨릴 때는 철저히 무너뜨려야지요. 다시는 소생할 엄두를 내지 못할 정도로……. 그놈들만 무너지면 각 문파는 봉문을 할 수밖에 없을 것이고, 그때는 서천맹이 강호무림의 주인이 되어 구대문파는 영원히 사라지게 될 겁니다. 우선은 그것에 모든 전력을 기울이도록 하시오.”

야율사한이 확신에 찬 목소리로 답하자 호교삼령주와 다른 세 령주의 얼굴에 탐욕의 빛이 넘쳐 나갔다.

잠시 그들을 쳐다보던 야율사한이 묵빛 사각패 하나를 들어 올렸다. 서천패보다 더 큰 능력을 발휘하는, 서천맹의 힘을 완벽히 부릴수 있는 밀천패였다.

“지금 즉시 전원, 그리고 전속 진군하시오!”

“존명!”

네 명의 호교령주가 깊이 고개를 숙였다.

*   *   *

쾅!

쾅—

두 발의 포성이 긴 여운을 남기며 저 멀리서 들려왔다.

“이게 무슨 소린가?”

태운 진인이 목을 길게 빼어 소리가 들리는 방향으로 시선을 고정시켰다.

“놈들의 대포 공격이 다시 시작되었나 봅니다.”

뒤에 서 있던 무당의 젊은 도사 하나가 잔뜩 긴장한 목소리로 답했다.

대포가 어떻게 생겼는지는 구경도 하지 못했지만 얼마 전에 거의 몰살당한 외곽 진영의 상황으로 그 화력은 충분히 짐작이 갔기에 젊은 도사의 표정은 굳어졌다.

"어느 곳이냐?"

신속히 구원군을 보낼 생각을 한 태운 진인은 포성의 방향을 물었다.

젊은 도사가 대답을 하려는 순간, 다시 몇 줄기의 포성이 더 들렸다.

"사, 사방팔방에서 동시에 공격하고 있습니다!"

젊은 도사가 두 눈을 부릅뜨며 황급히 답했다.

"이, 이놈들이⋯⋯."

태운 진인 역시 당황한 표정으로 고개를 사방으로 돌렸다.

콰앙―

"아악!"

이번에는 바로 옆 천막에서 포탄이 터지며 화염과 파편과 튀어 올랐다.

"어떻게 여기까지⋯⋯?"

태운 진인은 치솟는 화염을 보며 잠시 동안 할 말을 잊었다.

"맙소사! 사거리가 예상했던 것의 두 배이다! 외곽 진영과 본진과의 거리를 좁힌 바람에 오히려 전후방 상관없이 사정권 안에 들었다!"

본진 천막 안에서 누군가 다급한 고함을 지르며 분분히 신형을 날렸다.

다시 포성이 들리며 또 한곳의 천막이 불길에 휩싸였다.

자욱한 흙먼지와 포연에 사방이 아수라장으로 변하며 처절한 비명이 온 사방에 메아리쳤다. 뒤이어 포탄의 파편에 찢겨진 인간의 살점들이 피보라를 뿌리며 들판으로 흩뿌려졌다.

"모두 산개해서 엄폐물 뒤로 몸을 피하라!"

각 파의 명숙들이 무림맹 본진에 집결한 자파의 인원들에게 고함을 지르며 동분서주했다.

"이놈들이 아주 작정을 했구나."

태운 진인은 전후방이 따로 없이 무너지는 무림맹 진영을 보며 신음을 흘렸다. 그간 놈들의 신속하고 잔인한 기습 공격 때문에 외곽의 방어진을 더 안으로 불러들여 본진과의 거리를 좁힌 결과 전후방의 구별 없이 한꺼번에 사정거리 안에 들어 대포 공격을 받고 있었다. 그로 인해 놈들의 모습은 아직 보이지도 않지만 무림맹은 전열이 완전히 흐트러지며 아수라장이 되어가고 있었다.

"서천맹 놈들이다!"

어디선가 고함 소리가 들리고 구릉 너머로 회의와 흑의를 걸친 서천맹의 무리들이 나타났다. 그런 상황은 한쪽뿐만 아니라 사방이 모두 마찬가지였다. 어느 한곳만을 통해 몰려드는 것이 아니라 중원에 있는 무림맹 총단을 공격할 때와 마찬가지로 사방에서 조여들 듯 다가오고 있었다.

"다른 때 같으면 멍청한 놈들이라 해야겠지만……."

싸움이 본격화될 것 같다는 정보와 함께 무림맹 본진으로 합류하여 본진 천막 앞에 모습을 나타낸 무림맹주 태허 진인은 혼잣소리처럼 중얼거렸다.

훨씬 더 많은 숫자를 상대하다 보면 적은 인원은 자연 한곳으로 모이게 되고, 많은 인원들은 넓게 포위하여 가운데로 조여가며 공격을 하게 된다. 그건 병법 이전에, 싸우다 보면 자연적으로 그런 진형이 이루어지게 된다.

그런데 현재의 상황은 오히려 인원이 몇 배 많은 무림맹이 가운데로 웅크려 있고, 서천맹이 훨씬 적은 인원으로 넓게 포위하며 사방에서 조여오고 있었다.

태허 진인의 나직한 중얼거림대로 평소 같으면 멍청한 놈들이라 코웃음이라도 칠 일이었지만 왠지 지금은 전혀 그런 느낌이 들지 않았다.

흡사 허공에 떠서 미끄러지듯 다가오는 회의인들은 그 움직임만으로도 어느 한 사람 만만한 자가 없어 보였다.

"전력투구해야 할 일이로다."

태허 진인은 천천히 일어서 천막 밖으로 나섰다.

툭—

툭—

네 개의 손이 부지런히 움직이며 긴 장대에 깃발을 매달고 있었다.

두텁고 널찍한 천에는 한 그루 나무 같기도 한 이상한 문양이 선명하게 수놓아져 있었다.

일남일녀의 손은 빠르게 움직이면서도 절대로 그 깃발이 장대에서 떨어져 나가지 않게끔 굵은 끈으로 깃발 한쪽 면을 동여매고 또 동여맸다.

"그만 해라, 이놈들아! 그러다 장대가 목이 졸려 먼저 끊어지겠다. 그 깃발이 아무리 튼튼하게 매달려 있어도 장대를 든 네 녀석들이 쓰러지면 무슨 소용이 있겠느냐?"

목염태가 파이추와 오카민을 보며 쓴웃음을 지었다. 그러나 바쁘게 움직이는 파이추와 오카민의 손놀림은 멈춰지지 않았다.

문득 오카민이 고개를 들어 목염태를 쳐다보았다.

“독 아저씨! 혹시 우리가 잘못되면 아저씨께서 이 깃발을 들어주십시오. 아저씨라면 반으로 뚝 분질러 등에 꽂기만 해도 잘 보일 것입니다.”

오카민이 간절한 표정으로 목염태에게 부탁했다.

“다시 한 번 그런 소릴 했다간 내가 먼저 네 녀석 엉덩짝을 두들겨 일어서지도 못하게 만들어 버리겠다.”

목염태는 오카민이 여자이든 남자이든 상관없다는 투로 눈을 부라렸다.

오카민 역시 그런 거인의 언행에 익숙한 듯 정말 엉덩짝을 두들길 듯한 목염태의 눈길을 받으면서도 전혀 움츠러들지 않았다.

“네 녀석들이 살아 있어야 차콘지, 차온지 하는 놈을 데려갈 것이 아니냐? 아무리 어렵게 찾았다고 한들 네놈들이 죽고 나면 무슨 소용이냐?”

목염태가 다시 눈을 부라렸지만 그 눈빛 속엔 한없는 애정이 담겨져 있었다.

끌려간 친구를 찾겠다고 이역 만 리 이곳까지 와서 목숨을 내걸고 있는 이 이족 청년들의 사연을 듣고 난 다음부터 목염태와 척발시는 두 사람을 친조카처럼 돌보았고, 그들 역시 그렇게 두 거인을 따랐다.

“저희들이 죽어도 이 깃발을 보면 차오는 우리들의 뜻을 알게 될 것입니다. 그러면 결국 부족으로 돌아갈 것입니다.”

이번에는 파이추가 한 점 흔들림없는 목소리로 말했고 목염태가 아무 말 않고 입맛만 다셨다.

“그런데 정말 저들 중에 차오가 있을까요?”

오카민이 간절한 눈빛으로 무림맹 외곽 진영까지 다다른 서천맹 인원들을 쳐다보며 말했다.

"있을 것이다. 놈들이 너희들 부족과 다른 부족의 청년들을 그렇게 끌고 간 것은 기지를 건설하기 위한 일꾼으로 부리거나 인간 병기로 만들려고 그런 것이 아니겠느냐? 차오란 청년은 너희 부족장의 아들이니 일꾼으로 삼지는 않았을 것이다. 살아 있다면 저곳에 있을 것이다."

목염태가 걱정 말라는 듯 솥뚜껑만한 손으로 오카민의 어깨를 두드렸다.

"이놈아, 내 모습이 어떠냐? 으하하하……."

쩌렁쩌렁한 목소리와 함께 이상한 갑옷을 상체에 걸친 척발시가 목염태와 이족 청년들 앞으로 나타났다.

척발시의 모습을 본 목염태와 오카민, 파이추 등의 눈이 크게 뜨여졌다.

바위 같은 척발시의 상체에 걸쳐진 갑옷은 보통의 갑옷이 아니었다.

언뜻 보기엔 군영에서 장수들이 입는 갑옷과 비슷했지만 그들의 갑옷에 물고기 비늘 같은 쇠조각이 달려 있다면, 척발시의 갑옷에는 손가락 길이만한 쇠침들이 무수히 박혀 있었다.

보기만 해도 무시무시한 물건이 거인의 상체에 걸쳐지자 보는 사람으로 하여금 절로 소름이 돋게 만들었다.

"와하하! 웬 가시 돋은 딱정벌레더냐, 이놈아! 으하하하……."

"푸훗!"

송곳니가 숭숭 돋은 바위 같은 척발시를 보고 딱정벌레라고 하는 말에 오카민이 실소를 터뜨렸다.

뒤이어 혈전이 임박한 유성검문 진영 안에서 다른 웃음소리들도 터져 나왔다.

“이늠이…… 그냥 콱 껴안아 버릴까 보다!”

이빨을 드러낸 척발시가 양팔을 벌리고 돌진하자 이때만큼은 목염태도 도리가 없었던지 기겁을 하며 몸을 날렸다.

“대체, 대체… 그 물건은 어디서 났느냐?”

비록 가시 돋은 딱정벌레라고 한바탕 놀렸지만 아무에게나 어울릴 수 없는 물건이었고, 운명적으로 끌리는 물건이었기에 목염태의 눈이 활활 타올랐다.

삼십 년 지기만 아니라면 때려 눕혀서라도 뺏고 싶다는 이글거리는 욕망이 목염태의 두 눈을 통해 폭사되었다.

“산적 근성이 발동하는구나, 이놈아.”

척발시가 피식 웃으며 뒤에 있는 상자를 목염태에게 집어 던졌다.

“유성채를 떠나올 때 종리재정 그놈이 싸우면서 입으라고 마차에 실어준 것이다. 잊고 있다가 몰려오는 저놈들을 보고 생각나서 뜯어보았더니 이런 물건이 들어 있었다.”

척발시가 상체를 이리저리 흔들며 백만 대군도 겁나지 않는다는 표정을 지었다.

“으하하하! 그놈 정말 멋진 놈이다. 내 왜 진작 이런 물건을 생각 못 했을까?”

척발시와 똑같은 갑옷을 상체에 걸친 목염태가 들판이 쩌렁쩌렁 울릴 정도로 소리를 질렀다.

“딱정벌레 두 마리가 미친 듯이 설치겠구나. 하지만 싸움이 무르익을 때까진 꼼짝 말고 구경이나 하라고 했으니 경거망동하지 말아라.”

공야인낙도 번뜩이는 눈으로 두 거인의 모습을 살펴보며 소리를 질렀다.

“그러기야 하겠습니다만, 저놈들을 어떻게 기다리지? 여기까지 오기도 전에 무림맹 놈들에게 다 죽으면 어떻게 합니까, 형님?”

목염태가 어서 육탄 돌진을 하고 싶어 못 견디겠다는 표정으로 말했다.

“내 손에 장을 지져라!”

목염태의 말에 공야인낙이 콧방귀를 뀌며 등을 돌렸다.

파아앗—

한 자루의 검에 두 개의 목이 한꺼번에 허공으로 떠올랐다.

선명한 피보라가 일며 근처의 대지가 붉게 물들었다.

“마, 막아!”

목창과 방패막이 대포 공격으로 무너진 무림맹 외곽 진영으로 회의인들이 바람처럼 날아들었다.

“이거 너무 쉬운 것 아닌가? 이러고도 천 년 전통을 자랑한다는 백도무림맹인가?”

무림맹 동쪽 진영의 공격을 맡은 호교팔령주가 핏빛 웃음을 흘리며 미끄러지듯 앞으로 쏘아졌다.

저 앞으로 무림맹의 본진도 보였다.

전후방없이 뇌룡의 공격에 물어뜯긴 탓에 무림맹 본진 역시 어수선하기 짝이 없었다.

“네놈들 손에 죽은 호교일, 이령주의 복수를 마음껏 해주지!”

순식간에 동쪽 외곽 진영을 무너뜨리고 질주하던 호교팔령주는 번쩍 손을 들었다.

작은 구릉을 타고 넘자 철벽처럼 강하게 밀려드는 기운이 느껴졌기 때문이다.

"그럼 그렇지! 백도무림맹이 이렇게 쉬울 리가 없지."

호교팔령주는 자신의 손짓에 우뚝 멈춰 선 부하들을 재배치시켰다.

부하들이 빠르게 움직이며 새로이 전열을 형성했다.

"매화검진인가?"

호교팔령주는 매화 문양이 선명하게 새겨진 무복을 입은 인영들을 보며 숫자를 헤아렸다.

"이십사수매화검진이 세 개나 버티고 있군. 쉽지 않겠는걸."

호교팔령주는 설레설레 고개를 흔들다가 부하들을 쳐다보았다.

"마귀 같은 놈들!"

부하들을 쳐다본 호교팔령주는 미간을 찌푸렸다.

이제껏 중원을 누비며 싸웠던 인원들과는 달리, 지금 선두에 선 인원들은 평범한 마을로 가장한 서천맹 총단에서 초부나 약초꾼, 땅꾼 등으로 변장해 인근 수백 리 산속을 돌아다니거나, 지하 광장에서 수련하던 자들이라 피에 굶주려 있었다. 그래서 세 개의 매화검진을 보고도 오히려 더 짙은 광기를 드러내고 있었다.

"어서 명을 내리십시오, 령주님!"

한 중년 사내가 거칠게 뿜어져 나오는 부하들의 살기를 억누르기 힘들다는 표정으로 소리를 질렀다.

"서두를 필요 없다. 그리고 결코 얕볼 수 없는 놈들이다. 수백 년을 도모했지만 단 한 번도 우리 밀교가 정복하지 못한 자들이야. 그걸 잊으면 안 되네."

호교팔령주가 낮은 목소리로 질책하자 중년 사내가 고개를 숙였다.

"진혼파풍진(振魂破風陣)을 펼쳐라!"

호교팔령주가 고함을 질렀다.

바람 소리가 울리며 회색무복의 사내들이 빠르게 신형을 날렸다.

거친 호흡을 내뿜으며 당장이라도 치달릴 듯한 사내들이 엄격한 거리를 유지하며 그물 같은 진세를 만들었다.

"거(去)!"

진세가 발동되고 완전히 하나로 맞물려 돌아가는 것을 확인한 호교팔령주가 검을 쭈욱 뻗으며 명령을 내리자 회의사내들이 그물이 고기를 덮치듯 구릉 아래로 쇄도해 들었다.

츠츠츠—

호교팔령 소속의 무사들이 다가들자 매화검진 세 개도 진세를 가동시켰다.

세 개의 검진은 각기 따로 움직이는 것 같았지만 그 움직임에는 제각각 커다란 배합이 이루어져, 어느 곳을 먼저 공격해야 할지 선뜻 결정을 할 수가 없었다.

한 개만 있다면 정면으로 맞부딪쳐 보겠지만 세 개가 각각 유기적으로 움직이는 매화검진은 공격하고자 하는 사람의 투지를 꺾고 있었다.

"파(破)!"

호교팔령주의 입에서 다시 한줄기 외침이 흘러나왔다.

그물처럼 덮쳐 가던 회의인들이 순간적으로 사방으로 흩어지며 세 개의 매화검진을 향해 각각 돌진했다.

매화검진이 바람에 날리는 꽃잎처럼 출렁거리며 달려드는 회의인들을 향해 휘몰아쳤다.

"결(結)!"

흩어졌던 회의인들이 다시 한곳으로 급격히 모이며 제일 왼쪽에 있는 매화검진에 부딪쳐 갔다.

차차차창—

수십 개의 금속음이 한 개인 것처럼 터져 나오며 화산 매화검진과 서천맹 진혼파풍진이 격돌했다.

"크윽!"

매화검진의 한 축을 이루던 검수 한 사람의 입에서 비명이 터져 나왔다.

다가오는 회의사내를 보고 엄격한 진세를 유지하며 공격을 하는 순간, 흐릿하게 사라지던 사내의 검이 심장을 파고든 것이다.

환술과 진세가 어우러진 진혼파풍진에 버티던 이십사수매화검진 하나가 무너지기 시작했다.

"모조리 쓸어버려라!"

호교팔령주가 혼전 속으로 뛰어들며 고함을 질렀다.

매화검진 세 개가 완전히 무너지며 검진끼리의 대결이 끝나고 개개인의 대결이 벌어졌다.

"검진이 무너졌다고 화산이 모두 무너진 것은 아니다. 각기 조를 이루어 대항하라!"

화산파 대제자 증모수가 고함을 지르며 젊은 화산 제자들을 독려했다.

채쨍—

검과 검이 부딪치며 불꽃이 튀고 연이어 비명들이 터져 나왔다.

그 사이로 적아(敵我) 누구의 것인지 알 수 없는 혈화가 자욱하게 피어올랐다.

“공자!”

“형님!”

무림맹 외곽 진영이 거의 무너지고 본진과의 싸움이 시작될 무렵 유성검문의 인원들이 진을 친 야산 앞에 단철패와 그의 부하들이 나타났다.

이제 자신들도 본격적으로 싸울 때임을 직감한 명 노인과 부평초는 형형한 눈빛으로 몸을 일으켰다.

“이제 싸울 때인가? 으하하!”

누구보다 더 싸우고 싶어서 안달이 난 목염태와 척발시도 대소를 터뜨리며 상체를 쭉 폈다. 미세한 마찰음이 울리며 손가락 굵기만한 쇠침들이 빛을 받아 반짝거렸다.

“아직까지는 좀 더 기다렸다가 놈들이 저 앞 개울 근처에 도착하면 달려나갑시다.”

단철패가 뒤를 돌아보며 단호하게 지시했다.

긴장과 흥분, 광기가 숲이 짙은 야산을 가득 채웠다.

“지금!”

단철패가 검을 번쩍 들어 올리며 소리를 질렀다.

숲이 떠나갈 듯한 함성과 함께 쇠침 갑옷을 입은 두 거인을 따라 유성검문의 인원들이 야산에서 쏟아져 나왔다.

“이런 미친…….”

자신의 검을 향해 조금도 주저하지 않고 달려드는 척발시를 보며 소리를 지르던 회의인 하나가 척발시의 상체에 걸쳐진 쇠침 갑옷을 보고 아차! 하는 표정으로 검을 거두어들였다.

워낙 큰 덩치에만 정신이 팔려 갑옷은 미처 신경 쓰지 못한 사이, 쇠침 갑옷의 거구는 자신을 향해 몸을 날려왔다.

눈을 부릅뜬 회의인은 거두어들이던 검의 방향을 바꾸어 척발시의 목을 쳐 나갔다. 그러나 척발시의 육중한 몸뚱이가 한발 앞서 회의인의 신형을 덮쳐 버렸다.

"으아아아!"

척발시의 상체에 깔린 회의인이 처절한 비명을 질렀다.

손가락 길이만한 쇠침이 회의인의 상체를 빈틈없이 파고들었고, 그 상처에서 핏물이 콸콸 쏟아져 나왔다.

"저 무식한 놈!"

척발시의 행동을 본 목염태는 눈살을 찌푸리며 소리를 질렀지만 그 역시 연신 철추를 휘두르며 좌충우돌 상체를 부딪쳐 나갔다.

"형님, 조심하십시오!"

부평초가 고함을 지르며 단철패 옆을 따랐다.

"자네나 조심하게!"

단철패가 씨익 웃으며 세차게 땅을 박찼다.

단철패의 신형이 마치 한 마리 비조처럼 삼 장 가까이 날아올랐다가 직선으로 떨어져 내렸다. 내력 면에서는 도저히 따를 수 없는 수준인 단철패를 보며 부평초는 입을 벌렸다.

까앙—

회의인 하나가 떨어져 내리는 단철패의 검을 막다가 울컥 피를 토하며 주르르 뒤로 물러났다.

주춤거리며 아직도 정신을 못 차리는 회의인을 향해 단철패의 검이 유성검초를 쏟아냈다.

빛살 같은 쾌검이 웅혼한 내력을 싣고 회의사내의 가슴을 가르며 지나갔다.

유성검법 제이초 유성관홍이 피어오르는 혈무 속에서 거침없이 뿌려졌다.

다시 한 명의 가슴이 갈라지며 비명도 지르지 못한 채 무너졌다.

‘공자, 이젠…….’

유성검문의 쾌검으로 간단하게 두 명의 회의인을 베어버리는 단철패를 보며 명 노인의 눈이 활활 타올랐다. 아직 후반부는 다 익히지 못했지만, 조금 전에 펼쳤던 한 수는 예전의 유성검문주의 실력에 조금도 뒤지지 않았다. 강한 내력과 어우러진 검초는 오히려 예전의 명성을 무색케 할 수준이었다.

파앗―

두 눈 가득 감회가 가득한 명 노인 역시 유성검법의 초반부를 쾌속하게 펼쳐냈다.

한때 호남제일의 검문이었던 유성검문의 쾌검술이 명 노인과 부평초, 단철패에 의해 화려하게 부활했다.

“저놈들은?”

무림맹 진영도 아닌 야산 숲 속에서 산적처럼 튀어나온 인원들에 의해 오히려 무림맹 무인들에게서보다 더 큰 타격을 입는 것을 본 서천맹 호교칠령주가 눈살을 찌푸렸다.

외곽 진영도 아니고, 그렇다고 본진도 아닌 어정쩡한 위치에서 마주친 놈들 중 선두에 선 자들의 무위가 보통이 아니었다.

두 거인이 휘두르는 무지막지한 도끼와 철추는 전열을 허물어뜨리기에 충분했고, 보이지 않는 줄에 의해 자유자재로 날아드는 은빛 쌍륜을 조종하는 중년 고수는 흐트러진 전열을 아예 무너뜨려 놓았다. 그리고 그 사이로 바람을 가르며 쾌검수 세 명이 종횡무진 설쳤다.

"이런 육시랄 놈들이!"

호교칠령주는 잠시 흐트러졌던 전열을 재정비시키며 눈을 가늘게 떴다.

제일 앞에서 설치는 몇 놈만 빼고는 별로 어려울 것이 없는 놈들 같았다.

뒤에서 따르는 놈들은 한눈에도 무위가 떨어져 보였다. 그러나 맨 앞의 저놈들이 문제였다.

"세 개조로 나누어 두 개조는 양 옆으로 이동하여 후미를 쳐라!"

호교칠령주는 고함을 질렀다.

호교칠령주의 고함 소리에 회의사내들이 즉시 세 개의 조로 나누어져 제일 가운데 조는 척발시, 단철패 등을 상대하고, 두 개조는 양 옆으로 넓게 퍼져 유성검문 무사들의 후위로 달려들었다.

"크흑!"

"큭!"

금원전장을 손에 넣고 사들인 무사들 중에서 제일 뛰어난 사람들과 호성채 수적들 중에서 제일 나은 사람들을 골라왔지만 회의인들에겐 조족지혈의 수준인 유성검문 후위는 회의인들과 부딪치자마자 연신 비명을 내지르며 쓰러져 갔다.

"우험해!"

오카민이 비명을 지르며 깃대를 높이 쳐든 파이추에게로 몸을 날렸다.

죽어도 높이 쳐든 깃대를 놓지 않겠다는 듯 왼팔로 깃대를 쳐든 파이추는 움직임이 부자연스러울 수밖에 없었다. 전신전력으로 싸운다

해도 목숨을 부지하기 힘든 상대들 앞에서 파이추의 모습은 바람 앞의
촛불처럼 위태로워 보였다.

오카민이 그 옆을 지켜주지 않으면 금방이라도 쓰러질 것 같았다.

"아악!"

파이추 앞을 막아서던 오카민은 허벅지 한쪽에 상처를 입으며 비명
을 질렀다.

겨우 파이추의 목숨은 건졌지만 더 이상 파이추를 보호할 수 있을지
아득한 기분이었다.

퍼억—

어린아이 머리통만한 철추가 무시무시한 속도로 날아들며 오카민을
향해 재차 검을 휘두르는 사내의 가슴을 강타했다.

갈비뼈가 왕창 무너져 내린 사내가 비명 대신 시뻘건 선혈을 폭포수
처럼 토해내며 뒤로 날아갔다.

"이놈들아! 제발 그 깃대 좀 놓고 싸우거라!"

목염태가 고함을 질렀지만 파이추와 오카민의 눈빛은 요지부동이었
다.

"도와주어야겠어요."

무림맹 본진의 한 천막 속에서 여인의 목소리가 들렸다.

아직은 어린 티가 느껴지는 목소리였지만 그 목소리에 서린 기운은
단호하기 이를 데 없었다.

"경거망동하지 말거라. 이런 싸움에서 독자적인 행동은 심각한 결과
를 가져온다는 것을 모르느냐."

중년인 하나가 엄한 눈빛으로 여인을 나무랐다.

"반부님께선 또 그 말씀이군요. 개인 행동이 불가능하다면 백부님께서 진격 명령을 내리면 되잖아요. 이곳의 수장은 백부님이니까요."

여인은 지지 않고 대꾸하며 당장이라도 유성검문과 서천맹이 싸우는 곳으로 달려갈 듯 움직였다.

"왜 이러느냐? 저곳에는 그 청년도 없지 않느냐?"

이번에는 중년인 옆에 선 한 청년이 여인의 행동을 만류했다.

"그 사람이 있다면 오히려 이곳에서 얼굴을 숨기고 있을 거예요. 저들은 그 사람이 일으킨 문파이니 돕겠어요. 그래서 최소한의 도리는 하고 싶어요. 가법을 어겼다면 목을 치세요."

여인이 막무가내로 말하며 검을 잡자 묵묵히 전장을 쳐다보던 중년인이 손을 들어 올렸다.

"진격하라!"

"고마워요, 백부님!"

빠르게 소리친 팽은설이 제일 앞서 몸을 날렸다.

머리가 지끈거려 왔다.

고막 저 안쪽에서부터 알아들을 수 없는 이상한 소리들이 울리며 두통이 더욱 심해졌다.

동시에 칼 든 손에서도 힘이 빠졌다.

정신없이 칼을 휘두를 때는 몰랐지만 두통이 시작되면서부터 사방에서 피어오르는 피 냄새가 심한 욕지기마저 불러일으켰다.

그동안 어두컴컴한 지하에서 무수히 맡았고, 수시로 마시기까지 했던 익숙한 빛깔과 냄새가 왜 이렇게 갑자기 역겨워지는지 알 수가 없었다.

‘대체 여기는 어딘가?’

사내는 질주하던 신형을 멈춰 세우며 사방을 둘러보았다.

“크윽!”

문득 한줄기 자각과 함께 다시 시작된 지독한 두통에 사내는 머리를
감싸 쥐며 바닥을 뒹굴었다.

둥둥! 두두둥!

뇌리를 진동시키며 죽어서도 잊을 수 없는 익숙한 북소리가 들려왔
다.

“크아아악—”

더욱 거세게 밀려드는 두통에 사내는 처절한 비명을 지르며 몸부림
을 쳤다.

바닥을 적시는 핏물에 전신이 물들며 뒹구는 사내였지만 아무도 사
내를 눈여겨보지 않았다. 그보다 더 처참한 모습으로 바닥을 뒹굴고
있는 사람들이 부지기수였기에 사내의 몸부림 정도는 커다란 지옥도
속의 작은 한 점일 뿐이었다.

사내는 온 세상이 뒤집히는 느낌을 받으며 머리를 감싸 쥐었다.

둥둥!

사내의 머리 속에 다시 북소리가 들렸다.

온 영혼을 울리는 북소리에 깨질 듯 엄습하던 두통이 차츰 가라앉았
다.

“타— 이— 노!”

머리를 감싸던 사내가 억양없는 목소리로 외쳤다. 그리고는 허공을
향해 멍한 시선을 고정시켰다.

"그래도 최소한의 양심은 있는 놈들이구만."

좌충우돌 몸을 날리던 척발시는 무림맹 본진에서 달려든 인원들에 의해 유성검문 후위에 더 이상 희생자가 생기지 않는 것을 보며 안도의 한숨을 내쉬었다.

"오랜만이오, 팽 가주!"

난비쌍륜 공야인낙이 쉴 새 없이 날리던 쌍륜을 잠시 거두어들이며 팽무홍에게 소리를 질렀다.

"진영에 합류해 있었으면 될 것을 왜 이런 고집을……."

팽무홍이 검을 휘두르며 공야인낙에게 질책 어린 소리를 질렀다.

"나도 그러고 싶지만 어떤 친구가 이 야산을 고수하라고 엄명을 내려 할 수 없었다오. 이크!"

답을 하던 공야인낙이 다시 손목을 흔들었다.

파앗—

거두어들여지던 은륜 하나가 비조처럼 날아오르며 쏘아져 드는 사내를 공격해 갔다.

쌍륜에 앞서 보이지도 않는 은사에 목이 감긴 회의사내가 절이라도 하듯이 목을 숙이며 떨어져 내리는 목과 함께 바닥에 뒹굴었다.

"오랜만이에요, 대협들!"

"아이쿠! 이 왠 구미호냐?"

암표범처럼 검을 휘두르는 팽은설이 척발시 등에게로 다가서며 인사를 하자 척발시가 펄쩍 뛰어 몸을 피했다.

평소에도 여자들과는 거리가 먼 자신에게 이런 전장에서 갑작스럽게 접근해 오는 팽은설의 존재는 뜻밖이었다.

"조심하시오, 팽 소저!"

팽은설을 알아본 목염태가 고함을 지르며 철추를 휘둘렀다.

"그러고 보니 남궁세가에서 비루먹은 강아지와 싸우던……."

척발시도 팽은설을 알아보고 소리를 지르다 얼른 입을 다물었다.

"타— 이— 노!"

사내는 비틀거리는 신형으로 몽유병 환자처럼 걸어갔다.

여기가 어딘지, 자신이 누구인지 알 수가 없었지만 저 깃발은… 저 깃발 속에 그려진 그림은 잊을 수가 없었다.

기억 이전부터 영혼 깊은 곳에 새겨져 있던 부족신 타이노!

아버지의 아버지!

할아버지의 할아버지로부터 혈맥 속으로 전해져 온 타이노!

깃발이 펄럭거리며 타이노의 손짓이 사내를 불렀다.

"타이노!"

어떤 주술과 어떤 미혼향으로도 접근이 불가능한 영혼 저 밑바닥에 잠재되어 있던 부족신의 숨결이 서서히 오염된 영혼을 정화시켜 나갔다.

휘이잉—

눈을 뜰 수 없을 만큼 세찬 모래바람이었지만 어머니의 품속처럼 포근하게 느껴지는 한줄기 모래바람이 영혼 한복판에 웅크린 흉마들을 휩쓸어 갔다.

"크윽—"

다시 지독한 고통이 몰려왔다.

일어서라, 타이노의 용사여!

뇌리를 울리는 한줄기 웅혼한 목소리가 비틀거리는 사내의 육신을 일으켜 세웠다.

"파이추……. 오카민……."

쓰러질 듯 비틀거리는 차오가 구르듯이 언덕을 달려 내려갔다.

'뭔가, 저놈?'

산발한 머리카락을 휘날리며 무기도 없이 맹렬한 속도로 돌진해 오는 흑의인을 보며 부평초는 눈살을 찌푸렸다.

백도무림맹의 도움으로 이제 한숨 돌리려는 찰나, 언덕을 달려 내려오는 한 흑의인의 기세는 왠지 모를 소름을 돋게 만들었다.

비정상적인 팔다리의 움직임!

그리고 비틀거리는 몸놀림!

그러나 그 허깨비 같은 움직임 속에 무언가 알 수 없는 막대한 힘이 실려 있다는 것을 느낀 부평초는 땅을 박찼다.

"차오!"

찢어질 듯한 오카민의 음성에 부평초와 비슷한 심정으로 돌진하던 목염태는 급히 신형을 멈추었다. 그러나 파이추 등을 향해 미친 듯이 달려오는 흑의인을 보고 그 못지않은 속도로 달리던 목염태의 몸뚱이는 쉽게 멈추어지지 않고 바닥을 나뒹굴었다.

"자넨 안 싸우고 여기서 뭐 하나?"

파이추와 오카민, 차오 세 사람이 한덩어리가 된 채 미친 듯이 오열하고 있는 광경을 물끄러미 내려다보고 있는 부평초의 발 앞에까지 굴러온 목염태가 벌떡 일어서며 고함을 질렀다.

◆ 제112장

추격

"놈의 모습이 나타났다고?"

서천맹과의 대규모 전쟁 사흘째 되던 날, 보고를 받은 무영신개의 목소리가 천막을 진동시켰다.

한편으로는 싸움터를 바라보며, 다른 한편으로는 인근 야산 전역에 깔아놓은 초병의 연락을 기다리며 노심초사하던 무영신개는 천마성주의 제자가 나타났다는 소식에 불침을 맞은 듯 신형을 움직였다.

이곳에 오고, 그리고 지금까지 기다린 것이 모두 이 한순간을 위해서가 아니던가?

멸천마통을 파낸 광부를 손에 넣은 놈은 결국은 이곳에 나타날 일이었다.

천마성주 갈문혁이 아무리 정마협이라는 칭송을 받지만 결국은 마도인이었다.

멸천마통의 존재 앞에서 그라고 해서 초연해질 수는 없을 것이다. 어쩌면 누구보다 혈안이 되어 그것을 손에 넣으려 할지도 모를 일이다.

"놈의 행로는?"

무영신개는 다급하게 질문했다.

"서쪽 야산으로 사라졌다고 합니다."

"서쪽 야산? 그렇다면……?"

무영신개의 머리 속에 경종이 울렸다.

서쪽 야산이라면 유성검문이라는 깃발을 든 떨거지들이 죽치고 있는 곳이 아닌가?

그리고 그놈들의 우두머리는……?

"그놈 역시 벌써 신투자의 소굴을 파악하고 그곳에서 무슨 짓을 하고 있었단 말인가?"

고함을 지른 무영신개의 역용 위로 식은땀 한줄기가 흘러내렸다.

처음 왔을 때부터 온갖 구실을 대며 본진 속에 합류하지 않고 서쪽 야산에 진을 치는 놈들의 행동이 신경을 거슬리게 했다. 그런데 천마성주의 제자 놈이 움직인 방향이 그곳이라면 흑랑이란 그 여우 같은 놈은 한발 앞서 그곳을 파악했다는 말이다.

멸천마통, 아니, 신투자의 소굴이 그 두 놈들 중 한 놈에게 먼저 발각되어 멸천마통의 설계도와 약왕의 신단 제조 비법이 그놈들 손에 들어간다는 것은 소름 끼치는 일이다.

그 두 놈 중 한 놈 손에 들어갈 바에야 차라리 야율사한 그놈에게 들어가는 것이 나은 일일지도 모른다.

'급하다!'

무영신개는 급히 신호탄 하나를 쏘아 올렸다.

"젠장 조금만 더 밀고 가면 한 놈쯤 더 죽일 수 있는데!"

본진을 중심으로 남쪽 평원에서 호교육령 소속의 인원들과 싸움을 벌이던 엄한필은 솟아오른 신호탄을 보며 소리를 질렀다.

싸움은 바야흐로 정점을 향해 치닫고 있었다.

일진일퇴를 거듭하며 며칠째 수많은 사상자를 내고 있었다. 그 속에서 자신과 서교영은 호교육령주를 처치하기 위해 도와 검을 휘두르고 있었다.

이제 남은 호교령주는 네 명!

그중 세 명은 모습을 드러냈고 호교삼령주는 아직 모습을 드러내지 않은 것으로 알고 있다. 아마도 야율사한 그놈과 그 아비, 그리고 흥수 가마릅과 함께 마지막 순간에 나타날 것이다.

그 전에 호교육령주 한 놈을 더 죽여 전세를 우세하게 해놓아야 했기에 수십 겹의 보호막을 뚫고 호교육령주를 향해 다가들던 중이었다.

"사형! 뭐 해요? 어서 가요!"

신호탄을 본 서교영이 엄한필을 향해 소리를 질렀다.

회의인 한 명을 더 베어버리고 저 앞에 있는 호교육령주를 쳐다보던 엄한필은 서교영과 함께 훌쩍 몸을 날렸다.

서교영과 엄한필이 무림맹 본진 한가운데로 달려옴과 거의 동시에 비슷한 모습으로 수십 명의 인원이 날아들었다. 모두 자신들처럼 싸움 도중에 달려온 듯 온몸에 피칠을 하고 있거나 땀에 흠뻑 젖어 있었다.

엄한필은 호흡을 가다듬으며 모여든 사람들을 쳐다보았다.

무기를 들고 한 사람처럼 도열해 있는 열여덟 명의 승려!

아마도 십팔나한진을 펼치던 소림승들이리라.

그리고 그 옆으로 화산의 초운자(楚雲子)!

도인이면서도 패도적인 검초를 펼쳐 마운자(魔雲子)라 불리는 고수도 화산검수들과 함께 서 있었다.

휘익―

다시 몇 줄기 바람 소리와 함께 천막 지붕을 가볍게 밟으며 옥선 도장(玉宣道長)이 무당고수들과 함께 날아 내렸다.

무당파 태청검법의 위명을 한 단계 더 끌어올렸다는 평을 받는 그의 손에는 피 한 방울 묻지 않은 고검 한 자루가 서릿발 같은 빛을 발하고 있었다.

"놈이 나타났소, 신개?"

옥선 도장이 땅에 내려서자마자 질문을 던졌다.

"그렇습니다. 정마수호대와 적룡대라는 인원과 함께 나타났습니다."

정마수호대라는 말에 더해 적룡대라는 인원이 더 설수범을 따르고 있다는 말에 모든 사람들의 눈빛이 일순 흔들렸다.

"한시가 급하니 가면서 얘기하지요."

무영신개가 죽장을 버리고 은빛 철괴(鐵拐)를 손에 들며 신형을 날렸다.

뒤를 따라 소림, 무당, 화산… 등등의 고수들과 엄한필, 서교영이 신형을 날렸다.

탁!

천막 안의 탁자 위에 있던 커다란 돌멩이 하나가 들어 올려졌다.

돌멩이를 들어 올린 사내는 태울 듯한 눈빛으로 돌멩이의 한쪽 면을 주시하고 있었다.

커다란 돌멩이의 평평한 한쪽 면에 음각되어 쓰여진 글자를 한 자, 한 자 새기듯이 읽은 사내는 입가에 미소를 피워 올렸다.

짙어져 가던 미소를 서서히 지운 사내는 여러 자의 글자가 새겨진 돌멩이 뒷면에 앞면과 똑같은 내용의 글자를 손가락 끝으로 새기기 시작했다.

푸스스―

강한 내력에 의해 손가락 끝이 두부 속을 파고들 듯 단단한 화강석 속을 파고들며 글자를 새겨 나갔다.

설수연이란 여인이 그러더군. 당신은 약아빠진 여우라서 부하들 뒤에 숨어 절대로 나오지 않을 거라고.

앞면의 복잡한 글자들 속에는 그런 뜻이 숨겨져 있었다.

앞면과 똑같은 글자를 새겨 나가던 사내의 눈빛이 미미하게 흔들렸다.

최대한의 내력을 쏟아 부었지만 앞면에 새겨진 글자 이상의 깊이로는 글이 새겨지지 않았다. 그것은 자신의 내공이 앞면에 글을 새긴 사람의 내공과 동수 이상은 되지 못한다는 증거였다.

"하룻강아지 같은 놈이……."

사내는 들릴 듯 말 듯한 혼잣소리로 중얼거렸다.

앞면에 새겨진 도전장에 해당하는 내용 중, 마지막 한 글자는 다른 글자들에 비해 조금 더 깊이 새겨져 있었다.

그 한 글자가 돌을 들고 있는 사내, 야율사한의 신경을 내내 긁어

댔다.

마지막 이 글자가 두 번 겹쳐 쓴 것이 아니라, 손가락에 주입한 내력으로 단번에 쓴 글자라면 놈의 내력이 자신보다 반푼은 높다고 봐야 한다. 하지만 그건 절대로 용납할 수 없는 일이다.

진언팔식의 마지막 정수까지 다 흡수한 자신보다 그놈의 내력이 높다는 것은 도저히 인정할 수 없는 일이었고, 며칠 동안 불 같은 호승심을 자극하는 일이었다.

청룡당주를 죽이고 호교사령주와 오령주를 한꺼번에 죽인 놈이니 결코 만만한 놈이 아니지만 마지막 글자는 한 번에 썼다기보다는 두 번에 걸쳐 겹쳐 썼다고 믿고 싶었다.

"설수연이란 여인이 그랬다고……?"

다시 혼잣소리로 중얼거린 사내는 피식 조소를 흘렸다.

삼척동자도 알아차릴 만큼 뻔히 보이는 격장지계의 수법!

그런데 그 수법이 교묘하게 속을 뒤집고 있었다.

"교활한 놈!"

야율사한은 돌멩이의 한쪽 모서리를 움켜쥐었다.

양쪽 면에 똑같은 내용의 글자가 새겨진 돌멩이 한쪽 끝이 우두둑 부서져 나가며 가루가 되어 흘러내렸다.

뻔히 보이는 유치한 수법은 한줄기 조소로 묵살해 버리면 되었지만, 놈의 입에서 설수연이란 이름이 거론되었다는 사실은 계속해서 발뒤꿈치 한곳을 뭔가가 물어뜯는 듯한 느낌을 들게 했다.

그것 역시 놈의 약은 수법이란 것을 알면서도 발뒤꿈치에 붙은 쥐새끼 한 마리는 떨어져 나가지 않았다.

"호교삼령주님과 함께 태상맹주님께서 도착하셨습니다."

천막 밖에서 들리는 목소리에 야율사한은 돌멩이를 구석에 숨기며 밖으로 나갔다.

"직접 나서겠다니, 안 될 말일세!"

"그렇습니다, 맹주님! 놈들이 예상외로 사흘을 버텼지만 이제 저와 함께 호교삼령대, 그리고 총단 호교군이 도착했으니 그것도 오늘로 끝장입니다. 놈들의 무릎을 꿇리는 일은 제가 하겠습니다. 맹주님께서는 무릎을 꿇고 있는 놈들의 목만 치면 될 일입니다."

야율마석과 호교삼령주가 직접 출전하겠다는 야율사한을 향해 소리를 질렀다.

"그동안 지시만 내렸더니 피 냄새가 그립군요. 오늘은 마지막 전투가 될 터이니 직접 출전하여 화려한 마지막을 소자가 장식하고 싶습니다. 또한 신투자의 소굴이 어느 곳에 있는지도 놈들보다 먼저 찾아야 할 일이지요."

야율사한이 빙긋 미소와 함께 답했다.

그런 미소 뒤에는 누구도 꺾지 못할 고집이 도사리고 있다는 것을 알고 있는 두 사람은 무거운 표정으로 입을 다물었다.

"그럼 멸혼대(滅魂隊)를 데려가거라."

야율사한의 설득을 포기한 야율마석이 단호한 목소리로 말했다.

"아닙니다, 아버님! 멸혼대는 아버님의 호위대인데 어찌 제가……."

"네가 고집을 꺾지 않듯이 나 역시 고집을 꺾을 수 없다. 이곳은 멸혼대가 아니라도 다른 무사들이 많이 있으니 멸혼대는 네가 데려가거라."

야율마석이 낮지만 강한 어조로 말하자 야율사한이 고개를 숙였다.

“지금 시각은?”

천막을 나선 야율사한이 옆에 있는 사내 하나를 보고 물었다.

“미시초(未時初)가 다 되어갑니다.”

사내 하나가 해를 쳐다보며 시간을 가늠한 후 답했다.

“일각 후에 진격한다.”

“존명!”

천막 밖에 도열해 있던 사내들이 일제히 고함을 질렀다.

“오늘로 무림의 주인이 바뀌든지, 백년의 평화가 다시 찾아오든지 양자간의 결정이 나겠구려.”

호교삼령주를 필두로 하여 바람처럼 날아오는 청의인들을 바라보며 무림맹주 태허 진인이 탄식처럼 중얼거렸다.

이제껏 싸워본 바로는 서천맹의 전력은 옷 색깔로 확연히 구별되었다.

제일 약한 자들은 흑의인들이었다.

그들은 이족 출신들이 많았고 무공 수위도 낮았다.

그 다음으로는 회의인들이었다.

이곳에 온 이후 싸운 서천맹 무리들은 대부분 회의인들이었다. 그들 회의인들 한 명을 처치하기 위해서는 열 명의 무림맹 청년들이 죽거나 부상당했다.

그러나 지금 날아오는 청의인들은 회의인들의 우두머리 격이었다.

그들 한 명을 처치하려면 청년들 수십 명이 희생될 것이다.

이젠 이곳 본진의 고수들이 모두 나서야 할 때이다.

만약 지금 달려오는 청의인들보다 더 막강한 고수들이 뒤에 도사리고 있다고 해도 어쩔 도리가 없는 상황이었다.

그렇다면 무림의 주인은 저들이 될 것이다.

"철고(鐵鼓)를 가져오너라!"

태허 진인이 옆에 있는 청년에게 명령을 내렸다.

"사형!"

태운 진인이 놀란 눈으로 손수 검을 들고 일어서는 태허 진인을 바라보았다.

"사제도 따라오게. 이젠 우리가 결정을 내려야 할 순간일세. 전원이 달려나가 저들을 막든지, 항복을 하고 무림의 패권을 넘겨주든지 해야할 상황이네."

태허 진인이 침중한 표정으로 말하고는 천막 밖으로 나갔다.

천막 밖에는 커다란 철고가 침묵을 지키며 서 있었다.

철고의 포효가 두 번 길게 울리면 전군 출동 명령이었다. 그러나 한번 크게 울리고, 그 뒤로 작은 북소리가 통곡처럼 연속으로 이어지면 항복이었다.

그건 마지막 순간에 무림맹주만이 내릴 수 있는 결정이었다. 누구도 그 결정에 반발할 수 없고, 그 결정에 영향을 미칠 수 없었다.

이미 수많은 사람들이 죽었고, 또다시 그만한 숫자의 백도무림인들이 죽고 난 다음의 승리는 의미가 없을지도 모른다.

항복을 하고 나면 봉문을 당하고, 기약없는 치욕의 세월을 보내야겠지만 동도들의 목숨은 고스란히 건질 수 있다. 그리고 주객이 전도되어 지하에서 패권을 꿈꾸며 힘을 키워야 할 것이다.

태허 진인의 눈에 고뇌가 어렸다.

모두들 태허 진인의 손만 쳐다보며 석상처럼 서 있었다.

둥—

한 번의 북소리가 온 사방으로 퍼져 나갔다.

눈을 질끈 감은 태허 진인이 하늘을 우러렀다.

"원시천존이시여!"

탄식을 터뜨린 태허 진인이 다시 한 번 세차게 북을 두드렸다.

"와아아!"

천둥 같은 함성 소리가 울려 퍼지며 전후방이 따로 없이 백도무림맹의 모든 인원들이 질풍처럼 달려나갔다.

무림맹과 서천맹 최후의 결전은 두 번의 긴 북소리와 함께 시작되었다.

두 번의 긴 북소리는 바람처럼 숲 속을 가로지르는 무영신개와 무림맹 고수들의 귀에도 들렸다.

하필 이런 때에 상황이 이처럼 긴박해질 줄 몰랐지만 자신들은 그와 상관없이 하던 일을 계속해야 한다.

무림맹이 승리를 하든, 항복을 하든 자신들은 신투자의 보물을 차지해야 했다.

무림맹이 승리를 한다면 그 승리를 영구히 굳히고 다른 무리들에게 다시는 무림일통의 야욕을 품지 못하게 하기 위해서, 무림맹이 패배를 한다면 수십 년 후 권토중래(捲土重來)하기 위한 발판으로 삼기 위해 기필코 자신들이 그것을 손에 넣어 지하로 잠적해야 할 일이다.

다행히 북이 두 번 울렸으니 짧아도 반나절! 길게는 하루 동안의 시간이 더 있다.

피가 내를 이루겠지만 그 시간 동안은 싸움이 지속될 것이다.

무영신개는 내력을 더욱 끌어올리며 질풍처럼 달려나갔다.

'이럴 수도 있는가?'
필사적으로 천마성주의 제자와 그 수하들을 쫓던 무영신개는 두 눈을 부릅떴다.
경공에 있어서는 정사무림 그 어느 쪽에서도 자신을 따를 자가 없을 것이다.
그런데 천마성주의 제자 놈과 그놈을 따르는 수하들과의 거리는 점점 멀어지고 있었다.
조금 전만 하더라도 그들의 모습은 후미 열 명 이상 눈에 들어왔다.
그런데 수풀림 하나를 돌아 나가는 순간, 거리가 더 벌어지고 가물가물 몇 명밖에 눈에 들어오지 않았다.
'천마성의 힘이 이 정도였단 말인가?'
무영신개는 등줄기로 식은땀이 흐르는 것을 느꼈다.
최초로 신투자의 보물을 발견한 광부를 정마협의 제자인 저놈이 채어갔으니 멸천마통의 설계도는 지금 저놈 손에 들어 갔을 확률이 높다. 그렇기에 얼마 전부터는 직선으로 저렇게 달려가는 것이리라.
여기서 놈을 놓치면 영영 잡을 수 없다.
저놈이 이곳을 빠져나가 천마성으로 돌아간다면, 그래서 서천맹과의 싸움에서 엄청난 피해를 입은 백도무림맹을 멸천마통과 함께 공격해 온다면…….
백도무림맹은 봉문을 떠나 종말을 고해야 할 것이다.
파아앗—
무영신개는 최대한의 공력을 끌어올리며 경공을 펼쳤다.

"신개, 더 이상 거리를 벌리지 마시오!"

마운자로 불리는 화산의 초운자가 다급한 고함을 질렀다.

"이렇게 나가다가는 종적을 놓치겠소. 저놈을 놓치면 백도무림은 종말을 고해야 하오. 내가 연결고리 노릇을 할 테니 내 표식을 따르시오!"

마주 고함을 지른 무영신개가 일행과 점점 더 거리를 벌렸다.

'저곳인가?'

야율사한은 천우산(天牛山)이라 불리는 야산 숲 속 계곡 한쪽에서 몸을 날렸다.

커다란 돌멩이에 새겨져 있던 약속 장소가 눈에 들어왔다.

알 수 없는 흥분이 온몸을 감쌌다.

몇 년 전만 해도 피라미에 불과했지만 이젠 쉽게 우열을 가릴 수 없을 만큼 호적수가 된 상대에 대한 수컷 본능의 호승심이 발동한 것이다.

휘익―

휘익―

멸혼대가 놀란 표정과 함께 주변으로 날아 내렸다.

기나긴 싸움의 대미를 장식하러 가는 줄 알았다가 중도에서 급히 방향을 바꾸어 이곳으로 바람처럼 달려온 야율사한에 대한 궁금증은 둘째 문제이고, 종적을 놓치지 않았나 하는 다급함이 온 얼굴에 가득했다.

'귀찮은 것들!'

야율사한은 눈살을 찌푸렸다.

목즈지가 조금만 더 멀었다면 완전히 떼어버리고 혼자 올 수 있었을 것이건만, 꼬리를 달고 온 비겁자로 인식될 가능성이 높았다.

잠시 그 자리에 서서 안력을 돋우던 야율사한은 흠칫 신형을 굳혔다.

저쪽 바위 위에 흑의무복을 입고 서 있는 인영!

'놈이다!'

야율사한은 순간적으로 심장이 세차게 요동치는 기분을 느꼈다.

건곤일척의 승부가 벌어지는 들판은 아랑곳 않고 저 자리에 앉아 있는 인간이라면 그놈일 것이다.

"젠장!"

야율사한은 욕지거리를 내뱉었다.

자신 옆에 속속 내려서는 멸혼대를 본 인영이 쏜살처럼 달아나고 있었다.

"네놈들은 모두 여기서 기다려라!"

야율사한이 고함을 질렀다.

"차라리 베고 가십시오, 맹주!"

멸혼대주가 목을 길게 뽑으며 소리를 질렀다.

와락 인상을 찌푸린 야율사한이 섬전처럼 신형을 날렸다.

'뭔가, 이건?'

온 내력을 다 끌어올려 경공을 펼치던 무영신개는 우뚝 신형을 멈추며 주변을 살폈다.

달려오던 속도와 똑같이 반대로 스쳐 지나가던 경관이 어느 순간부터 이질감을 느끼게 했다.

뭔지 모르겠지만 이제까지와 사뭇 다른 경관들!

무영신개는 오감의 능력을 최고조로 끌어올렸다.

'진식(陣式)?'

무영신개는 설마 하는 눈으로 주변을 살폈다.

천하의 고수들이 다 걸려들어도 자신만큼은 걸려들지 말아야 하는 것이 진식이나 함정이었다.

그런 것에 걸려들 자신이었다면 벌써 수십 번도 더 죽었을 것이다.

그러나 주변의 정물들은 진식이 아니면 보일 수 없는 특징들을 여실히 보여주고 있었다.

콰앙—

무영신개의 뇌리에서 폭발음이 울려 퍼졌다.

그림자도 없는 거지라는 별호를 가진 자신이 이렇게 속절없이 진 속에 갇히다니?

본능적으로 급히 쏘아져 나가려던 무영신개는 이를 악물고 그 자리에 못 박힌 듯 두 발을 고정시켰다.

경공을 펼치려 끌어올렸던 내력이 내부로 폭주하며 기혈을 진탕시켰다.

선 자세 그대로 입공(立功)으로 진기를 다스린 무영신개는 신중하게 주변을 살폈다.

진식에 빠진 것을 안 이상 한 발짝이라도 덜 내디딘 상태가 한 발짝이라도 더 빨리 벗어날 수 있다.

무영신개는 여전히 꼼짝 않고 그 자리에 서서 자신의 지식을 총동원했다.

타고난 얼굴도 잊은 채 평생을 음지에서 일하며 온갖 험지를 다 누벴고, 온갖 진식과 기관들을 다 섭렵했다.

차분히 풀어 나가면 일각 이내에 벗어날 수 있다.

무영신개는 품속에서 오행기(五行旗) 세 개를 끄집어냈다.

"쿡쿡!"

오행기 하나를 오른발 한 치 앞에 꽂으려는 순간, 사방에서 동시에 울려 퍼지는 듯한 웃음소리가 들려왔다.

무영신개는 식은땀을 흘리며 사방을 주시했다.

이 진을 설치한 인간이 틀림없었다.

아마도 천마성주의 제자이거나 그 수하들일 것이다. 무영신개는 은밀히 주변을 살폈다.

"약디약은 늙은 쥐가 드디어 쥐덫에 걸렸군. 큭큭!"

무영신개의 상념을 모조리 훑으며 다시 사방에서 목소리와 웃음소리가 동시에 들려왔다.

공력이 한껏 스며들어 웅웅거리듯 들려오는 웃음소리에 무영신개는 인상을 썼다.

낮은 웃음소리가 지금껏 머리 속에서 짜낸 복잡한 계산들을 실타래처럼 뒤엉키게 만들었다.

짤막한 웃음소리에 실린 공력은 산공독이 내력을 흩어버리듯 무영신개의 생각을 흐트러지게 했다.

"밀교의 법술을 조금 응용한 것인데 효력이 어떻소?"

다시 한마디 목소리가 들리자 무영신개의 두 눈이 부릅떠졌다.

'이 목소리는?'

웅웅거리며 사방에서 동시에 들리지만 분명히 귀에 익은 목소리였다.

"네놈이 어떻게?"

목소리의 주인을 알아차린 무영신개는 얼이 나간 표정으로 고함을 질렀다.

앞에 있는 수풀 속에서 들리는 듯한 목소리의 주인은 천마성주의 제자가 아니었다. 무영신개로서는 온 힘을 다해 최대한 멀리하고 싶은 인간이었다.

자신과는 묘한 인연으로 만났지만 언젠가는 다시없는 악연으로 마주할 것이란 예감을 떨칠 수 없었던 놈!

언제 어떤 순간에도 자신의 변장을 정확히 구별해 내던 기분 나쁜 놈!

어떻게 그놈의 목소리가 이곳에서 들린단 말인가?

무영신개는 다시 한 번 정신을 집중하며 주변을 살폈다.

"후후! 마음이 급하니 간단한 속임수에도 곧잘 넘어가더군."

다시 사방에서 웅웅거리는 목소리가 들려왔다.

"무슨 개소리냐, 이놈아!"

무영신개가 발작적으로 고함을 질렀다. 그동안 가슴 저 밑바닥에서 체증처럼 똬리를 틀고 있던 거북함이 고함 소리와 함께 욕지기처럼 한꺼번에 솟구쳐 올랐다.

"늙은 쥐! 당신이 쫓던 사람은 처음부터 나였지. 물론 내 뒤를 일렬로 따른 사람들은 천마성의 무사들이었고……. 쿡쿡!"

"무, 무슨?"

무영신개의 얼굴이 벌겋게 달아오르며 목에 굵은 핏줄이 돋아났다.

"그렇게 된 과정까지 세세히 설명할 시간은 없고… 아무리 기다려도 당신을 도울 사람은 오지 않을 것이니 그렇게 고개를 휘저을 필요는 없스. 쿡쿡."

이번에는 자운엽의 목소리가 무영신개의 왼쪽 어느 곳에서 들려왔
다.

이를 으드득 간 무영신개가 신속히 암기 하나를 던졌다.

암기가 소리없이 숲 속으로 빨려들었다.

"그런 절기는 나중에 천라지망 속에서 펼치시오."

정반대 쪽에서 자운엽의 목소리가 들려왔다.

"천라지망?"

무영신개가 자운엽의 말을 되뇌었다.

"오는 정이 있으면 가는 정이 있어야지, 그렇지 않소?"

자운엽의 목소리가 조금 멀어져 갔다.

"어, 어딜 가느냐, 이놈아?"

무영신개가 다급한 목소리를 질렀다.

"당신보다 더 간절히 날 만나고 싶어하는 사람이 있어서 말이오. 하
하하!"

자운엽이 호쾌한 웃음을 터뜨렸다.

"그리고 여기 선물을 하나 준비했소. 천라지망을 탈출하며 공력이
달리던 복용하시오. 쿡쿡!"

웃음소리와 함께 미풍이 일며 무영신개를 향해 작은 물체 하나가 날
아왔다.

무영신개가 신속히 손을 뻗어 날아오는 물체를 낚아챘다.

"이, 이건?"

무영신개는 손바닥에 놓인 작은 물체를 향해 얼른 시선을 모았다.

이제껏 온갖 방법으로도 분석을 하지 못했던 약왕의 신단(?) 한 알을

받아 든 무영신개의 눈이 살아온 평생 그 어떤 때보다 더 커졌다.

"당신도 잘 알다시피 이백여 년 전에 이름을 날리던 약왕의 신단이
니 지금 즉시 복용해도 큰 도움이 될 것이오. 그리고 이것은 혹시 필요
할지 몰라 하나 더 만들어놓은 것인데 역시 당신이 가지시오."

좀 더 멀어진 목소리와 함께 이번에는 아까보다 훨씬 더 큰 물체가
무영신개의 발 앞으로 떨어져 내렸다.

그것은 녹이 슬어 원형을 알 수 없는, 신투자의 흔적으로 추정되는
표식만이 보일 듯 말 듯 새겨진 고철덩이였다.

"헛!"

섬전처럼 달려오던 야율사한은 헛바람을 내뱉었다.

바위 모퉁이를 돌자마자 와락 쏟아져 들어온 흑의인의 모습!

자신의 신법으로도 도저히 일정 거리 이상을 좁히지 못했던 흑의인
의 신형이 바로 앞에서 커다랗게 확대되어 눈에 들어왔다.

얼음처럼 차가운 눈빛이 칼날처럼 망막으로 쏘아져 오는 것을 느낀
야율사한은 그 자리에서 얼어붙은 듯 움직일 줄을 몰랐다.

자신이 기대하며 온 힘을 다해 쫓던 놈의 얼굴이 아니었다.

검은 무복 차림에 시퍼렇게 벼리어놓은 한 자루 보검처럼 우뚝 서
있는 사내는 생전 처음 보는 얼굴이었다.

그러나 어딘지 낯설지 않은 눈매!

스쳐 지나가면서라도 본 적이 없는 사내였지만 기억 속에 뚜렷하게
남아 있는 사내의 눈매에 야율사한은 신음을 삼켰다.

그것은 언젠가 현상금을 걸고 뿌려졌던 용모파기 속에 있던 설수연
이란 여인의 눈매였다.

'천마성주의 제자?'

야율사한의 뇌리 한복판으로 기다란 송침(松針) 하나가 지나갔다.

"네놈이 야율사한이냐?"

설수범의 목소리가 사방의 대기를 모두 얼릴 듯 차갑게 울려 퍼졌다.

심혼을 오그라들게 만들 듯이 들려오는 목소리에 야율사한은 한동안 말문을 닫고 설수범의 모습에 시선을 고정시켰다.

또 한 사람의 강적!

자신의 목표가 무림 정복과 함께 야율천하를 이룩하는 것인 이상 언젠가는 마주칠 수밖에 없을 사내였다.

그런 자를 지금 이 자리에서 만났다는 사실이 가슴을 철렁하게 만들었다.

"와하하하하!"

잠시 굳은 표정으로 서 있던 야율사한의 입에서 광소가 터져 나왔다.

상황과는 어울리지 않는, 가슴 저 밑바닥의 찌꺼기까지 다 토해내는 통쾌한 웃음이었다.

한참을 더 미친 듯이 웃던 야율사한은 문득 웃음을 멈추고 설수범에게 다시 시선을 고정시켰다.

"역시 그랬군. 두 사람의 합작이었단 말이지? 긴가민가했는데 정말 그랬어……. 하긴, 누구든 혼자서 서천맹을 상대하기란 무리지. 하하하!"

야율사한은 다시 한 번 광소를 터뜨렸다.

"정말 눈물겹군. 천하제일성인 천마성 성주의 제자가 천한 하인 놈과 합작을 할 것이라고는 차마 생각을 못했어. 하하하!"

야율사한은 너무 재미있어 못 참겠다는 듯 연속해서 웃음을 터뜨렸다.

"겁먹은 개가 가랑이 사이로 말려들어 가려는 꼬리를 억지로 치켜세우며 짖는 격이군!"

설수범 옆으로 날아 내린 정마수호대장 기전강이 살기 짙은 웃음을 흘리며 말했다.

휘익—

휘익—

기전강을 따라 정마수호대 무사들이 속속 날아 내리며 주변을 에워쌌다.

순식간에 철통같은 포위망 속에 갇힌 야율사한의 얼굴이 점점 굳어갔다.

천마성주의 호위대인 정마수호대 사십 명이면 천잠사로 짠 그물이 덮친 것이나 마찬가지였다. 그들만으로도 도주가 쉽지 않을 것이다. 하물며 정마협의 제자라는 저놈까지 합치면 탈출은 도저히 불가능할 것 같았다.

'천한 놈을 믿은 것이 또 한 번의 실수다.'

자운엽을 만나러 온 자리에서 설수범과 천마성 무사들에게 포위당한 야율사한은 내심 중얼거렸다.

설마 이런 함정까지 팔 줄은 몰랐기에 혼자만 온 것이었는데 속았다는 기분이 들었다.

'역시 천한 근본을 가진 놈은 믿지 말아야 했다.'

야율사한은 경직되어 가는 근육을 억지로 이완시키며 모든 신경 조직이 최대한 신속히 반응할 수 있도록 만들었다. 그리고 주변의 상황을 은밀히 살폈다.

"네놈이 데리고 온 떨거지들을 기다리는 모양인데 그놈들은 네놈 목이 세 번 달아나도 이곳으로 올 수 없다."

야율사한의 의중을 파악한 정마수호대 부대장 고염각이 날아 내리며 허연 웃음을 머금고 말했다.

"잘됐나?"

기전강이 고염각을 보고 질문했다.

"물론입니다. 후후! 일렬로 늘어서서 달리던 부하들이 후미부터 차례차려 옆길로 사라지자 그 청년 말대로 거지영감쟁이는 자신과 우리 사이의 거리가 점점 벌어지는 줄 알고 죽을힘을 다해 달려오더군요. 하마터면 꼬리가 잡힐 뻔했습니다. 하여간 경공 하나만큼은 성주님 못지않겠더군요. 하하하!"

무영신개를 가까스로 속여넘긴 고염각이 통쾌한 웃음을 터뜨렸다.

"이젠 저놈의 목을 딸까요?"

정마수호대장 기전강이 챙 하고 검을 빼 들었다.

기전강을 따라 수십여 명의 무사들도 한꺼번에 검을 빼 들었다.

천마성 무사 개개인의 검에서 뻗어져 나온 기운이 찌그러뜨릴 듯 야율사한의 전신을 압박해 들었다.

야율사한은 신속히 진언팔식 최후의 절초인 진언파천의 기운을 십성 끌어올렸다.

섭혼사를 통해 사부 가마릅의 머리 속을 온통 헤집으며 뽑아낸 진언파천의 정화를 한 번에 펼쳐 포위망을 뚫고 빠져나갈 생각이었다.

기전강의 신형이 앞으로 뻗어 나가려는 찰나 설수범의 손이 천천히 들어 올려졌다.

"마음 같아서는 네놈의 목을 내 손으로 직접 베고 싶지만 내가 맡은 역할은 여기까지다."

눈빛만으로도 사람을 죽일 듯 야율사한을 쳐다본 설수범이 등을 돌렸다.

설수범을 따라 정마수호대도 천천히 검을 내리며 연기처럼 사라져 갔다.

"쿡쿡!"

잠시 후 식은땀이 등줄기를 축축이 적시는 야율사한의 귓전으로 한 줄기 소성이 들려왔다.

모퉁이 뒤에서 묵령을 든 자운엽이 빙글거리는 미소와 함께 모습을 드러냈다.

"멈추시오!"

마운자로 더 잘 알려진 화산의 초운자가 급히 신형을 멈추며 손을 들어 올렸다.

뒤를 따르던 소림의 십팔나한과 무당의 옥선 도장 등이 불끈 공력을 운기하여 못 박힌 듯 그 자리에 신형을 세웠다.

"왜?"

무당의 옥선 도장이 초운자를 쳐다보았다.

초운자가 긴장한 눈빛으로 사방을 살폈다.

점점 거리는 더 벌어졌지만 표식은 일정하게 이어져 있었다. 그런데 어느 순간부터 무영신개의 표식이 보이지 않았다.

"이곳은 외길이니 그냥 달려갑시다. 그러다 보면……."

거친 호흡을 애써 가다듬으며 말하던 소림의 공하 대사(公河大師)가 말을 멈추고 얼른 고개를 돌렸다. 옆쪽 숲에서 누군가 급히 달려오는 소리가 들려왔기 때문이다.

"신개, 무영신개이신지요?"

공하 대사가 낮게 소리를 질렀다.

"맹주님이십니까?"

멸혼대주의 목소리가 빠르게 가까워지며 혼신의 힘을 다해 숲을 헤쳐 나오는 멸혼대가 백도무림맹 고수들 앞에 모습을 드러냈다.

"이놈들은?"

어느 순간 숲의 지형이 이상하게 바뀌며 종적을 놓친 야율사한을 찾아 미친 듯이 달려온 서천맹의 멸혼대주는 눈앞에 버티고 선 소림승들을 보며 내심 경호성을 터뜨렸다.

멸혼대주는 황급히 앞을 막은 백도고수들의 신색을 살폈다.

누구 하나 싸운 흔적은 없어 보였다. 이들이 맹주 야율사한과 싸웠다면 아무리 수적으로 우세하다 하더라도 이렇게 멀쩡한 모습일 수는 없을 것이다.

맹주가 이들과 마주친 것은 아니라는 생각에 일단은 안도의 한숨을 내쉬던 멸혼대주는 자신을 향해 쇄도해 드는 경력에 대경하며 신형을 날렸다.

콰앙—

초운자가 뿌린 검기 한줄기가 멸혼대주가 섰던 자리를 웅덩이로 만들었다.

"이놈들이 감히!"

두 눈 가득 마성에 젖은 초운자가 화산검수들과 함께 다시 날아들었다.

"무영신개를 내놓아라!"

초운자의 목소리가 검기와 함께 다시 날아들었다.

"어서 이곳을 청소하고 맹주님을 찾는다. 베어라!"

멸혼대주가 날아드는 초운자의 검을 막으며 고함을 질렀다.

"그렇게는 안 될 일!"

공하 대사가 같이 온 승려들과 함께 나한진을 펼쳤다. 그 옆으로 무당의 옥성 도장도 서교영, 엄한필 등과 함께 한 자루 철검을 뽑아 들며 달려나갔다.

"천라지망 속에 갇혔던 기분이 어떤가? 쿡쿡! 꽤나 짜릿했다는 표정인데…… 하하하!"

자운엽이 통쾌한 웃음을 터뜨리며 야율사한을 쏘아보았다.

진언파천의 초식을 터뜨리기 위해 극성으로 끌어올렸던 기운을 천천히 가라앉히고자 안간힘을 쓰던 야율사한은 비로소 긴 한숨을 내뿜으며 긴장을 풀었다.

"하하!"

가까스로 안정을 찾은 야율사한이 나직한 웃음을 터뜨렸다.

어이가 없었지만 왠지 기분이 좋아졌다.

자신이 천라지망에 갇혔을 때의 기분을 고스란히 느끼게 해주며 나타난 자운엽의 모습에 야율사한은 당했다는 기분에 앞서 통쾌한 기분이 들었다.

그리고 자신의 믿음이 무너지지 않았다는 데 또 한 번 기분이 좋아졌다.

"모두 자네 작품인가?"

다시 한 번의 운기로 진탕되는 내부를 다스린 야율사한이 자운엽을 향해 물었다.

"밑그림은 내가 그렸지. 부분부분 정밀도를 요하는 곳은 좀 전에 만난 그 사람이 도왔고…… 그리고… 마무리는 당신이 했다고 해야겠지?"

자운엽이 의미심장한 눈빛으로 야율사한을 쳐다보았다.

"와하하하! 자네, 그걸 알고 있었나?"

자운엽의 말에 야율사한이 숲이 울릴 정도로 큰 웃음을 터뜨렸다.

"정말 재미있어! 정말 멋진 친구야 자네는……."

유쾌한 웃음을 멈춘 야율사한이 크게 고개를 끄덕이며 자운엽을 쳐다보았다.

"어느 순간부터 자네 작품이라는 냄새가 풍기더군. 물론 처음에는 몰랐지. 자네 작품이라고 생각하기엔 그 신단이 마음에 걸렸으니까. 우리 맹의 약전에서도 혀를 내두르는 물건이라면 약왕의 것이 틀림없다고 생각했으니까 말이야. 그 때문에 초반에는 머리가 아팠지."

야율사한이 미간을 찌푸리며 고개를 설레설레 흔들었다.

"이것 말인가?"

자운엽이 손끝으로 한 알의 환단을 튕겼다.

휘익—

야율사한이 날아오는 환단을 받아 가볍게 손바닥 위에 올려놓았다.

"맞아, 이것이야! 이것만 아니었다면 썩은 고철덩어리 정도야 무시해 버리면 그만이었는데… 이놈 때문에 머리가 많이 아팠지. 정말 약왕의 것은 아니겠지?"

야율사한은 마지막 한 가닥 의심은 버릴 수 없었는지 눈을 가늘게 뜨며 질문을 던졌다.

"앞으로 약왕의 신단은 그것 때문에 잊혀질 것 같군."

자운엽이 짤막하게 답했다.

"그렇다면 자네가 이걸 만들었단 말인가?"

야율사한이 설마 하는 표정으로 자운엽을 쳐다보았다.

"약왕이 몇백 년 동안 명성을 잃지 않은 신의이긴 하지만 내 사부님에 비할 바가 아니지. 그 신단은 내 사부님의 작품을 분석해 당신이 그렇게 보고 싶어하던 설수연이란 여인이 자신의 방법으로 만들었지."

설수연이란 말에 야율사한의 표정이 순간적으로 굳어지는 듯했다.

그러나 순식간에 원래의 표정으로 돌아온 야율사한이 미소를 지었다.

"그런가? 맞아, 그랬지. 그 여인은 의술에 조예가 깊다고……. 하지만 이 정도인 줄은 몰랐군. 아름다운 여인이 그런 능력까지 있다니……."

야율사한의 목소리에 숨길 수 없는 질투심 한 가닥이 스며 나왔다.

"그럼 자네가 일으킨 유성검문은 그 환단으로 무장할 테니 앞으로 우리가 가장 경계해야 할 곳이 되겠군. 참고로 하겠네."

야율사한이 다짐하듯 말했다.

"당신에게 앞으로 무엇을 참고로 할 기회는 없을 텐데……. 그리고 세상일이 그렇게 간단하다면 천하의 모든 무인이 고수 아닌 사람이 어디 있겠나. 그 신단을 만들려면 내 피를 한 사발씩 뽑아야 하지. 아름다운 여인이지만 피를 뽑으려 다가올 때는 도망치고 싶더군. 그래서 이젠 웬만하면 사양이야."

자운엽이 슬쩍 인상을 쓰며 말했다.

"하하! 그런가? 그렇다면 다행이군. 어쨌든 그것으로 모든 사람들을 속였으니 충분히 제값을 했네."

야율사한은 손바닥에 든 환단을 도로 자운엽에게 튕겨주며 말했다.

"하지만 최종적으로 당신이 협조해 주지 않았다면 불가능한 일이었지. 그런 면에서는 고맙다고 해야 하나?"

자운엽이 환단을 다시 품속에 넣으며 씨익 웃었다.

"아닐세! 나 역시 자네의 방해로 점차 지리멸렬해 가는 싸움이 슬슬 짜증나던 참이었네. 그런 차에 자네가 이런 자리를 만들어주니 반가웠어. 어떻게 하면 놈들을 한곳에 끌어 모아 일망타진할까 궁리 중이었기에 자네의 작품에 마지막 손질을 하며 모른 척 움직여 준 것이지. 그건 뻔히 알면서도 그렇게 움직일 수밖에 없도록 상황을 만든 자네의 능력이지. 예상대로 백도의 멍청이들은 지금 이곳에 모여 일망타진되고 있지 않은가? 하하! 그러고 보면 우리 멋진 동업자야. 안 그런가?"

야율사한이 함성과 비명이 들려오는 들판 쪽을 바라보며 상쾌한 웃음을 터뜨렸다.

"이젠 그만 만나게 해주게."

웃음을 멈춘 야율사한이 정색을 하고 말했다.

"누굴 말인가?"

자운엽이 시침을 떼며 대꾸했다.

"하하! 정말 이러긴가? 내게 보낸 돌멩이에서 약속하지 않았던가?"

야율사한이 섭섭하다는 표정으로 말했다.

"글쎄? 난 뭘 약속했는지 모르겠는데…… 그 내용은 한자도 빠뜨리지 않고 기억하지만."

자운엽이 무슨 말인지 모르겠다는 표정으로 고개를 흔들었다.

"역시 자네답군. 그 돌멩이에 쓰인 내용만 보면 그런 말이 없었지. 그러나 행간을 읽어보면 그녀를 만나게 해준다는 뜻이 숨어 있더군. 물론 자네가 딱 잡아뗀다면 할 수 없는 일이지. 직접적으로는 그런 말을 쓰진 않았으니까. 하지만… 최소한 우리끼린 그게 통할 줄 알았는데…… 역시 내가 자넬 너무 과대평가했었나?"

야율사한이 입맛을 다셨다.

그때 숲 한쪽의 모양이 변하며 두 명의 여인이 모습을 드러냈다.

고개를 돌려 한 여인을 쳐다보는 야율사한의 눈이 한동안 고정되어 움직일 줄을 몰랐다.

"오히려 실망이군!"

잠시 후 설수연의 얼굴에서 시선을 돌린 야율사한이 다시 자운엽을 쳐다보며 말했다.

"솔직히 난 자네가 약속을 지키지 않기를 바랐었네. 아무리 어려운 상황이라 할지라도 저런 여인을 미끼로 이용하는 사내라면 정말 실망일세."

야율사한의 입가에 희미한 조소가 걸렸다.

"나 역시 그렇지. 당신 따위를 잡으려 미끼로 이용하느니 차라리 모든 걸 털어버리고 세외로 사라지는 것이 나으니까. 하지만 저 여인이 그러더군. 당신의 최후를 보고 싶다고……. 모든 것을 양보하고 내가 하자는 대로 하는 여인이지만, 꼭 고집을 피워야 할 때는 하늘이 무너져도 굽히지 않는 성격이라서 말이야. 그리고 다른 한 여인은 당신의 팔을 직접 자르고 싶다고 해서 같이 왔고……."

자운엽이 다가오는 설수연과 북미를 쳐다보며 말했다.

"하하하! 동상이몽도 이쯤 되면 예술이군. 어쨌든 자네를 처치하고 나서 찾아 나서는 수고는 덜었군."

야율사한은 슬쩍 고개를 돌려 다시 설수연을 쳐다보았다.

"목이 몸뚱이 위에 붙어 있는 동안 마음껏 떠들어라. 주둥이마저 썩어 문드러지면 떠들고 싶어도 안 될 테니까!"

북미가 표독스런 표정으로 야율사한을 쳐다보며 소리를 질렀다.

예전에 자신의 한 팔을 부순 것과 똑같은 묵환이 야율사한의 양 팔목에 걸려 있는 것을 본 그녀의 눈은 당장이라도 검을 빼 들고 달려들 듯 활활 타올랐다.

"명이 질기군. 강물 속에서도 살아 나오고, 청룡 사형의 손아귀에서도 살아 나오다니⋯⋯. 하지만 잠시 후면 전리품이 되겠지?"

북미에게서 시선을 돌린 야율사한이 다시 설수연을 쳐다보았다.

짧은 순간 두 사람의 시선이 허공에서 얽혔다.

심연처럼 깊은 설수연의 눈빛을 대한 야율사한의 눈이 미미하게 흔들렸다.

자신의 눈빛을 받고도 작은 물결 하나 일지 않는 잔잔한 수면은 도저히 깊이를 헤아리기 힘들었다.

아구런 생각이 깃들어 있지 않은 듯하면서도 한 마리 가련한 짐승을 쳐다보는 듯한 눈빛에 야율사한은 천천히 미소를 지었다.

"내 청혼은 아직 유효하오. 그 자리에서 한 발만 옆으로 비켜서면 승낙한 것으로 인정하겠소."

설수연의 눈에서 흘러나오던 가련한 빛이 조금 더 짙어졌다. 또한 설수연의 발은 그 자리에 못 박힌 듯 꼼짝도 하지 않았다.

여전히 그 자리에 선 채 한 마리 미물을 쳐다보는 듯한 설수연의 눈빛을 대한 야율사한은 혈기가 서서히 머리로 치받아 오르는 기분을 느꼈다.

"하인 놈에 대한 동정심 때문에 전리품으로 전락하는 어리석은 여인인 줄은 몰랐소. 후후!"

질투심이 은은하게 물든 야율사한의 얼굴에 잔인한 웃음이 번져 나갔다.

"동정심은 당신 같은 사람들에게나 필요한 것이지요."

이제껏 굳게 다물어져 있던 설수연의 입술에서 나직한 목소리가 흘러나왔다.

멀리서 들려오는 비명 소리와 병장기 부딪치는 소리들을 말끔하게 씻어내어 마음까지 환하게 해주는 목소리였지만, 그 속에는 어떤 회초리보다도 더한 준엄함이 깃들어 있었다.

"자신의 모든 것을 걸고 폭풍처럼 다가오는 사내에게 동정심을 느끼는 여자는 세상에 아무도 없어요. 당신 같은 인간들에겐 죽고 나면 한 평밖에 못 가질 땅덩어리가 더 중요하고, 바람 한번 불면 흩어질 헛된 명성이 더 중요하겠지요. 그런 사내들에게 여자는 진정으로 동정심을 느끼지요."

설수연의 목소리에 깊은 동정심이 서려 있었다.

"와하하하!"

잠시 검미를 꿈틀거리던 야율사한이 대소를 터뜨렸다.

"그런 것을 보고 근본의 차이라 하는 것이오. 하인 놈에겐 주인집 상전 아가씨면 만사형통이지, 뭘 더 바라겠소. 천하니 세상이니 하는 것을 언감생심 꿈이나 꾸겠소? 하하하!"

야율사한이 다시 한 번 대소를 터뜨렸다.

지금까지 설수연의 눈빛을 대하며 느낀 왠지 모를 패배감을 떨쳐 버리려는 듯 야율사한의 웃음소리는 한층 더 크게 울려 퍼졌다.

그런 야율사한을 쳐다보는 설수연의 눈빛에 동정심을 넘어선 빛이 어려갔다.

잠시 더 그런 눈빛으로 야율사한을 쳐다보던 설수연이 입술을 움직였다.

"어쩐지 내겐 당신의 그 웃음소리가 절규로 들리는군요. 운랑이 마음만 먹는다면 당신이 기를 쓰고 차지하려고 하는 것보다 배는 더 가질 수 있다는 것을 이젠 당신도 잘 알 테죠? 호쾌한 척 웃음을 터뜨려도 자기 자신까지 속일 수는 없을 테니까요……. 하인이니, 근본이니 하는 달들까지 내뱉으며 상대를 깎아내리면 자신의 우월함이 돋보이게 된다고 생각하는 모양이지만, 그것 역시 나에겐 약한 자의 필사적인 몸부림으로밖에 여겨지지 않는군요. 진정으로 강한 사람은 어떤 상황에서도 그런 식의 말은 하지 않죠."

설수연이 이젠 한줄기 경멸까지 어린 눈빛으로 야율사한을 쳐다보았다.

설수연의 말에 야율사한은 말문이 막힌 듯 입을 다물었다. 그리고 미간을 찌푸리며 설수연이 말한 운랑이라는 말을 되뇌었다.

"애초에 진흙탕 속에서 태어나고, 그렇게 자란 당신 같은 사람에겐 더 이상 무슨 말을 해도 소용없을 것 같으니 결론을 지어야겠군요. 여자는 본능적으로 강한 사내에게 이끌리지요. 그래서 난 이 자리에서 한 발짝도 움직일 수 없군요."

품에 간직하고 있던 비수를 모두 던진 설수연이 굳게 입을 다물었다.

“후후! 좋아, 좋아! 그 정도는 되어야지. 그래야 내가 여기까지 단신
으로 달려온 보람이 있지.”

이를 허옇게 드러내며 웃은 야율사한이 천천히 팔을 늘어뜨렸다.

검은색 묵환 두 개가 손목을 타고 흘러내리며 손아귀에 쥐어졌다.

“벌써 일패를 기록한 것 같은데 더 싸울 기력이 남아 있기는 한가?”

자운엽도 씨익 이를 드러내며 묵령을 뽑아 들었다.

“이젠 발을 떼어도 되니 옆으로 피해 있으시오, 수연!”

운랑이란 말에 이어 수연이란 자운엽의 말에 야율사한의 검미가 다
시 한 번 요동쳤다.

북미가 얼른 그 자리에서 영원히 한 발짝도 움직이지 않겠다는 듯
서 있는 설수연을 이끌고 옆으로 물러났고 자운엽과 야율사한이 한 발
씩 서로를 향해 다가섰다.

◆ 제113장

대결

두 사람 사이에 압축된 공기가 회오리를 일으키며 허공으로 치솟았다.

묵환과 묵검에서 뻗어 나오는 으르렁거림에 회오리와 함께 치솟던 나뭇잎들이 기겁을 하고 아예 저 멀리 도망을 쳤다.

"검이 바뀌었군."

야율사한이 묵령을 쳐다보며 말했다.

"이게 겁이 난다면 예전의 검으로 상대해 줄 수도 있지."

자운엽이 자신만만하게 답하며 슬쩍 묵령을 흔들었다.

묵령의 끝에서 소리없이 발출된 기운이 야율사한의 손에 들린 묵환을 향해 뻗어 나가 묵환을 무겁게 눌러갔다.

이제껏 총통에서 뻗어 나가던 탄환처럼 쏘아져 나가기만 하던 혈접쇄풍의 기운이 한 단계 더 성취를 이루며 검의 일부처럼 길게 손을 뻗어 야율사한의 묵환을 어루만졌다.

흠칫 놀란 야율사한이 불끈 내력을 끌어올려 혈접쇄풍의 기운에 대항해 나갔다.

보이지도, 들리지도 않으면서 어느새 묵환을 누르고 있는 무형의 기운은 곧바로 손목을 자르고 올라와 가슴까지 한꺼번에 가를 수도 있을 것 같았다.

야율사한의 눈빛이 미미하게 흔들렸다.

들고 있던 검만 바뀐 것이 아니었다.

검에서 뻗어 나오는 기운은 예전 천라지망에서 빠져나와 마주친 그때의 기운이 아니었다.

청룡당주를 죽이고 호교사령주와 오령주를 한꺼번에 죽인 놈이니 괄목할 만한 발전이 있었으리라 예상했지만, 직접 느껴보니 오히려 예상 이상의 성취가 있은 것 같았다.

천천히 야율사한의 입가에 미소가 어려갔다.

사부에게서 뽑아낸 진언팔식의 마지막 힘인 진언파천을 하루빨리 제대로 된 상대에게 뿌려보고 싶었다. 하지만 너무 강한 힘이기에 상대를 찾을 수 없을 줄 알았는데 이 정도의 상대라면 아무 아쉬움 없이 뿌릴 수 있을 것 같았다.

"좋아, 좋아! 자넨 정말 마음에 드는 친구야. 처음 만나는 순간부터 그랬지. 하하!"

만족한 웃음을 터뜨린 야율사한은 묵환을 쥔 손을 슬쩍 흔들었다.

묵령에서 뻗어오는 기운에 대항해 묵환에서도 한 가닥 기운이 서서히 앞으로 뻗어 나갔다.

찌이잉─

강철판을 찢어내는 듯한 음향이 울려 퍼지며 두 개의 기운이 점점 더 거세게 서로를 향해 밀고 나갔다.

천천히 두 사람 사이의 중앙까지 밀고 나온 묵환의 기운은 더 이상 전진하지 못하고 대기를 일그러뜨리고 있었다.

더 이상은 아무리 내력을 끌어올려도 소용없다고 느낀 야율사한은 묵환에 불어넣던 공력을 천천히 거두어들였다.

절정고수끼리의 이심전심일까?

묵령에서 뻗어 나오던 공력도 더 이상 자신을 향해 뻗어오지 않고 서서히 거두어져 갔다. 그걸 느낀 야율사한의 미소가 더 짙어졌다.

"하얏!"

기합성과 함께 야율사한이 묵환을 든 손을 쭈욱 뻗었다.

손바닥만한 묵환이 점점 커지며 종국에는 사람 하나를 완전히 가두어 버릴 만큼 커다랗게 팽창된 푸르스름한 빛깔의 원 하나가 자운엽의 신형을 덮쳐 갔다. 마치 밀종대수인의 손바닥이 묵환으로 바뀌어 날아드는 것 같았다.

온몸을 가둘 듯 날아드는 커다란 원을 바라보던 자운엽은 묵령을 한 바퀴 크게 휘둘렀다.

묵령에서 둥글게 원을 그리며 뻗어 나간 기운이 야율사한이 뿌린 기운에 부딪쳐 나갔다.

콰앙—

굉음과 함께 덮칠 듯 다가오던 묵환의 환영이 사라지고 그 속에서 실체인 묵환이 자운엽의 심장을 향해 쾌속하게 날아왔다.

앞으로 찔러 나가던 묵령이 호선을 그리며 날아오는 묵환을 잘라갔다.

까앙—

커다란 붓으로 일필휘지의 획을 긋듯 그어가는 혈접무한의 초식에 섬전처럼 날아오던 묵환이 돌풍에 휩쓸린 나뭇잎처럼 허공으로 튕겨 올랐다.

속절없이 튕겨서 되돌아오는 묵환을 손에 잡은 야율사한의 표정이 일순 딱딱하게 굳어졌다.

거암이라도 두 조각 낼 듯한 힘이 실린 묵환이 이처럼 가볍게 되돌아올 줄은 상상하지 못한 일이었다.

직선으로 날아간 듯하지만 환영 뒤에 모습을 숨긴 채 종횡으로 수십 변을 일으키며 날아간 묵환의 궤적을 제대로 꿰뚫는 것도 쉬운 일이 아니리라 생각했는데 묵환은 너무나 가볍게 되돌아왔다.

야율사한은 묵환의 표면 한곳에 선명하게 찍힌 무인검의 자국을 보며 눈을 가늘게 떴다.

검은 표면이 시퍼렇게 변색되며 움푹 파인 묵환은 얼마나 더 제구실을 할지 의문이 들었다.

"이번에는 내 차례인가?"

묵환의 공격을 쳐낸 자운엽이 빠르게 손목을 움직였다.

수십 마리의 나비가 춤을 추며 야율사한의 요혈을 노리고 날아들었다.

아름답다는 생각이 들 정도로 현란한 날갯짓 속에 숨어 있는 치명적인 기운을 느낀 야율사한은 들고 있던 묵환을 권갑(拳甲)처럼 손아귀에 끼우며 둥글게 양팔을 휘둘렀다.

야율사한의 신형 주변으로 묵환에 의한 강기막이 형성되며 날아드는 나비의 날개들을 차단했다.

파파파파팡—

날개 숫자만큼의 파공음이 울리며 강기막이 출렁 흔들렸다.

그 위로 다시 나비의 날개들이 쏟아져 들었다.

출렁거리던 강기막이 재차 펼쳐진 혈접난무의 초식에 호두 껍질처럼 곳곳이 찌그러지기 시작했다.

찌이잉—

고막을 울리는 파열음과 함께 야율사한의 신형을 보호하고 있던 강기막에 서서히 금이 갔다.

양팔을 활짝 벌려 공력을 주입하고 있던 야율사한의 눈이 크게 뜨여졌다.

가벼운 나비의 날갯짓이 철벽같은 강기막을 무섭게 파고들어 끝내는 찢어발기고 있었다.

"여전에 네놈의 그 강기막에 부딪쳐 호구가 찢어질 듯한 고통을 맛보았지!"

나지막하게 중얼거린 자운엽이 비조처럼 신형을 날렸다.

급전직하로 떨어지는 자운엽이 대지를 가를 듯이 묵령을 수직으로 그었다.

묵령에서 쭈욱 뻗어 나온 새하얀 광채가 금이 가고 있는 강기막을 향해 사정없이 떨어져 내렸다.

재차 충격을 받은 묵환 하나가 결국 부서져 나가며 야율사한이 급히 신형을 날렸다.

야율사한이 섰던 자리에 포탄이 터지는 듯한 폭음과 함께 흙먼지가 사방으로 솟구쳐 올랐다.

낭패한 몰골의 야율사한이 어이없는 표정으로 자신의 왼쪽 팔을 내려다보았다.

조각난 묵환을 든 왼손 손목 위로 무복이 너덜하게 변해 있었고, 그
곳에서 매캐한 연기가 피어올랐다.

손목에서 눈을 옮긴 야율사한은 손에 들린 묵환의 남은 조각을 쳐다
보았다.

나뭇가지가 부러지듯 거칠게 부서져 나간 자국은 매끈하게 잘려 나
간 자리보다 더 큰 경각심을 느끼게 만들었다.

매끈하게 잘려 나갔다면 그건 병기의 효용에 의한 것이니 그럴 수도
있다고 생각하겠지만 만년한철로 만들어진 묵환이 나뭇조각 부서지듯
떨어져 나간 것은 오로지 내력에 의한 것이었다.

자운엽이 의도적으로 내력만으로 자신의 묵환을 부러뜨려 버린 것
이라는 생각에 야율사한은 가슴 밑바닥에서 서서히 노기가 끓어오름을
느꼈다.

상대의 힘에 의해 자신의 병기가 싹둑 잘려 나가는 것은 무인에게
있어 최고의 치욕이 아니던가?

절체절명의 순간을 맞아 병기의 파손을 감수하고라도 마지막 절초
를 쏟아 붓는 상황이라면 모를까, 겨우 몇 초 겨루어보기도 전에 이런
결과는 어쩔 수 없는 분노를 자아내게 만들었다.

"후후, 묵환이야 언제든 다시 만들 수 있지. 어디 이번에도 깨뜨릴
수 있나 볼까?"

파손된 한 개의 묵환을 바닥에 던져 버린 야율사한은 남은 한 개의
묵환을 손아귀에 감추었다.

야율사한의 팔이 흐릿하게 사라지는가 싶더니 한줄기 바람 소리와
함께 자운엽을 향해 쭈욱 앞으로 뻗어 나갔다. 그리고 어느 정도의 거

리가 좁혀지자 뻗어 나가던 팔이 어지럽게 흔들렸다.

츠츠츠츠—

온몸의 털이 곤두서게 하는 음향과 함께 야율사한의 손아귀에 감춰져 있던 묵환이 번쩍 눈을 뜨며 쏟아져 나왔다.

환영산화(環影散花)의 초식이 펼쳐지며 수십 개의 묵환이 각기 다른 각도로 자운엽을 향해 날아들었다.

천수관음(千手觀音)의 손에서 각각 던져진 것처럼 사방에서 한꺼번에 날아드는 묵환은 어느 것이 허상이고, 어느 것이 실상인지 도저히 분간이 되지 않았다.

'역시 이놈은 청룡당주보다 훨씬 강하다!'

쇄도해 드는 묵환의 그림자를 보며 자운엽은 내심 중얼거렸다.

전신으로 날아드는 묵환의 공격은 예전 공야세가에서 싸우던 청룡당주의 수법과 맥을 같이했다. 그때 청룡당주의 공격 역시 한 개의 손바닥이 수십 개로 변하며 각각의 손바닥이 전신 요혈을 동시에 공격해 들었다. 그리고 그 손바닥은 어느 것 하나 허상이 아니었다.

야율사한의 손에서 뻗어오는 묵환 역시 그런 힘이 서려 있었지만 그보다는 훨씬 엄중하고 변화가 심했다. 그때처럼 혈접난무의 초식으로 같이 마주쳐 나갔다가는 한 개 정도는 놓칠 것 같은 본능적인 예감이 든 자운엽은 혈접검법 제사초 혈접장신의 초식을 펼쳤다.

나비의 날개 속에 완벽히 자신의 신형을 감추는 혈접장신의 초식이 펼쳐지자 자운엽의 모습은 검은색 날개 속으로 완전히 사라졌다.

강한 내력이 동반된 혈접장신은 예전과는 비교할 수 없는 두터운 방어막이었고, 바람 한 점 스며들 수 없을 것 같은 엄밀함이 내포되어 있었다.

여러 개의 폭음과 함께 묵환의 그림자가 단 한 개도 혈접장신의 방어막을 뚫지 못하고 튕겨 나왔다.

그걸 본 야율사한의 입술이 보일 듯 말 듯 움직이며 입술 사이로 낮은 주문이 흘러나왔다.

순간, 사방으로 튀어 올라 흩어져 가던 작은 묵환들이 하나로 합쳐지며 핏빛으로 물들었다.

묵환이 완전히 혈환(血環)으로 바뀌었을 때 야율사한이 우수를 쭈욱 뻗었다.

무거운 진동음과 함께 핏빛 고리가 혈접장신의 둥근 막을 향해 쏘아졌다.

콰앙—

산이 무너질 듯 폭음과 함께 혈환과 혈접장신의 방어막이 동시에 깨어지며 두 사람의 신형이 각각 몇 걸음씩 뒤로 물러났다.

"정말 호적수로군. 이런 반탄력은 처음이야!"

머리카락이 온통 흐트러진 야율사한이 비슷한 몰골의 자운엽을 보며 중얼거렸다.

"한 개의 묵환으로 별 재주를 다 부리는군."

안색이 창백해진 자운엽도 설레설레 고개를 흔들며 중얼거렸다.

"하하!"

자운엽의 목소리를 들은 야율사한이 웃음을 터뜨렸다.

어떤 상황에서라도 결코 기가 꺾이지 않는 자운엽의 모습에 웃음이 흘러나온 것이다.

"이번 격돌은 무승부였나?"

이마에 한줄기 땀이 흐른 야율사한이 자운엽을 응시하며 말했다.

"글쎄… 난 아직 땀도 안 흐르는 걸 보니 당신이 진 것 같은데……."

자운엽이 입술을 슬쩍 비틀며 땀이 송골송골 맺힌 야율사한의 이마를 쳐다보았다.

"그새 그것까지 봤군. 하긴 그래야 사중협의 제자답지. 그럼 이젠 본격적으로 시작하지."

미소를 지운 야율사한이 남은 한 개의 묵환마저 바닥에 던졌다. 그리고는 자운엽을 향해 안광을 폭사시켰다.

"정말 마음에 드는 친구였는데 이렇게 죽이긴 아깝구만. 어떤가? 지금이라도 마음을 돌려 나와 손을 잡는다면 세상의 반을 주겠네. 자네와 함께라면 일 년 안에 세상은 우리 것이 될 걸세."

야율사한이 천천히 팔을 늘어뜨리며 자운엽에게 제의했다.

"세상을 차지하니 뭐니 하는 건 내겐 별 의미가 없는 말인데… 당신에겐 아주 중요한 일 같군. 그게 어째서 그렇게 중요한지 날 설득시킬 수 있다면 한 번쯤 생각해 보지."

자운엽이 피식 실소를 흘리며 답했다.

"세상의 주인이 되고 나면 모든 사람들이 내 앞에서 고개를 숙이며 경배하지. 남녀노소, 문무백관, 백만황군… 모두가 내 말 한마디에 진흙탕 속을 뒹굴 수도 있고, 죽을 수도 있지. 사내로 태어나 이 정도는 해봐야 하지 않겠나?"

야율사한이 의기양양하게 말했다.

"모든 사람이 그렇게 고개를 숙이고 당신을 경배하면 당신 수명이 그에 비례해서 늘어나기라도 하는 건가?"

자운엽이 무척 궁금하다는 표정으로 질문하며 야율사한을 응시했다.

“그건…….”

“아닌 모양이군. 그렇다면 군이 세상을 차지해도 큰 재미를 못 보는 것 아닌가? 그 사람들 경배를 받느라 용상(龍床)인지 뭔지 하는 의자에 갇혀서 하고 싶은 것도 제대로 못하고, 가고 싶은 곳도 제대로 못 가볼 테니 오히려 더 비참해질 것 같은데……?”

“와하하하!”

자운엽의 대답에 야율사한은 어이가 없는지 잠시 멍하니 자운엽을 쳐다보다가 창자가 쏟아져 나올 정도로 대소를 터뜨렸다.

한참을 웃고 난 야율사한은 애써 웃음을 멈추며 다시 입술을 움직였다.

“역시 재미있는 친구야, 자네는. 그런 생각은 한 번도 못해봤거든…….”

야율사한이 다시 한 번 웃음을 터뜨렸다.

“그럼 자넨 왜 그렇게 미친 듯이 검을 익혔나? 그리고 그런 검을 익혔으면 그만한 보상을 받고 싶지 않나?”

이번에는 야율사한이 궁금한 표정으로 자운엽의 입술을 쳐다보았다.

“이 자리에서 당신을 죽이고 보상을 받을 생각이지. 당신과 달리, 내가 가고 싶을 때 내가 가고 싶은 곳 어디라도 갈 수 있다면 난 그것이 세상을 다 얻은 것이라 생각하지. 당신만 베고 나면 그게 완전히 가능할 테고.”

자운엽이 휘리릭 하고 묵령을 한 바퀴 돌렸다.

“역시 근본… 아니, 생각이 좁은 친구로구만!”

야율사한이 어쩔 수 없다는 표정으로 입을 다물었다. 그리고 보일 듯 말 듯한 한줄기 조소를 입술 끝에 피워 올렸다.

자운엽의 입가에도 한줄기 조소가 피어올랐다.

"네놈은 썩은 냄새를 풀풀 풍기는 인간들 사이에 놓인 한 평의 공간을 차지하기 위해 지금껏 달려왔고, 난 난초 향 가득한 드넓은 들판을 차지하기 위해 지금껏 달려왔지. 누구의 세상이 더 넓은지는 이 검이 증명하 주겠지."

자운엽은 더 이상 하고 싶은 말이 없다는 표정으로 묵령을 비스듬히 늘어뜨렸다.

"허억!"

다시 측면에서 날아드는 검을 보며 무영신개는 다급성을 질렀다.

쉴 새 없이 쏟아지는 놈들의 공격에 온몸이 피투성이가 되었지만 바람도 놀랄 만한 경공술과 자운엽이 던져 준 신단 한 알이 아직까지 목숨을 지탱해 주고 있었다.

파앗—

최대한 신속히 신형을 틀었지만 날아드는 검은 허벅지 한곳을 베고 지나갔다.

무영신개는 이를 악물며 바닥으로 몸을 굴렸다.

다시 몇 개의 검들이 무영신개가 굴렀던 땅바닥을 쑤시며 흙을 퍼 올렸다.

천라지망!

온통 뒤엉킨 생각들을 재정리하며 진을 빠져나온 곳은 적진 한가운데였다.

어쩌다 이곳까지 오게 되었는지 생각할 겨를도 없이 서천맹 놈들은 천라지망을 펼치며 사정없이 자신을 향해 도검을 휘둘렀다.

온몸 곳곳에 성한 곳이 없을 정도로 상처가 났지만 그걸 돌볼 틈도 없었다.

'마지막인가?'

무영신개는 구르던 자세 그대로 땅을 박차며 절망했다.

조금 전 허벅지에 입은 상처 때문에 명줄이나 마찬가지인 경공이 제대로 펼쳐지지 않았다. 그럼 생각 그대로 마지막인 것이다.

휘익─

다시 한 개의 검이 목을 향해 떨어져 내렸다.

죽을힘을 다해 가까스로 피했지만 연이어 날아드는 장도 하나는 피할 도리가 없었다.

무영신개는 눈을 질끈 감았다.

놈의 말대로 천라지망에 갇혀 펼치라던 절기는 다 펼쳤고, 놈이 준 신단까지 복용하며 여태 버텼지만 이젠 끝이었다.

음지로만 돌아다니며 한 일도 많았지만, 아직 해야 할 일이 많은데 이곳에서 뼈를 묻는다는 것이 너무 한스러웠다. 그러나 마음을 정하고 나니 그 모든 것이 한 줌 먼지처럼 부질없었다.

무엇을 위해 그동안 숨이 턱에 찰 때까지 달렸는지, 무엇을 위해 수많은 개방 제자들의 목숨을 한 장의 밀지와 바꿨는가 하는 회의만 밀려왔다.

'더럽게도 느리구만!'

여태껏 숨도 제대로 쉬지 못할 정도로 빠르게 날아들던 놈들의 무기가 마지막 순간만큼은 너무 늦게 날아든다는 느낌을 받았다.

목으로 날아드는 장도를 기다리던 무영신개는 이곳저곳에서 들리는 비명 스리에 얼른 눈을 떴다.

'천마성?'

자신의 목숨이 아직 붙어 있는 이유는 이들 때문이었다.

바람처럼 치고 나가는 사내들은 천마성의 정마수호대와 적룡대라 불리는 무사들이었다.

파앙—

제일 선두에 선 청년의 손에서 뿜어져 나온 강기에 여러 명의 서천 맹 사내들이 끈 떨어진 연처럼 날아갔다.

"천마성주의 제자!"

무영신개는 신음을 삼켰다.

고수들을 대동하고 기필코 잡으려 했던 천마성주의 제자!

그에게서 오히려 목숨을 구원받고 있었다.

그러니 그가 신음을 흘린 이유는 자신의 그런 생각이 얼마나 어리석 었는가를 알았기 때문이었다. 서천맹과의 혈전 중이라 더 이상의 고수 들을 빼낼 수 없어 그들만으로 천마성주의 제자를 쫓았지만, 지금 보니 두 배의 인원을 대동해도 힘들 것 같았다.

일단은 목숨을 건졌다고 생각한 무영신개는 즉시 신형을 움직였다.

자신에게 있어 서천맹이든 천마성이든 위험하기는 매한가지였다. 이놈들이 자신에게 주의를 돌리기 전에 사라지는 것이 상책이었다.

"살려줬으면 고맙다는 인사 정도는 하고 가야 하지 않소, 거지영 감?"

소리없이 빠져나가는 무영신개의 뒤통수를 향해 고염각이 소리를 질렀다.

그 소리에 무영신개는 얼어붙은 듯 땅에 다리를 고정시켰다.

"그리고 어떤 청년이 혹시라도 다시 당신을 만나면 기분이 어떻더냐고 꼭 물어봐 달라더군."

고염각이 재밌다는 듯 소리를 질렀다.

"쓸데없는 장난 그만 하고 어서 가세. 소주께서 벌써 사라지고 있지 않은가?"

한 명의 서천맹 사내를 더 베어 넘긴 기전강이 고염각을 향해 소리를 질렀다.

"이크! 어느새……? 뒤는 자네들 다섯이 맡고 모두 따르게."

고염각이 다급하게 지시하며 기전강을 따라 몸을 날렸다.

언덕 위로 올라선 설수범은 이글거리는 눈빛으로 아래를 내려다보았다. 들판 곳곳에서 전면전이 벌어지고 있었지만 자신이 찾는 사람은 보이지 않았다.

설수범은 잠시 호흡을 가다듬으며 그림자처럼 자신 뒤를 따라온 사내들을 쳐다보았다.

이곳까지 치달려오며 정마수호대원과 적룡대원 여럿을 잃었다. 남은 인원으로 놈들을 모두 처치하고 자신이 찾는 자를 쓰러뜨릴 수 있을지는 미지수였다.

어쩌면 자신을 포함해 한 명도 남지 않고 전멸할지도 모를 일이었다.

설수범은 흔들리는 시선으로 다시 한 번 천마성의 무사들을 쳐다보았다.

'과연 내게 이럴 권리가 있는가?'

설수범은 가슴속으로 자문해 보았다.

천마성주의 호위대와 천마성 내성을 지키는 적룡대를 자신의 개인적 복수를 위해 죽음의 구렁텅이로 몰고 들어간다는 것은 쉽게 결정할 수 없는 문제였다.

아두리 자신이 천마성주의 제자라도 이 순간만큼은 망설여졌다.

설수범은 긴 한숨을 내쉬었다.

"명령을 내리십시오, 소주! 우린 소주를 위해 죽으라는 성주님의 명을 받은 사람들입니다."

설수범의 마음을 읽은 기전강이 묵직한 음성으로 말했다.

"그렇습니다, 소주. 저들은 소주의 원수이기도 하지만 겁도 없이 천마성의 코털을 뽑은 놈들입니다. 응분의 처벌이 따라야지요."

고염각도 콧김을 내뿜으며 목소리를 높였다.

"고맙소. 모두…… 살아남으시오!"

도저히 불가능한 명령을 내리며 몸을 날리려던 설수범은 흠칫 신형을 굳혔다.

같이 언덕 아래로 쏘아지려던 기전강도 즉시 신형을 돌리며 손을 흔들어 경계 태세를 갖추었다.

"여기 있다!"

언덕 반대쪽에서 인기척이 들리며 몇 명의 인영이 나타났다.

차림새로 보아 서천맹의 인원들은 아니었지만 다가오는 인물들의 모습이 험악하기 그지없음을 느낀 기전강과 고염각은 신속히 검을 뽑아 들었다.

'저자들은?'

설수범은 다가오는 인영들을 향해 쏘아져 나가려던 기전강을 만류했다.

온몸에 쇠침 갑옷을 입은 험상궂기 짝이 없는 두 거인 옆에서 달려오는 일노일소가 낯이 익었다.

금원전장에서 자운엽과 함께 싸우던 노인과 그 손자였다.

"아는 사람입니까, 소주?"

기전강이 팽팽히 당겼던 긴장을 약간 풀며 설수범을 쳐다보았다.

설수범의 고개가 미미하게 끄덕여졌다. 그러나 전혀 반가운 표정은 아니었다. 오히려 귀찮은 짐을 맡은 듯한 표정이 역력했다.

"당신들이 여긴 어쩐 일이오?"

설수범은 부평초를 보며 빠르게 질문했다.

"우리 검문 존장의 명을 받고 같이 싸우러 왔소!"

부평초가 간단하게 답했다.

'검문의 존장?'

설수범이 잠시 부평초의 말을 알아듣지 못하고 눈을 멀뚱히 떴다.

"열심히 싸우는 척하며 피해 다니다가 당신들이 나타나면 즉시 합류해서 같이 싸우라는 존장의 명을 받았소!"

부평초가 다시 간단하게 답하며 문도들을 불러 모았다.

'약은 놈!'

부평초가 말한 가문의 존장이 자운엽임을 안 설수범은 미간을 찌푸렸다.

목적을 이루었으니 이젠 최대한 피해 다니게 한 후, 자신에게 은근슬쩍 이들을 떠넘겨 싸움이 끝날 때까지 정마수호대의 보호막 속에 파묻어놓으려는 의도인 것 같았다.

그런 자운엽의 속셈을 생각하니 쓴웃음이 날 지경이었지만 지금은 상황이 달라도 한참 달랐다.

서천맹의 멸혼대가 모두 야율사한을 따라온 것을 본 자신은 곧장 이 곳으로 치고 나왔다. 처음 계획대로 저쪽 들판에서 나타났다면 적당히 피해 다니며 싸우는 것이 가능할지 모르지만, 지금 싸우려는 상대들은 고수 중에서도 절정고수들이 분명할 것이다. 그런 인간들을 상대하려는 자신들을 따라다니다간 전원 몰살할 일이었다.

"당신들이 나설 자리가 아니오. 그러니 왔던 곳으로 어서 돌아가서 계속 싸우는 척하며 피해 다니……."

기전강도 어이없는 표정으로 척발시와 목염태, 공야인낙 등을 쳐다보며 소리를 지르다 광기 어린 눈빛과 함께 언덕 아래로 시선을 고정시킨 노인을 보고 입을 다물었다.

언덕 아래에 있는 사람의 정체를 파악한 노인은 턱을 덜덜 떨고 있었다.

"저놈! 저놈이다! 모두가 곤히 잠든 깊은 밤중에 유성검문의 담을 넘어 내 부모님을 무참히 베고, 내 형님과 누님을 불길 속으로 던져 넣은 놈이 저기 있다!"

명 노인이 실성한 사람처럼 중얼거리며 신형을 일으켰다.

처절한 복수심에 이성을 잃은 듯한 눈빛으로 몸을 일으키는 명 노인을 보며 설수범이 손을 뻗었지만 명 노인의 신형은 한발 앞서 언덕을 쏘아져 내려갔다. 동시에 부평초도 놀란 표정을 하며 같이 쏘아졌다.

"이런!"

설수범이 다급성을 지르며 신형을 날렸다. 그 뒤를 따라 정마수호대 무사들도 비조처럼 언덕 아래로 날아 내려갔다.

"모두들 꼼짝 말고 여기 숨어 있어라. 안 그랬다간 내 손으로 쳐 죽이겠다!"

언덕 아래에 있는 놈이 흉수란 명 노인의 말에 오히려 혹 붙였다는 표정을 짓던 공야인낙이 쌍륜을 치켜 올리며 고함을 질렀다.

금방이라도 쌍륜을 날릴 듯한 공야인낙의 살기등등한 표정에 유성검문의 사람들이 즉시 신형을 낮추었다.

"너희들만 나를 따라라!"

명 노인과 부평초가 쏘아져 내려가는 모습을 보며 잠시 갈등하던 공야인낙이 척발시와 목염태, 그리고 스무 명 가량의 고수들만 데리고 언덕 아래로 몸을 날렸다.

"크으윽!"

무당의 젊은이 몇 명이 비명과 함께 귀를 틀어막으며 바닥을 뒹굴었다.

나지막하게 들려오는 방울 소리 때문에 쓰러진 젊은이들과 함께 무당의 오행검진이 힘없이 무너지며 그 사이로 서천맹의 도검이 날아들었다.

선홍색 피보라가 일며 무림맹의 한 개 진영이 무너졌다.

"법술 때문에 무림맹의 사람들이 힘을 쓰지 못하고 있다. 이대로 가다간 위험하다."

무림맹주 태허 진인은 탄식을 토했다.

전면전의 북소리가 울린 지 한 시진이 조금 더 지나고 나서부터 들리기 시작한 저 방울 소리에 무림맹은 막대한 피해를 입었다.

이제까지 경험한 적이 없는 강력한 법술이 스며든 방울 소리는 그 근원이 어딘지도 모르게 계속해서 들려왔고, 그 소리에 무림맹의 청년들이 정신이 혼미해지거나 운기가 제대로 이어지지 않은 상태에서 적의 공격에 쓰러져 갔다.

"우선 저 소리부터 멈추게 해야겠다. 제일대는 나를 따르라!"

태허 진인은 송문고검을 들고 몸을 날렸다.

"크윽!"

바람처럼 언덕을 달려 내려오는 설수범과 천마성 무사들을 발견하고 고함을 지르며 마주 달려오던 청의인들이 정마수호대와 적룡대의 검에 심장이 갈라지며 비명을 토했다. 그러나 청의인들은 조금도 주저 않고 정마수호대를 포위하듯 쏟아져 나왔다.

앞쪽의 사내들을 베어 넘긴 정마수호대 무사들을 뒤로 물러나게 하며 설수범이 쌍장을 치켜 올렸다.

바닥에 굳건히 신형을 고정시킨 설수범은 쭈욱 쌍장을 내밀었다

콰아앙—

폭음과 함께 설수범의 양손에서 거력이 쏟아져 나왔다.

장력 두 줄기가 폭풍처럼 앞으로 뻗어 나가며 달려오던 청의인들을 휩쓸었다.

여러 명의 청의인이 피를 뿜어내며 가랑잎처럼 날려갔다.

다시 설수범의 쌍장이 불을 뿜었다.

수라염해의 불길에 휩싸인 사내들이 비명과 함께 가슴이 숯덩이가 되어갔다.

단 두 번의 장력으로 인해 겹겹이 싸였던 방어막이 무너지고 길이 생겨났다.

딸랑!

쉴 새 없이 울리던 방울 소리가 멈추어졌다.

주문을 외며 방울을 흔들던 한 노인이 신광이 번뜩이는 눈으로 설수범을 쳐다보았다.

겁도 없이 이곳까지 다가올 인간이 있을 것이라고는 생각지 못했고, 용케 다가왔더라도 한 마리 불나방이 될 것이라 생각하고 계속해서 방울을 흔들었지만 폭음과 함께 밀려드는 장력은 결코 만만한 수준이 아니었다.

죽음을 두려워하지 않는 부하들이었지만 청년 주변으로는 감히 접근하지 못하고 있었다.

설수범과 노인의 눈이 수십 장의 거리를 격하고 허공에 얽혔다.

노인의 눈이 미미하게 흔들렸다.

먼 거리였지만 설수범의 눈에서 뻗어 나오는 살기가 심맥을 뒤흔들었다.

자연 호흡이 가빠지고 혈기가 끓어오르기 시작했다.

야율마석은 저런 정도의 무위를 아들 야율사한 말고 다른 청년에게서 느낄 수 있을 거라고는 생각하지 못했다. 당장 야율사한과 겨룬다 하여도 쉽사리 승패를 가늠할 수 없는 놈이라 생각되었다.

"천마성주의 제자……."

설수범의 정체를 파악한 야율마석은 신음처럼 중얼거렸다.

백호, 주작 두 사제를 죽인 놈이자, 수십 년을 도모한 대업에 크나큰 타격을 입혔던 놈이 이제는 자신 앞에까지 모습을 드러낸 것이다.

주변으로 몰려드는 사람들은 전혀 신경 쓰지 않고 자신에게 시선을 고정시킨 설수범의 모습에 야율마석은 식은땀 한 방울이 등줄기로 흘러내리는 것을 느꼈다.

'허허! 나도 이젠 늙었는가?'

새파랗게 젊은 청년의 몸에서 피어오르는 기운에 두려움을 느낀 야율마석은 내심 허탈한 웃음을 흘렸다.

"크아악!"

야율마석을 향해 성큼 걸음을 옮기는 설수범을 향해 검을 휘두르던 사내들 몇 명이 오히려 피를 토하며 날아갔다. 그 뒤로 천마성 무사들이 혼신의 힘을 다해 몰려드는 청의인들을 베어 나갔다.

천마성 무사들과 청의인들 사이에서 처절한 비명과 피보라가 연신 튀어 올랐다.

파아앙—

설수범의 쌍장에서 수라와선풍이 뻗어 나왔다.

경력이 구름처럼 피어오르며 앞을 막은 사내들을 휩쓸어갔다. 그 안에 담긴 무거운 기운을 본능적으로 느낀 청의인들이 급급히 옆으로 물러섰다.

다시 생겨난 길을 향해 설수범의 신형이 바람처럼 쏘아져 갔다.

파앗—

경호성을 지른 청의인들이 급급히 막아섰지만 땅을 박찬 설수범의 신형은 비조처럼 야율마석을 향해 날아갔다.

허공에서 떨어져 내리는 설수범을 보며 야율마석은 들고 있던 방울을 쭈욱 뻗었다.

쌔애액—

다섯 개의 방울이 각각 생명을 띠고 있는 물체처럼 설수범을 향해 날아갔다.

허공에 뜬 상태로 설수범이 다섯 번의 장력을 연달아 뿌렸다.

폭음과 함께 방울의 파편이 사방으로 터져 나가며 가까이에 있던 청의인들의 몸을 관통했다.

청의인들이 비명을 지르며 바닥에 나뒹굴었다.

"물러서라! 네놈들 상대가 아니니라!"

바닥에 내려선 설수범을 향해 달려드는 부하들을 야율마석이 고함을 질러 제지했다.

"태상맹주님! 놈들이……."

청의인들이 당황한 눈빛으로 야율마석을 쳐다보았다.

방울 소리를 차단하고자 날아온 무림맹주 태허 진인 일행이 천마성 무사들과 합세해 검을 휘두르고 있었다. 그 뒤로 유성검문의 일행도 합류하고 있었다.

"이놈은 내게 맡겨라. 너희들은 내가 이놈을 처치할 동안만 저놈들을 막아라!"

야율마석이 차분하게 지시를 내리자 청의인들이 흔들리는 눈빛으로 야율마석과 설수범을 쳐다보다가 신속히 등을 돌렸다.

"네놈은……?"

야율마석이 설수범을 보고 질문했다.

"그러는 노인은 누구시오? 서천맹의 태상맹주는 가마릅이라는 노물이라 들었는데?"

설수범은 야율마석을 보고 태상맹주라 부르던 청의인들의 모습을 상기하며 안광을 빛냈다.

"사부님은 미륵의 품에 안겼으니 이젠 내가 태상맹주니라."

야율마석이 쉰 듯한 목소리로 답했다.

"그렇다면 죽일 이유가 확실하군!"

설수범의 눈에서 자욱한 살기가 폭사되어 나왔다.

심혼을 얼릴 듯한 살기에 야율마석은 잠시 말을 잇지 못하고 설수범의 얼굴만 쳐다보았다.

"과연 천마성주의 제자로다. 내가 네놈 나이 때의 성취를 일성은 앞지르는구나."

야율마석이 자신의 처지도 잊은 채 감탄을 토했다.

"노물! 난 지금 천마성의 제자가 아닌 감숙설가의 장남으로 당신들에게 복수를 하고자 이곳에 왔다. 설마 감숙설가를 기억 못하진 않겠지?"

설수범이 태울 듯한 눈으로 야율마석을 쏘아보았다.

활활 타오르는 설수범의 눈에 외가에서 자신의 품에 안겨 숨을 거두던 부친 설사덕의 모습과 나이가 들어갈수록 더욱 선명하게 떠오르는 어머니 민가영의 모습이 어렸다.

이젠 기나긴 복수의 종점에 왔다.

원흉인 가마룹을 죽일 수 없다는 사실이 한스러웠지만 그의 첫 번째 제자인 야율마석을 죽임으로써 복수를 마감할 것이다.

"듣던 대로 복수심으로 똘똘 뭉친 놈이로고……."

야율마석이 어이가 없다는 표정으로 설수범을 쳐다보았다.

"언젠가는 마주쳐야 할 인간들……. 어디 정마협의 힘이 얼마만한지 네놈을 통해서 한번 견식해 보겠다."

야율마석의 손이 천천히 들려졌다.

동시에 설수범의 쌍장도 가슴으로 모아졌다.

"하앗!"

기합성을 지른 설수범이 급격히 앞으로 쏘아지며 야율마석의 가슴을 쳐 나갔다.

순식간에 거리를 좁히며 쳐오는 설수범의 손바닥에서 무형의 강기가 야율마석의 심장을 노리며 뻗어 나왔다.

야율마석의 신형이 무릎도 굽히지 않은 채 뒤로 쭈욱 밀려났다.

잠시 좁혀졌던 설수범과의 거리가 다시 벌어지며 야율마석의 쌍장이 어지럽게 흔들렸다.

파파파팡―

연속적으로 네 번의 폭발음이 들리며 야율마석의 쌍장에서 각기 다른 빛깔의 장력 네 가닥이 거의 동시에 발출되었다.

설수범의 손에서 뻗어 나간 무형의 기운이 야율마석의 쌍장에서 뻗어 나간 네 가닥의 기운과 마주쳐 번쩍 하고 섬광을 토해냈다.

순간, 야율마석이 빠르게 한 손을 흔들었다.

한꺼번에 부딪치는 듯하던 한 가닥 경력이 설수범의 허리를 향해 쏘아졌다.

집채만한 바위라도 산산조각 낼 만한 야율마석의 쌍장에 대항하던 설수범이 다른 세 가닥의 장력과 상관없는 듯 따로 날아드는 암청색 기운을 보며 이를 악물었다.

한 가닥의 기운이 따로 떨어져 나오며 정면으로 맞받은 야율마석의 장력이 자연히 가벼워졌다. 그러나 옆구리로 날아드는 장력을 막기 위해 공력을 분산시키면 자신의 장력 또한 그만큼 가벼워질 것이다.

설수범은 옆구리를 향해 날아드는 경력을 무시하고 온 힘을 앞으로 뻗어 나가는 장력에 집중시켰다.

퍼엉―

두 개의 폭음이 동시에 울렸다.

설수범의 왼쪽 옆구리에 야율마석의 경력이 작렬하며 숨을 멈출 듯한 통증이 몰려왔다. 아마도 늑골 두어 대는 속절없이 부러진 것 같았다. 그러나 그 반대급부로 설수범의 일장이 야율마석의 가슴을 두드렸다.

야율마석의 입에서 선혈이 흘러내렸다.

"지독한 놈이로고!"

쿨럭 하고 선혈과 함께 기침을 토한 야율마석이 급히 내력을 운기해 탁기를 뿜어냈다.

한줄기 흩어진 장력에 설수범의 신경이 분산되는 순간을 노려 세 가닥의 장력을 각각 요혈에 적중시키려 했던 자신의 의도가 무산되며 가슴에 적지 않은 타격을 받았다.

허리를 두드린 경력 때문에 마지막 순간 설수범의 장력이 힘을 잃지 않았다면 가슴이 왕창 무너지고 한 구의 시신이 될 뻔한 순간이었다.

한순간도 얕볼 놈이 아니라는 생각을 한 야율마석은 불편한 호흡을 억지로 가다듬었다. 그리고 소매 속에서 향로(香爐) 하나를 꺼내었다.

휘우웅―

야율마석의 소매 속에서 밖으로 나오자마자 향로에서는 짙은 갈색의 향이 피어오르기 시작했다.

억지로 호흡을 가다듬은 설수범의 신형이 다시 야율마석을 향해 쏘아지려는 찰나 야율마석의 손이 빠르게 움직이며 갈색 연기를 손목으로 휘감았다. 그리고 왼쪽 눈을 가린 안대를 풀었다.

야율마석의 왼쪽 눈에서 쏟아져 나온 오색 광채가 향로를 향해 폭사되었다.

카아악!

고막을 찢을 듯한 괴성이 울려 퍼지며 야율마석의 손목에 감긴 갈색 연기가 붉은색으로 물들며 한 마리 혈망(血蟒)으로 변해 설수범을 향해 날아들었다.

온통 핏빛 비늘에, 선혈을 뚝뚝 흘릴 듯한 붉은 눈은 쳐다보는 사람의 혼백을 빨아들여 백치로 만들기에 충분해 보였다.

설수범은 신속히 등에 꽂힌 검을 뽑아 들었다.

"타앗!"

기합성을 토한 설수범이 온몸을 집어삼킬 듯 아가리를 쩍 벌리고 날아드는 혈망을 향해 검을 휘둘렀다.

퍼억—

유마단폭의 검신에 혈망의 몸이 갈라지며 가죽 북이 찢어지는 듯한 소리가 터져 나왔다. 동시에 혈망의 몸이 두 개로 쪼개어지는 듯했다. 그러나 그것도 잠시뿐, 쪼개어진 몸이 각각 한 마리의 혈망으로 변해 오히려 두 마리가 된 혈망이 설수범의 양 측면으로 빠르게 날아들었다.

쌔애액—

설수범이 다시 검을 섬전처럼 휘둘렀다.

두 마리의 혈망이 다시 반으로 갈라지고 네 마리로 늘어난 혈망이 설수범이 움직일 수 있는 방향을 차단하며 날아들었다.

한 마리의 혈망이 네 마리가 되는 순간을 기다린 설수범이 검을 등에 꽂고 쌍장을 어지럽게 교차시켰다.

설수범의 쌍장에서 수라흡멸(修羅吸滅)의 초식이 펼쳐지며 네 마리의 혈망이 무서운 기세로 빨려들었다.

'어린 놈의 신위가 이 정도란 말인가?'

밀종환혈망(密宗幻血蟒)의 힘마저 무위로 사라지자 야율마석의 눈에 은은한 두려움의 빛이 흘러나왔다.

그 눈빛에는 제자가 이 정도라면 그 스승인 정마협은 대체 어느 정도일까? 자신과 사부 가마릅의 힘을 모두 흡수했지만 아들 야율사한이 과연 이들을 모두 물리칠 수 있을까? 하는 심중을 고스란히 나타나고 있었다.

파아앙—

다시 설수범의 장력이 야율마석을 향해 쏘아졌다.

야율마석은 내력을 끌어올리며 우장을 흔들었다.

그러나 그 장력은 설수범의 손에서 가볍게 쏘아진 한줄기 경력에 의해 흩어졌다.

야율마석은 다시 신형을 뒤로 이동시켰다. 그리고 빠르게 염두를 굴렸다.

자신의 가장 큰 힘은 아들 야율사한에게 물려주었으니 이놈을 정면으로 상대하다가는 승산이 없을 것 같았다.

야율마석은 공력을 모두 끌어올리며 핏빛 주문을 읊조렸다.

자신의 남은 생명을 모두 태울 듯 끌어올린 주문은 강력하기 짝이 없었다.

막대한 선천지기의 손상은 있겠지만 이놈을 죽여 아들 야율사한의 앞날에 있어 큰 걸림돌 하나를 제거하면 그것으로 큰 소득이었다.

스스스—

주문과 함께 자욱한 흑무가 피어올라 순식간에 사방을 덮어갔다.

흑무에 둘러싸인 범위가 점점 넓어지며 야율마석의 신형이 사라졌다.

허리가 끊어지는 듯한 통증을 이를 악물고 삼킨 설수범의 눈에 기광이 어렸다.

밀교의 법술이 펼쳐지며 멀쩡하던 사위가 암흑천지가 되어갔다.

이 암흑 속에서 어느 순간 악마의 발톱이 튀어나올 것이다.

온몸의 기색을 최대한 죽이고 있던 설수범의 우수가 어느 순간 복잡한 움직임을 보였다.

먹물처럼 사방을 덮쳐 오던 흑무 한줄기가 설수범의 우수에 의해 미세한 흐름을 일으켰다.

설수범의 눈이 빠르게 흑무의 흐름을 읽어갔다.

'저곳!'

번쩍 안광을 폭사한 설수범의 신형이 한 대의 강전처럼 흑무 속으로 쏘아져 갔다.

"헛!"

흑무 속에 몸을 숨기고 소리없이 암습을 가할 준비를 하던 야율마석은 전혀 예측 못한 설수범의 공격에 경악성을 터뜨렸다.

법술과 오행의 흐름이 복잡하게 얽힌 흑무를 오히려 역이용한 설수범이 한 치의 오차도 없이 야율마석의 심장을 향해 일장을 뻗어왔다.

짙은 흑무는 인간의 시각뿐 아니라 청각마저도 차단하고, 그 안에 몸을 숨긴 야율마석의 기색마저도 완벽히 차단했다. 그런 그곳을 정확히 파악하고 공격할 인간이 있으리라고는 꿈에도 생각 못한 야율마석은 급히 신형을 틀었지만 설수범의 장심 한가운데서 뻗어 나온 기운은 어느새 심장을 뚫고 지나갔다.

"크흑!"

흑무 속에서 한마디 비명이 터져 나왔다.

비명 소리와 함께 먹물을 뿌린 듯 짙어져 가던 흑무가 순식간에 사라졌다.

“어, 어떻게 네놈이……!”

심장에 커다란 구멍이 뚫린 야율마석이 불신에 찬 눈으로 설수범을 쳐다보았다.

상대를 현혹시키며 암습을 가하기 위해 친 흑무에 오히려 자신이 현혹되어 최후를 맞게 된 야율마석은 도저히 이해할 수 없다는 눈빛으로 자신의 심장을 내려다보았다. 그러나 구멍이 뻥 뚫린 심장에서는 연신 생명이 빠져나가고 있었다.

“어떻게 나를 찾았…….”

야율마석이 여전히 믿을 수 없다는 눈빛으로 겨우겨우 입을 움직였다.

“시중협과 그 후인이 만든 파해식을 몇 가지 얻었소.”

간단한 설명과 함께 설수범이 어지럽게 손을 움직였다.

설수범의 손동작에서 흑무를 걷어낼 수 있는 파해식이 펼쳐지는 것을 본 야율마석이 눈을 부릅떴다.

“끝내… 넘지 못할…….”

야율마석이 천천히 무릎을 꿇었다.

대마두의 죽음이었지만 마지막 순간은 누구나 똑같이 허무할 뿐, 전혀 다를 것이 없었다. 설수범은 눈을 질끈 감으며 하늘을 향해 고개를 돌렸다.

그러나 최후를 맞이하는 듯 쓰러지는 야율마석의 눈빛이 아무도 모르게 잔인한 빛을 뿜었다.

“위험하오, 공자!”

고함 소리와 함께 뛰어든 명 노인이 야율마석의 목에 검을 쑤셔 박았다.

잔인하게 빛나던 야율마석의 눈이 바람 앞의 촛불처럼 흔들렸다. 마지막 의도마저 철저히 차단당했기 때문이다.

"이 원수놈! 내 가족의 원수!"

야율마석의 목에 박힌 검을 더욱 깊이 쑤셔 박은 명 노인이 온몸으로 야율마석의 신형을 덮쳐 눌렀다.

파아앙—

폭혈마공(爆血魔功)을 펼친 야율마석의 몸이 포탄의 파편처럼 터져 나갔다. 그와 함께 명 노인의 몸도 걸레처럼 찢겨지며 허공으로 터져 올랐다.

"할아버지!"

부평초가 비명을 지르며 몸을 날렸지만 두 사람의 시신은 잔해마저 제대로 수습할 수 없을 정도로 산산조각이 나 들판으로 흩뿌려졌다.

마지막 순간까지 악독한 수법으로 설수범을 해하고자 했던 야율마석의 발악은 명 노인의 죽음과 함께 무위로 돌아갔다.

"크흑!"

부평초가 오열을 토했다.

오직 복수를 해야겠다는 일념 하나만으로 여기까지 온 조부였다.

수십 년 전 가족과 문도들이 당한 참상을 두 눈으로 고스란히 본 사람이었기 그동안 꿈에서도 그때의 장면을 떠올리며 수없이 선잠을 깼다.

"할아버지! 크흑!"

부평초가 주먹을 쥐며 절규했다. 그리고 조부의 시신을 향해 손을 뻗었다. 그러나 어느 것이 조부의 살이고, 어느 것이 흉수의 살점인지 구별할 수도 없을 정도로 두 사람의 시신은 처참하게 변해 있었다.

　조부의 육신은 들판에 뿌려졌지만 그로 인해 다른 피해자는 한 명도 없었다.

　명 노인은 마지막 순간에 자신의 생명을 내던지며 최소한의 복수를 한 셈이었다.

　"고맙다는 인사는… 당신에게 해야겠군요."

　설수범이 묵묵히 부평초를 쳐다보며 말했다.

　조부의 시신을 수습하지도 못한 채 망연자실해 있는 부평초를 잠시 더 쳐다보던 설수범은 말없이 등을 돌렸다.

◆ 제114장

심검(心劍)

심검(心劍)

우우웅—

진동음과 함께 야율사한의 양 손바닥 사이에 푸른색 강기구가 만들어졌다.

심성의 성취를 이루지 못한 상태에서 뿌리게 되면 오히려 시전자가 목숨을 잃게 되는 진언팔식 마지막 초식인 진언파천이었다.

호북 의창에서 청룡당주의 진언파천을 겪어본 자운엽은 내력을 최대한으로 끌어올렸다.

그때 청룡당주와의 대결에서는 묵령으로 저 강기구를 자르고 청룡당주의 최후를 지켜보았다. 비록 벽력의 내력이 조금 더 무거워 살아난 사람이 자신이긴 했지만, 야율사한 저놈의 양 손바닥 사이에 뭉쳐진 기운은 청룡당주보다 훨씬 무서울 것이다. 그럴 자신이 없다면 저놈은 결코 저 수법을 사용하지 않을 인간이었다.

자운엽은 호흡을 가다듬으며 묵령을 쥔 손에 불끈 내력을 실었다. 순간 자운엽의 눈이 흔들렸다.

야율사한의 양 손바닥 사이에 떠 있는 강기구가 애완 동물처럼 마음대로 움직이고 있었다.

강기구를 마음대로 움직인 야율사한이 입술을 움직였다.

"십성의 성취를 이루면 한 개의 강기구를 안심하고 뿌릴 수 있지. 내 사형인 청룡당주는 구성의 성취로 자네를 향해 이것을 뿌리고는 심맥이 파열되어 죽었다고 알고 있네. 바보 같은 짓이지. 십성을 이루어야만 제대로 뿌릴 수 있는 힘이지. 그러나 십성에서 또 한 단계의 성취를 이루게 되면 이처럼 강기구를 의도대로 다룰 수 있다네. 이렇게 마음대로 움직인다면 자네도 막기 힘들 것이라 생각하네."

야율사한은 손바닥 사이에 형성된 한 개의 강기구를 공깃돌 가지고 놀 듯 이리저리 움직였다.

푸른빛이 선명한 한 개의 강기구가 야율사한이 명령만 내리면 언제라도 뛰쳐나갈 듯 영활하게 움직였다.

강기구를 보며 자운엽은 긴장으로 손바닥에 땀이 축축하게 고이는 것을 느꼈다.

그냥 쏘아져 오는 강기구라면 이젠 자신이 있었다. 그러나 저렇게 수발이 자유로운 강기구라면 승패를 가늠할 수 없을 것 같았다. 아무런 변화 없이 쭈욱 뻗어 나오는 것을 깨뜨리는 것과 무수한 변화가 담긴 것을 깨뜨리는 것은 큰 차이가 있을 것이다.

자운엽은 슬쩍 발끝을 움직였다.

저 강기구가 충분한 여유를 가지고 자신을 향해 뿌려지기 전에 선공으로 나갈 생각이었다.

“내 말을 끝까지 듣게, 친구!”

자운엽의 의도를 읽었는지 야율사한이 붉은 입술을 움직여 자운엽의 행동을 저지했다.

“십일성의 성취로 내 사부는 수십 년 전 자네 사부와 격돌하여 크게 이익을 보지 못한 것으로 알고 있네. 이익을 보지 못했을 뿐 아니라 그때 입은 내상을 치료하기 위해 이십 년도 넘게 고생하셨지. 물론 그건 내가 태어나기도 전의 일이지만……. 그래서 사부께서는 다시 일성의 성취를 더 이루기 위해 인간 한계에 도전하셨지. 마지막 일성이지만 그건 이제까지 이룬 성취보다 더 힘들고 각고의 노력을 요하는 것이었지. 내력만 쌓는다고 되는 것이 아니라 한 차원 더 높은 각성이 있어야 가능한 것이지. 하지만 결국은 말년에 심득을 얻으셨지. 그것이면 이젠 자네 사부에게도 충분히 승산이 있다고 생각하네.”

야율사한의 입가에 만족한 미소가 어렸다.

자신감과 자부심이 충만한 야율사한의 미소를 본 자운엽은 슬쩍 입술을 비틀었다.

“개꼬리 삼 년 가도 황모(黃毛) 되지는 않는다는 말도 있지. 이젠 사부 애긴 그만 하고 승부를 짓기로 하지. 솔직히 그 강기구가 얼마나 단단한지 궁금해 죽을 지경이거든.”

자운엽이 빈정거리며 야율사한을 처다보자 야율사한의 미소가 더욱 짙어졌다.

“하하! 역시 말로써는 자넬 이기기 힘들겠군. 이제까지 사부 애기를 구구절절 설명한 것은 그것이 모두 내 애기이기 때문이지. 진언파천 십이성의 성취가 이젠 고스란히 내 것이 되었다는 애기지. 이렇게 말일세!”

말을 끝맺음과 동시에 야율사한이 흐읍 하고 길게 숨을 들이마셨다.

주변에 있는 대기가 모조리 야율사한의 콧속으로 빨려드는 듯한 느낌을 받으며 자운엽은 두 눈을 크게 떴다.

야율사한의 양 손바닥 사이에서 강기구 하나가 다시 만들어졌다.

한 개로도 끔찍스런 강기구 두 개가 야율사한의 손바닥 안에서 자유자재로 움직이며 놀고 있었다.

"진언파천 십이성의 힘은 두 개의 강기구라네. 이것이면 자네의 목숨을 충분히 취할 수 있다고 생각하네."

말과 함께 야율사한의 왼손이 쭈욱 뻗어졌고, 푸른 광채가 선명한 강기구 하나가 파공음을 울리며 쏘아져 왔다.

부딪치는 것은 무엇이든 파괴시킬 것 같은 힘이 실린 강기구가 가까이 다가옴에 따라 압축된 공기가 먼저 자운엽의 전신을 향해 밀려들었다.

강기구가 가슴을 향해 날아드는 순간, 자운엽은 쾌속하게 묵령을 아래에서 위로 그어 올렸다.

묵령의 이빨이 강기구를 반쪽으로 가르려는 찰나, 섬전처럼 날아들던 강기구가 마치 용수철에라도 퉁긴 듯 그대로 뒤로 되돌아갔다.

그리고 그 자리를 또 한 개의 강기구가 대신하며 날아들었다.

먼저 날아든 강기구를 향해 전력을 뿌렸던 자운엽은 두 번째 날아온 강기구를 향해 수비에 전념할 수밖에 없었다.

콰앙—

두 번째 강기구를 막은 자리에서 산을 무너뜨릴 듯한 폭음이 울려퍼졌다.

세 발짝이나 뒤로 밀린 자운엽은 이를 악물었다.

강기구와 부딪친 충격이 팔을 통해 내부까지 전해졌다.

공즈을 하면서 부딪친 충격에 비해 수비를 하면서 부딪친 충격은 몇 배나 컸기에 자운엽의 혈맥은 심하게 요동치고 있었다.

까앙—

또 한 개의 강기구가 옆구리를 향해 날아들었고 신속히 뻗어 내린 묵령이 강기구를 쳐냈다. 그러나 제대로 가격당하지 않은 강기구는 여전히 맹렬한 기세로 자운엽을 향해 날아들었다.

날아드는 듯하다가는 어느새 퉁겨져 나가고, 그걸 막는 사이로 다른 강기구가 날아드는 공격에 자운엽은 혈접무한과 혈접장신의 초식을 연달아 펼치며 야율사한의 움직임이 둔해지기만을 기다렸다.

콰앙—

또 한 번의 폭음이 울리며 묵령의 검신에서 섬광이 튀어 올랐다.

자운엽의 내력과 날아드는 야율사한의 강기구를 한꺼번에 감당해내고 있는 묵령의 검신이 처음으로 붉게 물이 들고 있었다.

그동안 자운엽이 뿌린 내력을 충분히 수용하고도 전혀 변색되거나 붉게 달아오른 적이 없는 묵령이었지만 건곤일척의 승부 앞에서 묵령은 풀무질한 화로 속에서처럼 빛을 뿜고 있었다.

'자 공자!'

북미의 어깨가 돌처럼 굳어지며 이마에서 쉴 새 없이 식은땀이 흘러내렸다. 자신의 오른팔을 앗아간 묵환을 생각하며 얼마나 많은 시간 동안 치를 떨었던가?

거의 강 건너편까지 멀어진 거리였지만 무시무시한 힘을 싣고 날아와 자신의 오른팔을 수수깡처럼 부수고, 타고 있던 배까지 두 쪽 낸 묵환 두 개는 꿈속에서도 나타나 비명을 지르며 깨어나게 만들었다.

그러나 저 강기구는 묵환과 비할 바가 아니었다.

물러났다가는 다시 쏘아져 오고, 자유자재로 방향을 바꾸는 강기구는 금방이라도 자운엽의 심장을 부술 것 같았다.

북미는 서 있기도 힘든 듯 다리가 후들거렸다.

"어, 언니!"

새파랗게 질린 채 감각을 잃은 듯한 북미의 손에 온기가 전해져 왔다.

설수연이 손을 뻗어 북미의 손을 감싸 쥐었다. 그리고 따뜻한 온기를 전해주었다.

북미는 굳은 시선을 돌려 설수연을 쳐다보았다.

'아!'

북미는 나지막한 신음을 삼켰다.

단 한 점의 의심도 없는 표정과 눈빛!

긴장과 두려움으로 식은땀을 흘리고 있는 자신과는 달리 설수연의 눈빛은 한 점 의혹 없이 자운엽의 승리를 지켜보고 있었다.

승리에 대한 응원도 가슴 졸이는 기원도 아니었다.

확신!

완벽한 확신만이 설수연의 두 눈 가득 자리 잡고 있었다.

북미는 가슴 밑바닥에서 솟아오르는 뜨거운 기운이 온몸으로 번져나가는 기분을 느꼈다.

까앙—

자운엽은 가슴을 향해 날아드는 강기구 하나를 강하게 쳐내며 기합성을 트했다.

"타앗!"

묵령이 붉게 물들며 열기를 뿜어내는 것과 마찬가지로 우박이 퍼붓듯 쉴 새 없이 날아들던 강기구도 차츰 그 속도와 위력이 감소되고 있었다.

땅을 박찬 자운엽이 강기구 하나를 향해 온 힘을 다해 묵령을 휘둘렀다. 동시에 야율사한도 더 이상 피하지 않고 전력으로 손을 뻗었다.

쩌어엉―

거대한 얼음덩어리가 갈라지는 것 같은 소리와 함께 섬광이 작렬했다.

한 개의 강기구가 폭죽처럼 터져 나가며 빛의 회오리를 만들었다.

용권풍처럼 회오리치던 빛이 사라졌을 때 자운엽의 모습이 눈에 들어왔다.

"아아!"

이를 악문 북미의 입에서 마침내 낮은 신음이 터져 나왔다.

강기구 하나와 함께 자운엽의 분신이나 마찬가지이던 묵령이 자루만 남긴 채 사라져 있었다.

휘청 흔들린 북미의 신형이 설수연의 팔에 의해 겨우 중심을 유지했다.

"과연!"

강기구 하나가 완벽히 깨어져 버린 것을 본 야율사한이 감탄의 눈빛으로 자운엽을 쳐다보았다.

산발한 머리와 깨끗이 부러져 나간 묵검의 손잡이만 들고 있었지만 눈빛만큼은 조금도 달라지지 않았다.

사형 청룡당주가 무너진 것도 우연이 아니라는 생각이 들었다.

자신 역시 사부 가마릅의 마지막 심득을 다 흡수하지 못했다면 지금쯤 바닥에 신형을 누이고 차갑게 식어갈 것 같았다.

아찔하다는 생각이 들었다.

만나기만 하면 언제든 꺾을 수 있다고 생각했는데 지금이 아니라 좀 더 일찍 만났다면 자신이 먼저 꺾여졌을 것이다.

하지만 승리의 여신은 자신의 편이었다.

야율사한은 남은 한 개의 강기구를 허공에 띄웠다.

모든 내력을 집중한 한 개의 강기구가 처음보다 훨씬 선명한 푸른빛을 내뿜으며 양 손바닥 사이에서 요동쳤다.

"이젠 끝일세, 친구!"

야율사한이 양손을 쭉 뻗었다.

천천히 다가오던 강기구가 점점 속도를 빨리했다.

온 세상을 태울 듯 쏘아져 오는 강기구를 향해 자운엽은 오히려 차분하게 가라앉은 마음으로 시선을 던졌다.

망막을 가득 채우며 전신을 부술 듯 다가오는 강기구의 표면에 까마득한 기억들이 투영되었다.

감숙설가의 감나무 꼭대기 위에서 올려다보던 만리장천이 강기구의 표면에 투영되어 왔다.

까마득히 높은 저 하늘 끝에서 내려다보는 세상의 모습은 어떤 것일지 무척 궁금했었다. 그곳에서 내려다보면 자신의 뿌리가 어느 곳으로 뻗어 있는지도 알 수 있을 것 같았다.

커다란 날개를 얻고 대붕이 되어 온 세상 구석구석을 훨훨 날아다니고 싶던 어린 시절의 꿈이 강기구의 표면에서 퍼져 나가는 파장에 산산이 찢겨져 나가는 듯했다.

우우웅—

강기구에서 뻗어 나오는 파장이 한층 거세게 터져 나왔다.

이글거리는 강기구가 악마의 발톱처럼 들판을 휩쓸어 갔다.

영원히 잊을 수 없는 향기를 품은 한 떨기 난초가 피어 있는 들판!

그 들판이 강기구에 짓밟히며 화염이 치솟고 있었다.

아련한 난초 향 한줄기도 거세게 밀려오는 강기구에 날려 흩어지려 하고 있었다.

시간이 어찌 흐르는지도 모른 채 미친 듯이 검을 휘둘렀지만 은은히 풍겨오는 난초 향을 한 번만 맡고 나면 모든 피로가 한순간에 사라지며 다시 처음처럼 검을 휘두를 수 있었다.

검무를 출 때마다 언제나 말없이 지켜봐 주던 한줄기 눈빛에 무거워지던 춤사위는 구름 위를 노니는 것처럼 가볍고 정교해졌다.

자운엽의 가슴속에 한 자루 검이 아로새겨졌다.

"자네도 말을 달려봤으니 알 것 아닌가? 말이 가고 싶어하는 곳과 자네가 가고 싶어하는 곳이 서로 상충되면 속도가 반감되지만 그것이 일치하면 속도는 배가 된다네."

이름도 기억 안 나는 노인의 목소리도 가슴속을 진동시켰다.

잡힐 듯 잡힐 듯하며 잡히지 않던 한 자루의 검!

큰공자 설수범이 뿌린 수라환경의 마지막 초식을 견식하면서도 끝 끝내 잡히지 않던 검!

그 검이 한 점 흔들림없이 자신을 향해 쏟아지는 설수연의 눈빛과 함께 손아귀에 가득 잡혀졌다.

묵령의 자루마저 던져 버린 자운엽의 손이 천천히 허공을 갈랐다.

가슴속에 아로새겨졌던 검 한 자루가 아무런 소음도, 아무런 형체도 없이 강기구를 잘라갔다.

우우우웅—

두부처럼 깨끗이 잘린 강기구는 더 이상 어떤 폭음도, 빛무리도 토해내지 않은 채 미풍처럼 빠르게 소멸되었다.

“크윽!”

보이지도, 느껴지지도 않는 무형검(無形劍)에 의해 강기구와 심맥이 동시에 가닥가닥 잘린 야율사한이 칠공으로 피를 토했다.

심맥이 파열되고, 제멋대로 들끓는 진기가 혈맥마저 파열시켰다.

“심검(心劍)……?”

겨우 한 마디 더 내뱉은 야율사한이 털썩 무릎을 꿇었다.

만인의 경배를 받기 위해 그토록 매진하던 야율사한의 신형은 만 사람을 경배하는 자세 그대로 굳어져 갔다.

“언니!”

북미가 다급성을 지르며 쓰러지는 설수연을 부축했다.

한순간도 흔들림없이 자운엽을 지켜보던 설수연은 자운엽이 승리를 거둔 순간, 휘청 중심을 잃으며 헝겊 인형처럼 무너졌다.

“괜찮소, 수연?”

급히 다가온 자운엽이 설수연의 안색을 살피며 부축했다.

“흐흑!”

설수연이 자운엽의 가슴을 파고들며 오열했다.

봇물처럼 터져 나오는 설수연의 울음은 영원히 그쳐지지 않을 듯 계속되었다.

"어, 언니?"

자운엽의 품에 얼굴을 묻고 어린아이처럼 울음을 터뜨리는 설수연을 보고 북미는 눈을 동그랗게 떴다.

이제껏 단 한 번도 이런 모습을 보인 적이 없는 그녀였다.

솜털처럼 부드러워 보였지만 안으로는 강철 같은 강함을 지닌 여인이라 생각했던 설수연의 오열에 북미는 자신의 오열은 까맣게 잊어버리고 설수연을 달래기에 여념이 없었다.

"사숙!"

근처 숲을 미친 듯이 뛰어다니며 시간에 맞춰 여러 개의 진을 가동시키던 단철패가 위충겸과 함께 날아왔다.

아직 마지막 진식을 거둘 시기가 아니었지만 연속된 폭음에 도저히 참을 수 없었던 단철패 일행은 숲 주변에 복잡하게 설치된 진을 모두 걷어버리며 뛰어왔다.

"이, 이놈!"

무릎을 꿇고 있는 야율사한을 본 단철패가 부르르 어깨를 떨었다. 그리고는 급히 검을 빼 들었다.

"그만두시오! 이젠 죽은 사람이오."

자운엽이 단철패를 만류했지만 단철패는 길길이 날뛰며 고함을 지르다 위충겸 등의 만류에 겨우 진정을 찾았다.

"언제까지 그렇게 있을 겁니까, 사숙모? 노총각 사질의 마음도 좀 헤아려 주시오."

단철패 일행이 나타난 후에도 여전히 자운엽의 품에 얼굴을 묻은 채 흐느끼고 있는 설수연을 보고 단철패가 입맛을 다시며 소리를 질렀다.

“고마워.”

천천히 고개를 든 설수연이 눈물이 흥건하게 고인 눈으로 자운엽을
쳐다보며 말했다.

“뭐가 말입니까?”

자운엽이 설수연의 눈물을 닦아주며 물었다.

“이렇게 다시 쳐다보고 말할 수 있게 해주어서.”

설수연의 말에 자운엽이 씨익 미소를 지었다.

“그리고 그 미소를 다시 볼 수 있게 해주어서…….”

설수연의 눈에서 다시 굵은 눈물이 볼을 타고 흘러내렸다.

◆ 제115장

복수의 끝

복수의 끝

주술이 실려진 방울 소리가 더 이상 들리지 않자 무림맹의 무인들이 제 실력을 발휘하기 시작했다. 뒤이어 현 서천맹의 태상맹주와 맹주인 야율 부자가 정마협과 사중협의 후인들에게 죽었다는 소식이 빠르게 전해지자, 서천맹의 사기는 끈 떨어진 연처럼 추락했고 무림맹의 사기는 하늘 높은 줄 모르고 치솟았다.

"헉! 헉!"

퇴각하는 서천맹의 무리들과 함께 어느 한 방향으로 몸을 날리는 여인의 몰골은 광인을 방불케 했다.

온통 산발한 머리와 헝클어지고 찢겨진 옷매무새는 속살이 드러날 정도였다.

그러나 여인은 달리는 것이 사명이라도 되는 듯 한순간도 멈추지 않고 경공을 펼쳤다.

“어서… 어서… 이곳을 빠져나가야 한다!”

턱에까지 차 오르는 숨을 내뿜으며 여인은 필사적으로 땅을 박찼다.

“크흑!”

“기필코 잡아야 한다!”

고함 소리와 함께 숲에서 뻗어 나온 한 자루의 검에 곁에서 같이 달리던 부하 하나가 비명을 지르며 바닥을 굴렀다.

목이 갈라지며 심한 상처를 입은 부하는 바닥으로 뒹구는 순간 한 구의 시체로 변했다.

“더 빨리! 더 빨리 달려라!”

여인은 찢어지는 듯한 비명을 지르며 부하들을 독려했다.

부하들이 한 사람이라도 더 살아 있는 동안 이곳에서 최대한 멀어져야 한다. 그래야 자식들이라도 무사할 수 있다.

비장한 표정으로 각오를 다진 여인은 얼굴을 할퀴고 눈을 찌르는 나뭇가지들도 아랑곳 않고 앞으로만 쏘아져 나갔다.

“아악!”

다시 한 명의 부하가 무림맹 고수의 검에 심장이 갈라지며 수풀 속으로 사라져 갔다.

악마의 숲!

언제까지고 자신들을 추적하는 적들이 깔린 이 숲은 악마의 늪 같았다.

한 개의 검이 소리없이 튀어나오면 어김없이 한 명의 부하가 무너지며 숲 속으로 자취를 감추었다.

서른 명도 넘던 부하가 이제는 열 명도 채 남지 않았다.

휘이익—

자신을 보호하며 경공을 펼치던 부하 하나가 옆으로 사라졌다.

그 어느 곳에서도 검이 튀어나오거나 상처를 입은 것 같지 않았지만 부하는 숲으로 사라졌다.

의구심 가득한 여인의 눈에 또 다른 부하 한 명의 모습이 숲 속으로 사라졌다.

"이, 이놈들!"

여인은 나찰처럼 험악한 표정을 지었다.

같이 달리던 부하 둘은 적들에게 당해서 사라진 것이 아니다.

더 이상 자신을 보호하지 않고 자신들의 살길을 찾아 도망을 친 것이다.

계속 직선으로만 달리고, 그렇게 계속해서 앞으로만 달려봐야 기다리는 것은 보이지 않는 죽음뿐임을 부하들도 이젠 간파한 것이다.

휘익―

다시 한 개의 검이 날아들었다.

여인은 필사적으로 검을 피하며 일검을 날렸다.

서걱 하는 느낌과 함께 무림맹의 사내 하나가 쓰러졌다.

그 순간, 또 다른 부하 한 명이 계곡 쪽으로 몸을 날렸다.

동시에 두 명의 부하들도 대열에서 이탈했다. 그리고 순식간에 시야에서 사라져 버렸다.

"이, 이 개 같은 놈들!"

여인의 입에서 험구가 터져 나왔다.

"맹으로 돌아가면 능지처참시키겠다."

여인은 다시 무리에서 떨어져 나가려는 사내 둘을 보며 악을 썼다.

"돌아갈 맹이 어디 있단 말이오! 각자 살길을 찾읍시다."

한 사내가 고함을 치며 옆으로 사라졌다. 그 말을 들은 나머지 몇 명의 사내들 눈에도 갈등의 빛이 떠올랐다.

여인은 반박할 말을 찾지 못했다.

맹이 건재할 때라면 목숨을 바쳐 자신들의 상관을 지켜야겠지만, 태상맹주 야율마석의 심장이 갈라지고 온몸이 폭죽처럼 터져 나가는 것을 자신도 직접 보지 않았는가?

맹주 야율사한 역시 사중협의 후인에게 고혼이 되었다는 소식이 빠르게 전해지는 상황에서 그렇게 하는 인간이 오히려 바보일 것이다.

"부디 행운을 비오, 전주!"

마지막 남은 한 중년인도 조금 전에 사라진 부하들과 정반대 방향으로 몸을 날렸다.

여인은 순간적으로 다리에 힘이 쭈욱 빠지는 것을 느꼈다. 동시에 무림맹 추적대의 기색은 더 두터워짐을 느꼈다.

턱에 차 오르는 숨이 처음보다 열 배는 더 가쁘게 느껴졌다.

"안 돼!"

여인은 무너지려는 신형을 추스르며 억지로 몸을 날렸다.

단 한 걸음이라도 더 멀리 이쪽으로 달려야 반대 방향으로 달려간 자신의 아들과 딸이 탈출할 가능성이 높았다.

"허억!"

숲이 끝나고 들판으로 몸을 날리던 여인은 단말마를 내질렀다.

들판 앞에는 여러 명의 사내가 석상처럼 도열해 있었다.

그리고 그들 앞에서 자신을 기다리며 서 있는 인영!

꿈속에서라도 마주치고 싶지 않은 인간이었다.

온몸이 굳어지는 것을 느낀 여인은 가쁜 숨을 몰아쉬며 신형을 멈추었다.

"아악! 안 돼!"

모든 것을 포기하고 바닥에 주저앉으려던 여인은 어느 순간, 들판이 떠나갈 듯한 비명을 질렀다.

자신과는 정반대 방향으로 도주하여 지금쯤 안전한 지역으로 빠져나갔을 줄 알았던 아들과 딸이 꿈속에서라도 마주치기 싫은 인간 곁에 있었다.

두 자식을 도주시키기 위해 자신은 미끼가 되어 이곳까지 달려왔는데 어찌 이런 일이 벌어진단 말인가?

"상일아! 상희야!"

목이 터져라 고함을 지른 추산미는 미친 듯이 들판 한가운데로 달려갔다.

추산미의 뒤를 끈질기게 추적하던 백도무림맹의 사내들도 들판으로 날아 나오자마자 마주친 설수범과 천마성 무사들의 모습에 주춤 신형을 멈추었다.

"돌아가시오!"

기전강이 차가운 목소리로 무림맹의 사내들에게 소리를 질렀다.

"서천맹의 수뇌부는 끝까지 쫓아서 처치해야 한다!"

사내 하나가 고함을 질렀다.

"그건 당신들 사정일 뿐, 내 알 바 아니오. 더 이상 다가오면 베겠소."

기전강이 손을 들어 올리며 정마수호대와 적룡대를 지휘하자 무림맹 사내들이 이를 뿌드득 갈며 주변을 둘러보다 자신들이 왔던 숲 속으로 사라졌다.

지금의 인원으로 천마성주의 제자와 천마성 무사들을 상대하기에는 계란으로 바위 치기나 마찬가지였다.

"어, 어머니!"

광인처럼 달려오는 추산미를 본 설상희가 눈을 동그랗게 뜨고 마주 달려왔다.

"가만, 그곳에 가만히 있거라!"

섣불리 움직였다가 검이라도 날아들지 않을까 공포에 질린 추산미가 손을 마구 휘저으며 설상희에게 고함을 질렀다.

"너, 너희들은 어떻게 여기로 왔느냐?"

추산미가 아들딸의 전신을 쉴 새 없이 훑어보며 고함을 질렀다.

"어머니를 찾아 이리로 오다가……."

"내가 일러준 방향으로 곧장 달려가라고 하지 않았더냐, 이 철부지들아… 아아악!"

추산미가 절망한 표정으로 비명을 질렀다.

내지른 비명을 다 끝맺지도 않고 얼른 정신을 추스른 추산미가 설수범을 쳐다보며 바닥을 기었다.

"이 아이들은, 이 아이들은 아무 잘못이 없다. 부디 이 아이들은 살려……."

설수범의 바짓자락이라도 잡을 듯 바닥을 기어가던 추산미는 기전강과 고염각이 내민 검에 더 이상 접근하지 못하고 고개를 들었다.

두 줄기 차가운 시선이 심장을 얼릴 듯 추산미의 망막을 찔러들었다.

추산미는 자신도 모르는 사이에 온몸이 덜덜 떨려옴을 느꼈다.

가마릅이나 야율마석과 독대해서도 이렇게 떨리지 않았다. 하지만 지금은 아무리 정신을 가다듬으려 해도 얼음물에 빠진 듯이 온몸이 떨려왔다.

"난 죽여도 좋다. 하지만 이 아이들은… 이 아이들은 그래도 너와는 반쪽은……."

"닥치시오! 이 더러운!"

이제껏 석상처럼 쳐다보기만 하던 설수범이 고함을 질렀다.

"그 더러운 목숨 취하고 싶은 생각 조금도 없소. 하지만 다시는 내 눈에 뜨이지 마시오. 그리고 반쪽이 어떻고 하는 말도 다시는……."

불끈 쥔 주먹을 부르르 떤 설수범은 더 이상 쳐다보기도 싫다는 듯 시선을 돌렸다. 그리고 끓어오른 분노를 애써 삼키려는 듯 어깨를 들썩거렸다.

"야, 이 새끼야! 어서 검을 휘둘러! 그래서 우리 세 사람의 목을 쳐. 그것이 네놈이 원하는 것 아니냐?"

시선을 돌리고 있는 설수범을 향해 설상일이 발작적으로 고함을 질렀다.

"어서 검을 휘둘러, 이 새끼야! 피 한 방울 섞이지 않은 원수의 자식인데 왜 못해! 어서 휘둘러!"

설상일이 다시 악을 썼다.

"사, 상일아!"

설상일의 말을 들은 추산미가 경악한 표정으로 설상일과 설상희를 쳐다보았다.

설상희도 이젠 모든 것을 짐작한 듯 눈을 질끈 감고 입술을 깨물고 있었다.

"아아……!"

자신만 알고 있다고 생각했던 마지막 비밀을 설상일과 설상희도 알고 있음을 느낀 추산미는 사시나무처럼 몸을 떨었다.

자신의 소생들도 아는 사실을 이 야차 같은 놈이 모르고 있을 리가 없다고 판단한 추산미의 이빨이 딱딱 부딪쳤다.

이젠 자신은 물론, 자신의 소생 둘은 살아날 가망이 없었다.

격심한 공포에 휩싸인 추산미는 눈을 허옇게 뒤집으며 바닥으로 무너졌다.

"어머니!"

설상희가 추산미를 부축했지만 추산미의 몸은 기절한 상태에서도 전신을 떨며 경련을 일으키고 있었다.

"어서 죽여, 이 자식아! 네놈 손에 목숨을 구걸받고 싶지 않아. 네놈은 어릴 때부터 우리가 다가갈 수 없는 높은 벽을 치고 살았어. 그리고 그 속에서 무언가를 하고 있었어. 그게 무언지 이젠 확실히 알겠어. 그러니 어서 목을 쳐! 아니면 내가 쳐주지!"

고함을 지른 설상일이 검을 빼 들고 몸을 날렸다.

"오빠! 안 돼!"

퍼억!

가죽 북이 터지는 소리가 울리며 설상일의 신형은 달려들던 속도보다 더 빠르게 뒤로 팅겨 나왔다.

"크윽!"

단전이 파괴된 설상일이 신음을 터뜨리며 바닥으로 무너졌다.

그런 설상일을 한동안 쳐다보던 설수범이 무겁게 입술을 움직였다.

"내가 마지막으로 너에게 해줄 수 있는 것은 이것뿐이다. 복수를 꿈꾸면 넌 내 손에 죽을 수밖에 없다. 그렇게 되면…… 바보 같은 한 사내는 그걸 골육상잔으로 생각하고 지하에서도 눈을 감지 못할 것이다. 난 그 사내가 지하에서나마 편히 쉬게 하고 싶다."

온돋에 힘이 다 빠진 듯 말한 설수범이 잠시 허공을 응시했다.

"무림맹의 추적대가 다시 오기 전에 빠져나가라."

설상일과 설상희를 보며 짤막하게 말한 설수범은 등을 돌려 천천히 걸음을 옮겼다.

그 뒤를 따라 정마수호대와 적룡대 무사들이 설수범을 감싸듯 움직이며 걸음을 옮겼다.

외투자락을 휘날리며 경공을 펼치는 사내들이 순식간에 들판을 가로질러 멀어져 갔다.

미끄러지듯 사라지는 사내들의 신형이 어느덧 가물거리며 지평선 너머로 모습을 감추고 있었다.

"흐흑! 큰… 오빠!"

설상희의 목소리가 대답 없는 공허한 메아리가 된 채 들판에 울려 퍼졌다.

"설화야!"

들판으로 내려온 자운엽 일행을 본 신녀문의 문주 호소란이 두 눈을 커다랗게 뜬 채 설수연을 향해 달려갔다.

"어머니!"

깜짝 놀란 설수연도 비명 같은 고함을 지르며 호소란의 품으로 뛰어들었다.

"이것아! 이 못된 것아…… 내 속을 그렇게 태우더니… 여기서 만나는구나. 어디 보자, 내 딸!"

　호소란이 연신 설수연의 얼굴을 문지르며 눈물을 흘렸다.

　"보고 싶었어요, 어머니! 흑흑!"

　"거짓말 말거라. 그랬으면 왜 서신 한 장 띄우지 않았더냐?"

　호소란이 설수연의 등을 두드리며 원망을 토로했다.

　"절 쫓는 자들이 워낙 간교하고 집요해서 그럴 수밖에 없었어요, 어머니. 흐흑!"

　"그래, 그래. 이젠 됐다! 이젠 아무 걱정 할 것 없다. 이 얼굴 어디에 그런 결단과 그런 용기가 숨어 있었단 말이냐? 정말 믿어지지가 않는구나!"

　호소란이 다시 한 번 설수연의 얼굴을 쓰다듬으며 고개를 설레설레 흔들었다.

　"다시 만났군요, 공자!"

　한참을 설수연을 안고 울던 호소란은 묵묵히 자신들을 쳐다보는 자운엽을 보고 인사를 건넸다.

　"무사하셔서 다행입니다."

　자운엽이 빙긋 웃으며 말했다.

　"모두 공자 덕분이지요."

　호소란이 인자한 미소를 지으며 자운엽의 얼굴을 이리저리 뜯어보았다.

　처음 만났을 때 제대로 보지 못한 자운엽의 모든 것을 눈에 넣겠다는 표정이었다.

　"척 대협!"

　호소란뿐만 아니라 전쟁에서 살아남은 무림맹의 모든 사람들이 주변으로 모이며 시선 또한 자신에게로 모이는 것을 느낀 자운엽은 언덕 위에 모습을 드러낸 척발시와 목염태를 향해 고함을 지르며 얼른 신형을 날렸다.

"장모님을 다시 뵙거든 이번에는 정말 차라도 한 잔 대접하며 다정하게 얘기 나누라고 누누이 교육을 시켰는데도 소용없군요."

단철패가 와락 인상을 찌푸리며 고개를 저었다. 그리고는 자신도 반가운지 유성검문 사람들에게로 몸을 날렸다.

"형님! 어흐흥!"

"형님, 눈 좀 떠보시오! 형님이 빚을 받아내겠다던 놈이 여기 왔소. 이젠 호북성 소금 전매권을 십 년간은 보장받아야 하지 않겠소. 엉엉!"

척발시와 목염태가 공야인낙의 시신을 안고 황소 같은 울음을 터뜨렸다.

자운엽은 아무 말 하지 못하고 공야인낙의 시신을 내려다보고 있었다.

자신과의 인연으로 공야가는 잠시 가세가 번창했다가 몰락의 길을 걸었고, 이젠 가주까지 고인이 되었다.

'편히 잠드시오, 공야 가주! 내 목숨을 바쳐서라도 가주의 가족들과 식솔들은 보살펴 주겠소. 그리고 공야가를 십대세가 안으로 발돋움시키겠소.'

공야인낙의 시신을 향해 내심 다짐한 자운엽은 두 거인을 달랬다.

한참 후, 눈이 퉁퉁 부은 두 거인이 공야인낙의 시신을 안고 걸음을 옮겼다.

"오늘 이후로 네놈이 다시 내 눈에 보이면 살려두지 않겠다."

떠날 준비를 하는 유성검문 사람들 앞으로 온몸에 피칠을 한 엄한필이 서교영과 함께 다가오며 잇새로 중얼거렸다. 그 뒤로 백도무림 명숙들 몇 명도 같이 걸어오고 있었다.

그들의 눈에는 야율사한을 죽인 자운엽에게 고맙다고 해야 할지, 아니면 이런 일을 벌인 자운엽을 향해 일장을 날려야 할지 난감한 빛이 어려 있었다.

"멸혼대를 막아주어서 고마웠어. 덕분에 야율사한을 죽일 수 있었지."

자운엽이 무덤덤하게 두 사람을 쳐다보며 말했다.

"모두 네 짓이지? 이 못된 자식!"

서교영도 씩씩거리며 달려들 듯 자운엽을 노려보았다.

허벅지 어느 곳에 상처를 입었는지 서교영은 심하게 절뚝거리고 있었다.

"뭐가 내 짓이란 말인가? 칼을 만든 것이 내 짓이란 말인가? 아니면 무공을 만든 것이 내 짓이란 말인가? 너희들은 어차피 싸울 인간들이었지 않나? 그러기 위해 백도명숙들 손에 키워졌고……. 내가 없었다면 악수라도 하고 곱게 헤어졌을 텐가?"

자운엽은 서교영과 엄한필에 고정시켰던 시선을 백도무림 명숙들을 향해 돌리며 으르렁거렸다.

"당신들이 날 이용해서 당신들 적들을 베고자 했듯이 나 역시 당신들을 이용해서 내 적을 베었을 뿐이지. 그리고 앞으로도 언제든지 받은 만큼은 돌려줄 용의가 있소."

말을 마친 자운엽은 피해를 거의 입지 않은 유성검문 사람들을 이끌고 들판을 벗어났다.

전쟁이 끝난 들판에는 살아남은 자들보다 죽은 자들이 훨씬 많았다.

혈전의 기간은 짧았지만 그 상처는 수십 년을 두고 사람들의 가슴속에 핏빛 그늘을 드리울 것이다.

전쟁의 원인이 어디에 있는지…….

누가 적이고, 누가 아군이며…….

누가 최후의 승자인지 하는 것들은 지금 이 들판에서는 아무런 의미가 없었다.

산 자와 죽은 자!

그 두 종류의 사람들만이 들판 위에 존재했다.

죽은 자들의 시신을 수습하는 산 자들은 다시는 이런 싸움을 하지 않겠다고 입술을 깨물며 다짐하지만, 들판 위에 인간들이 존재하는 한 그 다짐은 허구가 될 뿐이다.

언젠가는 똑같은 모습으로 유전(流轉)할 것이다.

＊　　　　＊　　　　＊

"공자님, 정말 고마웠어요."

유성검문으로 돌아오는 갈림길에서 오카민과 파이추, 그리고 그들이 죽을 고생을 하며 찾은 차오가 자운엽 등에게 이별의 인사를 건넸다.

"조심해서 가시오."

자운엽도 담담하게 인사를 하며 세 사람을 쳐다보았다.

신의 가호가 있어 친구를 찾은 그들은 한시라도 빨리 자신들의 부족으로 돌아가고 싶어 안달이 난 표정이었다.

이제 이들을 갈라놓을 수 있는 것은 죽음뿐일 것이다.

그들 세 사람을 쳐다보는 자운엽의 눈에 짧은 순간 부러움의 빛이 어렸다.

"혹시라도 다시 발작을 하거든 가르쳐 준 대로 지압을 하시오. 그리고 내가 준 환단을 조금씩 복용하시오."

자운엽은 차오를 쳐다보며 당부했다.

밀교의 법술과 미혼약에 이성을 잃었던 사람인지라 나중에라도 다시 발작을 할지 몰랐다.

자운엽은 그것에 대비해 혈을 짚는 방법과 설수연이 만든 환단 한 알을 선물했다. 만약에 발작을 하더라도 신단의 기운이 혈을 틔우며 진기를 유통시키면 충분히 대응할 수 있을 것이다.

"정말… 고맙습니다. 은혜… 죽어서도 잊지… 않겠습니다."

차오가 고개를 깊이 숙이며 서투른 말로 인사를 했다.

"그런 말은 당신 친구들에게 하시오."

자운엽은 빙긋 미소를 지은 후 파이추와 오카민을 쳐다보았다. 그러나 그들끼리는 절대로 그런 말을 하지 않을 것이다. 그들은 그렇게 살아가는 사람들 같았다.

"이놈들아! 갈 테면 어서 가거라. 이러다가 해 떨어지겠다."

척발시가 서운함을 감추려는 듯 고함을 질렀다.

목염태도 그들을 묵묵히 지켜보다가 허공으로 시선을 돌렸다.

"목 아저씨, 척 아저씨! 그동안 고마웠어요."

오카민이 두 거인을 쳐다보며 눈물을 흘렸다.

똑같이 비정상적인 행동을 하는 사람들끼리라서 그랬는지 몰라도 그동안 누구보다 정이 들었던 거인들이었다.

"정나미 떨어지는 땅이겠지만 한번씩 놀러 오너라. 그땐 아이도 하나 안고 오너라!"

하늘을 향해 시선을 돌리고 있던 목염태가 오카민의 엉덩이를 툭 치며 파이추에게로 밀었다.

"어서 가거라. 정말 해 떨어지겠다."

목염태의 말과 함께 세 명의 이족 청년들이 갈림길로 걸음을 옮겼다.

"앗—"

멀어져 가던 오카민이 어느 순간 외마디 비명과 함께 급히 신형을 틀며 손을 뻗었다.

무릎 근처로 날아온 묵직한 전낭을 잡아챈 오카민이 자운엽을 쳐다보았다.

유성검문 사람들과 함께 자신들을 배웅하는 자운엽은 주루에서와 마찬가지로 시침을 딱 떼고 있었다.

"후후!"

한줄기 웃음을 흘린 오카민이 전낭을 높이 들어 흔든 후 시야에서 사라져 갔다.

제116장

사마쌍협(邪魔雙俠)

사마쌍협(邪魔雙俠)

한 중년 여인이 연신 고개를 갸웃거리며 숲 속을 헤매고 있었다.

"아이구, 무슨 이런 일이 다 있단 말인가? 태어나서부터 사십 년 넘게 이곳에서 살았는데 길을 잃다니? 아무래도 귀신에게 홀린 모양이야."

여인은 도저히 믿을 수 없다는 표정으로 연신 주변을 살폈다.

조금 전에 중얼거린 말 그대로 사십 년 이상 이곳에 살며 인근 백 리 밖으로 나간 적이 없는 그녀였다. 그런데 오늘은 무엇에 홀렸는지 길을 잃고 전혀 낯선 곳을 헤매고 있는 것이다.

한참을 똑바로 앞만 보고 걸었지만 지나고 보면 아까 그 길 같았다.

아무리 생각해도 귀신에 홀렸다는 생각이 든 여인의 표정에는 점점 공포감이 어렸다.

마지막으로 한 번 더 빠르게 앞으로만 나아가던 여인은 또다시 길을 잃고 털썩 바닥에 주저앉았다. 그리고 대성통곡을 할 준비를 했다.

그 순간 여인의 눈에 작은 모옥 한 채가 들어왔다.

여인은 반쯤 바닥을 뒹굴듯이 모옥을 향해 달음박질을 쳤다.

"이보시게, 새댁! 여기가 어딘가?"

모옥 앞에 도착한 중년 여인은 모옥 마당에서 아이를 안고 있는 한 젊은 여인을 보고 고함을 치듯 물었다.

혼이 나간 듯한 중년 여인을 본 젊은 여인이 잠시 흠칫 놀란 표정을 짓다가 이내 미소를 지으며 중년 여인을 쳐다보았다.

"아랫마을 사시는 분이시군요."

젊은 여인이 반갑게 아는 체를 했다.

"새댁은 나를, 나를 아는 모양인데 난 새댁을 본 적이……."

중년 여인은 고개를 갸웃거리며 여인의 얼굴을 뚫어질 듯 쳐다보았다.

아이를 안고 있었지만 어디 나가면 처녀라고 해도 전혀 무리가 없을 여인이었다.

그리고 기억에도 없는 여인이었다.

"아! 우리는 얼마 전에 이곳으로 이사를 와서 집도 새로 지었어요. 아주머니는 건넛마을 시장에서 한 번 뵌 적이 있지요. 며칠 전 채소를 팔고 있었지요?"

여인은 기억을 더듬듯 말했다.

"맞아요. 내 그때 채소를 팔았지요. 그때 나한테서 채소를 사간 모양이구려? 워낙 사람 얼굴을 기억 못해서……."

자신의 기억력을 한탄하던 중년 여인은 말끝을 흐렸다. 아무리 기억력이 없다고 해도 앞에 있는 젊은 여인은 한 번 보면 쉽게 잊지 못할 용모였다.

 "아닙니다, 아주머니. 전 그때 다른 물건을 사며 지나가는 길에 아주머니를 보았기에 아주머니는 절 기억 못할 겁니다."

 아이를 안은 여인은 환한 미소를 지으며 길 잃은 여인의 무안함을 달래주었다.

 "그럼 그렇지. 잊어먹을 얼굴이 아닌데……."

 중년 여인이 맞장구를 칠 때 방문이 열렸다.

 "누가 왔……."

 모옥의 방에서는 아기를 안은 여인과 비슷한 나이의 여인이 문을 열고 나왔다. 여인은 중년 여인을 보고 아이를 안은 여인이 그랬던 것처럼 잠시 주춤거렸다. 그러나 이내 그런 기색을 지우고 다가왔다.

 뒤에 나타난 여인의 얼굴을 본 중년 여인이 잠시 눈을 돌리지 못했다.

 "언니! 이분은 아랫마을 사시는 분인데 잠깐 길을 잘못 들어 우리 집까지 오게 되었나 봐요."

 아이를 안은 여인이 중년 여인을 보며 설명했다.

 "그럼 모셔서 냉수라도 한잔 대접하지 않고… 목이 마르실 텐데……."

 "그러잖아도 그럴 생각이었어요. 용아 좀 안고 있어요."

 안고 있던 아이를 건넨 여인은 부엌으로 들어가서 감주(甘酒) 한 잔을 쟁반에 받쳐 나왔다.

 "어서 드세요, 아주머니. 길을 잃었다면 목이 마르셨을 텐데……. 한잔 드시고 조금 쉬었다 가세요. 길은 저희가 안내해 드릴게요."

 "고마워요, 새댁!"

중년 여인은 숨도 쉬지 않고 감주를 들이켰다.

"아이고, 이젠 좀 살겠네. 전혀 낯선 곳도 아닌데 어쩌다 길을 잃었는지……. 나도 이제 늙었나 봐."

한숨 돌린 여인은 미소를 지으며 뒤에 나타난 여인의 품에 안긴, 돌이 막 지났을 법한 사내아이를 쳐다보았다.

"아이구! 그 녀석, 어쩜 눈망울이 이렇게 똘망할까?"

뒤에 나타난 여인에게서 아이를 뺏어 안고 어르던 중년 여인은 문득 궁금증이 생겼는지 고개를 들었다.

"그런데 이 귀염둥이의 엄마는 누구인가요?"

아이에게서 눈을 돌린 중년 여인은 두 여인을 번갈아 쳐다보았다.

"글쎄요……. 한 번 알아맞혀 보세요."

나중에 나타난 여인이 화사한 미소를 지으며 말했다.

그 말에 중년 여인은 고개를 갸웃거리며 아이를 쳐다보았다.

"어찌 보면 이 새댁 같기도 하고… 또 어찌 보면 이 새댁을 닮은 것 같기도 하고……."

머리를 흔들던 여인은 좋은 생각이 떠올랐는지 두 여인에게 각각 아이를 불러보게 했다.

중년 여인의 기대와는 달리 사내아이는 두 여인 중 그 어느 여인도 차별하지 않고 덥석덥석 안겼다.

"이래 가지고는 모르겠네……. 옳지, 두 사람이 한꺼번에 불러봐요."

회심의 미소를 지은 중년 여인은 아이를 유심히 쳐다보며 제안했다.

"호호! 그거 정말 좋은 생각이네. 언니! 어서 해봐요."

오른쪽 팔을 움직일 때마다 목과 어깨를 조금은 많이 움직인다 싶은 여인이 눈을 반짝이며 목소리를 높였다.

"호호!"

다른 한 여인도 재미있겠다는 표정과 함께 중년 여인의 제안대로 똑같은 거리에서 사내아이에게 손을 내밀었다.

각각 부를 때는 전혀 차별없이 덥석덥석 안기던 아이는 두 여인이 한꺼번에 자신을 부르며 팔을 벌리자 눈만 멀뚱거리며 움직이지 않았다.

"용아! 어서 이리 와."

"이리 와 용아!"

두 여인이 경쟁적으로 아이의 이름을 부르며 팔을 흔들자 사내아이는 멀뚱거리던 눈을 딱 감았다. 그리고는 꼼짝도 하지 않았다.

"호호호!"

"끝-깔깔!"

잠시 멍하니 서로를 쳐다보던 두 여인이 배를 잡고 웃었다.

딱!

딱!

모옥을 조금 벗어난 계곡 넓은 바위 위에서 화창한 봄볕과 함께 경쾌한 소리가 울려 퍼졌다.

넓은 바위 한가운데에 바둑판이 놓여 있고, 두 노인이 도끼자루 썩는지도 모르게 바둑판을 들여다보고 있었다.

한 개의 돌이 놓이자 맞은편에 앉은 노인이 탄식을 토했다.

그리고는 뚫어질 듯 바둑판을 들여다보았다.

딱!

바둑판에 구멍이라도 날 듯 쳐다보던 다른 한 노인이 경쾌하게 돌을 놓았다.

이번에는 반대 편 노인의 눈에서 혈광이 번쩍 하고 쏘아져 나왔다.

"으음!"

온몸에 흰털이 뒤덮인 노인의 입에서 가느다란 신음이 흘러나왔다.

딱!

두 눈에서 혈광을 쏟아내던 흰털노인이 다시 돌을 놓았다.

몇 개의 돌이 더 놓인 후 정마협 갈문혁이 회심의 미소를 지었다.

공고히 지키던 사중협의 성이 무너지기 일보 직전이었다. 이런 식으로 계속 나가면 이번에는 체면을 차릴 수 있을 것 같았다.

한동안 생각에 잠겼던 사중협이 털북숭이 손을 천천히 움직이며 어느 한구석에 슬쩍 돌을 놓았다.

허물어질 듯 위태롭게 버티던 성벽이 그 돌과 함께 은근슬쩍 문을 닫으며 뛰어든 말 한 마리를 오히려 포위해 왔다.

"가만 있자……. 이게 어찌 돌아가는 형국인가?"

정마협이 눈을 껌벅거리며 바둑판을 뚫어져라 쳐다보았다.

칼날 같은 모습으로 정마협 옆에 시립해 있던 설수범의 눈빛이 미미하게 흔들렸다.

사중협의 두려움이 다시 한 번 가슴에 아로새겨지는 순간이었다.

온통 백발과 백염을 휘날리는 용화성도 적유와 함께 마른침을 삼키며 남은 수를 세고 있었다.

사중협의 성안을 뛰어들어 휘젓던 말 한 마리는 어느새 포위망에 갇혀 날개를 달고 날아 나오지 않는 한 멀쩡히 살아날 가망이 없어 보였다. 굳이 살아나려면 팔다리는 다 떼어주고 와야 했다.

"졌소이다, 노신선!"

몇 수 더 두던 정마협이 마침내 돌을 던졌다.

"허허! 이번 판에는 운이 좋았구려!"

사중협이 나직이 웃음을 터뜨렸다.

"그 운은 어째 노신선만 따라다니는지 모르겠습니다."

정마협이 입맛을 다시며 고개를 흔들었다.

"변견(便犬)도 자기 집 대문 앞에서는 몇 수 먹고 들어간다고 하지 않더이까."

사중협이 바둑판을 쳐다보며 무심코 말하다 얼른 고개를 들고 정마협의 표정을 살폈다. 무심결에 속어가 흘러나왔기 때문이다.

"와하하하! 노신선께서도 그런 말씀을 할 줄 아시는지요?"

정마협이 계곡이 쩌렁할 정도로 큰 웃음을 터뜨렸다.

"험험! 모두가 잘난 제자 놈에게서 배운 말이지요. 허허허!"

사중협도 너털웃음을 터뜨렸다.

"그럼, 한 판 더 두는 것이 어떤지요? 그놈의 운이 왜 안 따르는지 알았으니 이제부터는 자신이 있습니다."

정마협이 길게 숨을 들이키며 말했다.

"그러시지요. 다른 건 대접할 것도 없고, 한 며칠 이곳에서 바둑이나 신물나게 두다 가시지요."

사중협이 얼른 바둑돌을 가르며 말했다.

"우하하하! 노신선! 내 평생 이렇게 멋진 말은 처음 들어봅니다."

정마협도 대소를 터뜨리며 서둘러 자기 돌을 챙겨갔다.

"왜 이렇게 늦었소?"

계곡 한쪽에서는 도끼자루가 썩는지, 피가 튀기는지 아랑곳 않고 나무그늘 아래서 흑룡의 배를 베고 누워 봄을 즐기고 있던 자운엽이 음식 광주리를 들고 오는 설수연과 북미를 보며 말했다.

"아랫마을 아주머니 한 분이 길을 잃고 집으로 왔어요. 아마 어제 아침에 손님을 맞으며 진식이 흐트러졌나 봐요."

북미가 계곡 아래쪽을 쳐다보며 말했다.

"그 여인의 기억은 지웠겠지요?"

"여부가 있나요. 누구 명령인데……."

이번에는 설수연이 웃음을 지으며 답했다.

"그런데 사부님들께선 하루 종일 저러고 배도 안 고프신가 봐요?"

설수연은 계곡 아래를 내려다보며 고개를 저었다.

"배가 고픈 사람은 따로 있지요."

설수연의 질문에 자운엽이 고개를 돌리며 말했다.

"푸훗!"

어디 있다가 나타났는지 음식 냄새를 맡고 신속히 등장하는 우괴를 보며 설수연이 실소를 터뜨렸다.

"캬— 이게 무슨 냄새냐? 처자, 아니, 색시! 내 건 이리 주게. 저 노인들 옆에서 점심을 먹었다가는 내 틀림없이 토사곽란에 시달릴 걸세. 다섯 판만 두겠다고 해서 따라나섰더니 벌써 스무 판은 두었을 게야. 그리고도 혹시 누가 먼저 그만두겠다는 소리나 하지 않을까 전전긍긍하는 모습이라니. 쯧쯧……. 두는 사람은 그렇다 치더라도 하루하고도 반나절을 그 옆에서 고개를 빼고 구경하는 인간들은 또 무슨 별종들인가 말일세."

우괴는 볼을 씰룩거리며 한참 악을 썼다. 그리고는 냉큼 음식 보따리를 건네받아 숲 속으로 사라졌다.

"어서 가져갑시다. 모두들 시장할 텐데……."

자운엽이 두 여인의 손에서 음식 소쿠리를 받아 들며 계곡 쪽으로 걸어갔다.

왜 진작 서로를 만나지 못했을까를 한탄하며 펼친 두 거인의 대결은 사흘 동안 이어졌다.

해가 뜨자마자 세안(洗顔)도 하지 않고 바둑판 앞에 앉은 두 사람의 대국은 어둑해질 때까지 이어졌고, 때로는 등불을 밝히면서도 계속되었다.

그 사흘 동안 몇 판의 바둑이 두어졌는지, 승패가 어찌 되었는지는 정확히 기억나지는 않지만 평생 다시 만나기 힘든 호적수를 만나 신물나게 바둑을 둔 정마협의 표정에는 세상을 다 얻은 듯한 충만감이 흘러넘쳤다.

"이젠 죽어도 여한이 없을 것 같습니다. 노신선!"

잠시 쉬며 찻잔을 든 정마협이 존경심 가득한 눈빛으로 사중협을 쳐다보며 말했다.

"나 역시 그렇소이다. 말년에 천마성주와 사흘 동안 이런 대결을 펼치고 나니 십 년은 젊어지는 듯한 기분입니다. 허허!"

사중협도 흰털이 가득 덮인 얼굴을 움직이며 미소를 지었다.

"조금만 더 일찍 만났으면 좋았을 것을……. 이십여 년 전 제가 그렇게 찾아 헤맬 때는 왜 그렇게 꼭꼭 숨어 계셨는지요? 설마 제가 찾고 다닌 것을 모르시지는 않았겠지요?"

정마협이 아쉬움과 함께 궁금증이 어린 눈으로 사중협을 쳐다보았다.

“허허!”

사중협이 너털웃음을 터뜨렸다.

천하기재의 집요한 추적에 그때 하마터면 모습이 드러날 뻔했기 때문이다.

“그땐 그렇게 모습을 드러내지 않는 것이 상책이었지요.”

사중협의 눈에 미소가 감돌았다.

“무슨 말씀이신지……?”

정마협의 눈에 어린 궁금증이 옆에 피워놓은 모닥불처럼 활활 타올랐다.

“내 제자 놈밖에 모르는 비밀이지만… 이 몸은 천형의 체질을 타고 났기에 오래 전 가마룹을 물리쳤던 그 기운을 한 번 내뿜고 나면 몇 달 동안은 거의 폐인이 되다시피 하지요. 그때 성주의 의도는 내 도움을 받아 서천맹의 무리들을 막고자 하는 것이었겠지만, 실제적으로 난 아무런 도움을 줄 수 없는 처지였지요. 그렇다면 차라리 안개 속에서 이 무기인 척 꼭꼭 숨어 있는 것이 나았지요. 천하의 정마협이 일 년 동안 찾아다녀도 못 찾은 사람이니 그 능력이 얼마일 것이며, 모습을 드러낸다면 또 얼마나 무서울 것인가 하는 두려움을 심어주는 것이 더 큰 효과를 보겠다고 생각했지요. 그건 성주께서 내 이름을 팔아 그들의 일차 준동을 막으려 한 의도와 일맥상통하는 일이었지요. 나 역시 최선을 다해 성주의 추적을 뿌리침으로써 그들을 속였지요. 허허!”

그 시절의 기억이 떠오른 듯 사중협이 먼 과거를 향해 시선을 던졌다. 붉은 기운에 물든 눈이었지만 그 속에는 세상의 모든 것을 꿰뚫어 볼 것 같은 혜광(慧光)이 숨어 있었다.

“크하하하하…….”

정마협이 무릎을 치며 광소를 터뜨렸다.

"정말 통쾌합니다, 노신선! 사실 그때 놈들이 들고일어났으면 천마성도 무너지고 중원도 그놈들 손에 넘어갔을지도 모릅니다. 그래서 죽자고 노신선을 찾아다녔고……. 그놈들이야말로 장고 끝에 악수를 둔 셈이구려. 하하하!"

호쾌한 웃음을 터뜨리던 정마협이 정색을 하며 사중협을 쳐다보았다.

"그런 통쾌한 일을 기념하는 뜻에서 딱 한 판만 더 두고 일어나시지요."

정마협이 사중협의 눈치를 보며 바둑돌을 잡았다.

"그럽시다. 마음 같아서야 다시 사흘을 더 두고 싶지만, 그랬다간 저 숲 속에 있는 노인이 화병나서 죽을 것 같구려."

우괴가 있는 숲 속으로 시선을 한 번 돌린 사중협이 고개를 끄덕거렸다.

"따라오지 말라고 애원을 해도 죽자고 따라오고, 오고 나면 어서 돌아가자고 난리를 치는 사람이지요. 쯧쯧!"

이갓살을 한 번 찌푸린 정마협이 돌을 놓았다.

다음날 아침, 모옥 주변으로 펼쳐진 진식이 걷혀지며 정마협 일행이 떠날 차비를 했다.

못내 아쉬운 눈빛을 한 두 거인이 양손을 맞잡고 작별 인사를 나눴다.

"부럽소이다, 노신선!"

정마협이 흐뭇한 미소를 지으며 말했다.

"천하제일성의 성주께서 초라한 이 노인에게 무슨 부러운 것이 있단 말입니까?"

사중협이 같이 미소를 지으며 답했다.

"이렇게 물 좋고 양지바른 곳에서 제자와 함께 하는 노신선의 모습이 너무 부럽구려. 그리고 머지않아 손주까지 가르치게 될 노신선의 모습을 생각하니 나도 그냥 여기 주저앉아 살고 싶은 마음이 간절합니다."

정마협이 두 여인의 품에 번갈아 가며 안겨 있는 아이를 보며 말했다.

"손주를 얻어 그놈을 가르치며 말년을 보내는 것도 더없이 큰복이기는 한데……."

고개를 끄덕이는 사중협의 눈에 얼핏 근심의 빛이 새어 나왔다.

"왜, 왜 그러시는지요?"

사중협의 눈에 어린 예상 밖의 근심의 기운을 읽은 정마협이 굳은 표정으로 사중협의 시선을 좇았다.

사중협의 시선은 저만치서 설수범과 마주 서 있는 자운엽에게 고정되어 있었다.

"이놈은 제 아비를 닮지 말아야 할 텐데……. 어찌나 말을 안 듣고 애를 먹이는지……."

자운엽에게 눈을 돌린 정마협이 설수연의 품에서 사내아이를 안아 들며 설레설레 고개를 흔들었다.

"와하하! 노신선! 그래도 시퍼렇게 갈아놓은 칼처럼 서서 누가 먼저 말을 걸지 않으면 하루 세 마디도 제대로 안 하는 놈보다는 열 배 낫다오. 하하하!"

정마협도 설수범과 자운엽을 쳐다보며 웃음을 터뜨렸다.

"제가 좀 밑지는 것 같군요."

이마를 슬쩍 찌푸리며 귀를 후빈 자운엽이 말했다.

"무슨 소리냐?"

자운엽과 마주 선 설수범이 딱딱한 목소리로 말했다.

"다섯 판만 주선하기로 했는데 오십 판도 넘게 두셨으니 밑진 장사 아닙니까?"

자운엽이 아쉽다는 표정으로 입맛을 다셨다.

"그렇게 속이 쓰리다면 수라환경의 마지막 초식을 네 녀석 가슴에 아홉 번 더 연달아 뿌려 갚아줄 수도 있다."

설수범이 슬쩍 오른손을 움직이며 답했다.

"이젠 흥미없습니다. 더 배울 것도 없고……."

자운엽이 관심없다는 표정으로 머리를 저었다.

"그것이 수라환경의 전부라고 생각하지 마라. 다음에 만나면 십 초 안에 바닥에 나뒹굴게 만들어주겠다."

설수범이 바위라도 뚫을 듯한 눈빛으로 말했다.

"후후! 의욕이야 좋지만 세상일이란 게 마음대로 되는 게 아니지요.'

설수범의 눈빛이야 어떻든 아랑곳 않은 자운엽이 빙글거리며 답했다.

"기고만장하지 마라, 이놈! 검을 든 인간들에게 영원한 승자란 없는 법이다."

'그렇기야 하겠죠. 하지만 큰공자님은 날 절대로 이길 수 없습니다."

자운엽이 여전히 미소를 지으며 말했다.

"이유는……?"

확신하는 듯한 자운엽의 말을 들은 설수범의 눈빛이 시퍼렇게 날이 섰다. 천적끼리의 본능적인 호승심이 발동한 것 같은 모습이었다.

"우습게 들릴지 모르겠지만… 큰공자님, 당신이 가슴 가득 복수심을 채우며 검을 휘두르는 동안 난 터질 듯한 사랑을 가슴 가득 채우며 검을 휘둘렀지요. 내 가슴에 가득 찬 사랑이 당신 가슴속의 것보다 훨씬 큰 이상, 당신은 절대로 날 이길 수 없소!"

빙긋 피어오른 자운엽의 미소가 칼날 같은 설수범의 눈빛을 천천히 지워 나갔다.

*　　　　*　　　　*

휘이잉—

산골짜기를 타고 오른 한줄기 바람은 태산(泰山) 꼭대기에 이르러서는 산정에 서 있는 칼날 같은 바위보다 더 날카로웠다.

바위에 부딪치고 찢긴 바람이 계속해서 고함을 지르며 휘몰아쳤다.

태산 꼭대기에서도 사람의 발길이 도저히 닿을 수 없는 칼끝 같은 바위 위에 선 한 사내는 휘몰아치는 바람에도 아랑곳 않고 석상이라도 된 듯 움직이지 않았다.

그 사내와 조금 떨어진 평평한 산정에는 구름 속에서 하강한 듯한 자태의 두 여인이 각각 한 명의 아이를 품에 안고 사내를 쳐다보고 있었다.

"무슨 생각을 하는지 알 것 같아요."

한 여인이 아련한 미소를 지으며 말했다.

"무슨 생각인데?"

다른 한 여인이 자신도 충분히 짐작이 간다는 표정으로 웃으며 물었다.

"일기 앞부분에 적혀 있잖아요. 강한 힘을 얻고, 불꽃처럼 그걸 태워… 고아에 하인이 아닌 초인이 되어 오연히 세상을 내려다보겠노라고……."

대화를 나누는 두 여인의 눈이 꿈을 꾸는 듯 몽롱하게 변하며 사내에게 고정되었다.

파다앗—

구름 아래를 내려다보며 언제까지나 움직이지 않을 것 같던 사내의 신형이 바람처럼 허공으로 솟구쳤다.

새하얀 백의가 바람에 펄럭이며 허공으로 치솟는 사내의 모습은 흡사 한 마리 학을 연상시켰다.

쉬이익—

사내의 신형이 대붕의 날개라도 얻은 듯 부드럽게 허공을 유영하며 두 여인에게로 날아왔다.

못 박힌 듯 자신을 바라보며 아무 말도 않는 두 여인 앞에 선 사내는 난감한 표정이 되어 얼른 하늘을 쳐다보며 시간을 가늠했다.

"미안하오! 생각에 잠겨서 시간 가는 줄 몰랐소. 어서 점심 듭시다."

사내는 준비해 온 음식 광주리를 서둘러 두 여인에게 내밀었다.

"풋!"

"푸훗!"

두 여인이 동시에 실소를 터뜨렸다.

“자, 경아는 이리 주고······.”

사내는 눈망울이 보석처럼 반짝거리는 작은 여아를 한 여인에게서 받아 안았다.

손이 자유로워진 여인이 음식 광주리를 풀어 점심 준비를 했다.

음식 냄새가 식욕을 돋우었지만 다른 여인 품에 안긴 서너 살 되어 보이는 사내아이는 단잠에 빠져 일어날 생각을 않고 있었다.

“이그— 이 잠꾸러기!”

음식을 펼쳐 놓던 여인이 잠시 손을 멈추고 사내아이의 볼을 살짝 꼬집었다.

그러나 사내아이는 여전히 깊은 잠에 빠져 있었다.

음식 준비하는 일도 잊은 채 사내아이의 볼을 쓰다듬던 여인이 미소를 지으며 입술을 움직였다.

“좋은 꿈 많이 꾸거라, 우리 용아. 세상은 꿈꾸는 사람들의 것이란다······.”

여인의 목소리가 바람을 타고 구름 위로 흘러나갔다.

〈사마쌍협 終〉

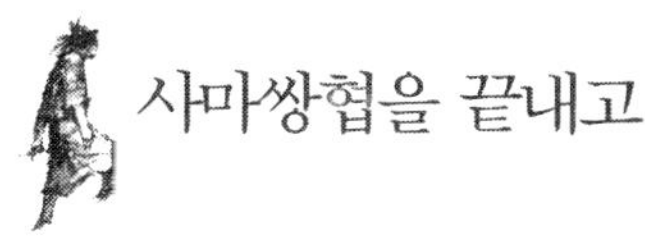 사마쌍협을 끝내고

사마쌍협의 완결과 함께 두 질의 작품을 끝냈다.

겨우 두 달에 한 권 꼴로, 그렇게 빠르게 쓰지는 못했지만 개인적으로는 정신없이 달려온 길인 것 같다.

전작에 이어 별로 쉬지도 않고 시작한 사마쌍협은 힘에 부치는 작업이었다.

처음 겁없이 달려들어 쓸 때는 몰랐지만, 글을 쓴다는 것이 어떤 것인지 조금씩 알아가면서부터는 오히려 더 어렵고, 소재의 선택이나 줄거리의 전개 과정에 있어서 운신의 폭이 줄어든다는 것을 느끼게 되었다.

이건 너무 고리타분한 것이 아닌가?

이 설정은 너무 오버하는 것이 아닌가?

아니면, 이건 또 누가 이미 써먹은 소재가 아닐까?

글을 쓰기 위해 책상 앞에 앉을 때는 언제나 그런 생각들을 먼저 염두에 두어야 한다는 것이 피로를 가중시켰다.

쓰러질 듯 힘들기도 했지만 자운엽과 함께 중원을 달리며 사중협을 찾아 가고, 설수연을 찾아다닌 시간들은 돌이켜 보면 너무 행복한 나날들이었다.

스스로 자운엽이 되고 설수범이 되어 그들 속에 파묻혀 현실을 망각하기까지 했던 순간들이 주마등처럼 뇌리를 스친다.

이젠 그들을 독자들 품으로 훨훨 날려 보내며 푹 쉬고 싶다.

사마쌍협은 서두에서 밝혔듯이 안데르센 동화집의 〈미운 오리새끼〉와 이상의 〈날개〉를 생각하며 쓴 글이다.

점점 박제가 되어가는 나 자신을 보며 백조가 되고 대붕의 날개를 얻어 비상하는 기분을 무협을 통해 그려보고자 시도한 작품이었지만, 처음 의도의 반도 성공하지 못한 것 같아 아쉬울 따름이다.

외면당하는 설정인 두 명의 주인공을 내세우다 보니 생각보다 글이 길어졌고, 그래서 내용상으로나 건강상으로 문제도 많았던 것 같다.

그러나 설수범이 없었다면 자운엽의 개성이 제대로 드러나지 않았을 것이고, 자운엽이 없다면 설수범 역시 제 색깔을 발하지 못했을 것이다.

두 명이 팽팽하게 서로를 견제하면서도 끈끈한 우정을 유지하고, 서로의 역정(歷程)을 대비시켜 주었기에 시너지 효과를 얻지 않았나 싶다.

나름대로 그렇게 자위하고 싶은 심정이다.

사마쌍협을 써 나가면서 벽에 막힌 듯 스토리가 떠오르지 않거나, 무협! 그리고 무협을 쓰는 나 자신에 대한 혼란마저 올 때는 무협이란 무엇인가 하는 질문을 던져보았다.

그걸 한마디로 정의하기란 앞으로 100질을 더 쓰더라도 불가능할 것 같다.

다만 누군가 말한 '무협은 어른들의 동화', 특히 '성인 남자들의 동화'라는 말이 가장 마음에 와 닿았다.

다른 글을 쓰면 어떻게 될지 모르겠지만 사마쌍협을 쓰면서는 어린 시절 읽었던 동화책, 그리고 할머니 무릎에서 들었던 옛날이야기들이 많이 참조되었다.

그래서 무협은 어른들의 동화라는 말이 가장 공감이 가는지도…….

마운 오리새끼 외에도 무협의 소재로 삼고 싶은 동화가 많다.

이상하게도 초등학교 시절 이후에 읽은 작품들은 활자로써 머리에 남아 있지만 그 시절 읽은 작품들은 선명한 수채화로 가슴속에 남아 있는 것 같다.

사랑하는 사람 곁에 있고 싶어 다리가 찢어지는 것 같은 아픔을 감내하면서도 그 사람과 함께 하다가, 그 사람을 지키기 위해 한줄기 물거품으로 사라지는 인어공주!

주인을 살리고 자신은 지쳐 죽은 오수의 개.

백조 왕자. 우렁이 색시…….

앞으로 글을 더 쓸 수 있을지도 장담할 수 없는 상황에서 그것들을 소재로 무협을 쓸 수 있을지 모르겠다.

또한 너무 그런 쪽으로만 쓰면 스토리가 뻔히 짐작되어질지도 모르겠고…….

그러나 언제라도 어린 시절의 동화나라로 돌아가고 싶은 마음은 변함없다.

월인.

청어람 판타지 장편소설

이계 진입 깽판물에서 느낄 수 없었던
새로운 재미와 감동!

"주인님, 맡겨만 주십시오!"

BUTLER
GRACE
집사 그레이스

집사 그레이스 / 박안나 지음

잊혀질 자들이 꿈꾸는 반란

그는 집사가 되고 싶다고 했다.
왜 하고 많은 직업 중에서 하필 집사냐고 묻자
그게 자기가 아는 최고의 직업이기 때문이란다.
그 말에 나는 웃어버렸다. 어찌나 웃었던지 배가 아프고 눈물이 날 정도였다.

지독한 결벽증 환자에, 웃는 법을 잊어버린 멍청이. 눈물샘이 메말라 울고 싶어도
울 수 없던 불쌍한 사람. 짙은 회색구름을 닮았고 불투명한 물속 같던 바보.

결국 자신의 말이 맞았음을 내게 입증해 보였다.
그 앞에서 어이없어 하며 웃었던 나를 비웃듯이.

그가 말했던 것처럼 집사가 최고의 직업임을……